Stephan R. Bellem

DIE WÄCHTER EDENS

Otherworld

»Für alle gelebten Träume«

Das säurefreie und alterungsbeständige Papier EOS liefert Salzer, St. Pölten
(hergestellt aus chlorfrei gebleichtem Zellstoff aus nachhaltiger Forstwirtschaft).

ISBN 978-3-8000-9548-3
Alle Rechte vorbehalten. Das Werk darf – auch teilweise –
nur mit Genehmigung des Verlages wiedergegeben werden.
Übereinstimmungen und Ähnlichkeiten mit lebenden Personen
oder Familien sind rein zufällig und nicht beabsichtigt.
Umschlaggestaltung: bürosüd°, München, unter Verwendung einer Illustration von
Erik Schumacher
Copyright © 2011 by Otherworld im Verlag Carl Ueberreuter, Wien
Druck: CPI Moravia Books GmbH
7 6 5 4 3 2 1

www.otherworld-verlag.com

Prolog

Das Echo der Schritte drang immer lauter an sein Ohr. Schwere Stiefel, die hart auf dem polierten Marmor aufsetzten. Er schnüffelte unbewusst wie eine Maus umher und der beißende Gestank seines Verfolgers stach in seiner Nase.

Sinnlos! Sinnlos, sinnlos, sinnlos!, dachte er unentwegt, als er sich verzweifelt nach einem Fluchtweg umsah. Die kleine Halle der U-Bahn-Station war verlassen. Blaues Neonlicht tauchte die Marmorplatten in einen leichten Schimmer und ließ seine Haut grau und kränklich wirken. Gegenüber lachte ihn ein Werbeplakat an, auf dem eine junge Frau sich neben einer weißen Preisangabe in Dessous auf einer roten Seidenmatratze räkelte. Er kauerte sich in der Mitte des Bahnsteigs hinter eine Säule und hoffte, dass der Schrecken ihn nicht fand.

Dabei ahnte er sehr wohl, dass er seinem Verfolger nicht würde entkommen können. Die Halle hatte nur einen Ausgang. *Klack – klack!*

Die Schritte klangen noch ein wenig lauter. Er spürte, wie ihm der Schweiß über die Stirn rann und sein Atem kurz aussetzte. Wenn er nur einen der beiden U-Bahn-Schächte erreichen könnte, dann könnte er sich vielleicht in der Dunkelheit davonmachen.

Was will er bloß von mir?, dachte er verzweifelt.

Mit jedem Schritt, um den sich sein Verfolger näherte, begannen die Leuchtröhren mehr und mehr zu flackern. Als würde die bloße Anwesenheit des Mannes den Strom am Fließen hindern.

»Ich weiß, dass du hier bist«, ertönte eine sonore Stimme.

Er konnte die Gänsehaut nicht unterdrücken. Zu schön und grausam zugleich war ihr Klang. Ein Teil von ihm wollte dieser Stimme bis in alle Ewigkeit lauschen. Ein anderer wand sich vor Schmerz und ließ seinen Magen rebellieren.

»Du kannst dich nicht verstecken.«

Die Endgültigkeit dieser Aussage ließ ihn erstarren.

Der Gestank der Heiligkeit betäubte beinah alle seine Sinne.

Eine Neonröhre zerbarst mit lautem Knall. Krümelige Scherben regneten auf den Marmorboden herab.

In das Klackern der Absätze mischte sich ein gequältes Knirschen, als die schweren Stiefel die Glasscherben unter den Sohlen zermalmten.

Immer mehr Lampen explodierten, als der Verfolger näher kam.

Noch eine, und der Bahnsteig ist vollkommen finster!, schöpfte er neue Hoffnung.

Die letzte Leuchtröhre zerbarst in einem goldenen Funkenregen und er packte die Gelegenheit beim Schopf. Er sprang hinter der Säule hervor und rannte zum linken Gleis, darauf vertrauend, dass die Dunkelheit ihn schützen würde.

Fünf Schritte, schätzte er, dann hätte er den Rand des Bahnsteigs erreicht.

Er machte nur den ersten.

Den kleinen Vorsprung am Fuß der Säule hatte er in der Dunkelheit nicht bemerkt; er war mit dem linken Fuß hängen geblieben und ins Straucheln geraten. Er versuchte den Sturz noch zu verhindern, fiel jedoch der Länge nach hin und schlug sich mit lautem Krachen die Schneidezähne aus.

Weiter!, pochte der Gedanke schmerzhaft in seinem Kopf. *Nicht liegen bleiben!*

Er robbte über die Fliesen und ignorierte das warme Blut, das ihm aus dem Mund und übers Kinn lief.

Der Schlag ins Kreuz presste ihm die Luft aus den Lungen. Sein Verfolger hatte ihn schließlich eingeholt und ihm das Knie in den Rücken gerammt.

»Du kannst mir nicht entkommen«, erklang die schrecklich schöne Stimme. Das warme Timbre beruhigte ihn, was ihn zugleich in einem anderen Winkel seines Hirns noch mehr verängstigte.

»W… Was wollen Sie von mir?«, fragte er mit zitternder Stimme.

Eine Hand packte ihn an der Schulter und riss ihn kraftvoll herum, bis er wie ein Käfer auf dem Rücken lag und seinem Jäger ins Gesicht blicken konnte. Die U-Bahn-Station war in komplette Finsternis gehüllt, dennoch erschien die Gestalt seines Verfolgers deutlich vor ihm.

Blondes, fast goldenes Haar umrahmte das ebenmäßige Antlitz und bildete einen sanften Kontrast zur fast weißen Haut.

»Du wurdest ausgewählt«, sagte der blonde Mann leise, beinah mitfühlend.

»Bitte …«, stammelte er. »Ich habe doch niemandem etwas getan!«

»Noch nicht«, entgegnete der Jäger traurig. »Aber das wirst du schon bald, wenn ich dich nicht aufhalte.« Mit der Linken zog er eine kleine Flasche aus der Innentasche seines langen Mantels, der sich wie ein Flügelpaar über ihnen ausgebreitet hatte, während er ihn mit der Rechten mühelos am Boden festhielt. Er entkorkte das Fläschchen und benetzte geschickt den Zeigefinger mit einer klaren Flüssigkeit. Dann drückte er ihm den Finger auf die Stirn und zog eine lange Linie über den Nasenrücken. Wieder befeuchtete er den Finger und kreuzte die Linie mit einer weiteren, die knapp oberhalb der Augenbrauen verlief.

»Was tun Sie ...?«

»Schhh ...« Der blonde Mann presste ihm den Zeigefinger auf die Lippen. Sein Gesichtsausdruck schien zu versteinern und er brüllte: »Im Namen des Herrn, zeig dich mir!«

Er blickte verwirrt zu seinem Peiniger empor, wusste nicht, wie er auf dieses seltsame Schauspiel reagieren sollte, als ihn ein heftiger Schmerz durchzuckte. Sein ganzer Körper schüttelte sich in Krämpfen, als seine Muskeln ihm plötzlich nicht mehr gehorchten.

Er wollte schreien, wollte sich dagegen wehren – wollte einfach nur, dass es aufhörte, als eine krächzende Stimme sich seiner Kehle entrang: »Du kannst uns nicht alle aufhalten, Engel!«

Der blonde Jäger verzog keine Miene. »Nein, aber dich werde ich aufhalten.«

»Die Tore werden geöffnet!«, drang die unwirkliche Stimme weiter aus seiner Kehle. »Der Gefallene bringt das neue Zeitalter!«

»Du wirst es nicht erleben.« Der Engel packte den Kopf des unter ihm liegenden Mannes mit beiden Händen. »Möge deine Seele Frieden finden.«

»Was?« Der Mann verstand nicht, was vor sich ging, aber er spürte den heißen Schmerz, als seine Haare plötzlich Feuer fingen.

Das Letzte, was er sah, waren goldene Flügel, die den Engel wie seidene Bänder umspielten, und ein sanfter Schimmer, der sich friedlich über ihm ausdehnte.

»Amen.«

Eins

Um sechs Uhr dreißig schaltete der Radiowecker sich ein und »Open your Eyes« von Alter Bridge riss sie aus ihrem traumlosen Schlaf. Arienne fischte im Dunkeln nach dem kleinen Plastikwürfel und hämmerte auf den Stummschalter. »Ich bin wach«, sagte sie leise. Müde schob sie die Bettdecke von sich und begann sofort zu frösteln. »Ich muss endlich die Heizung reparieren lassen«, stöhnte sie laut und setzte sich aufrecht hin. Von Zeit zu Zeit fiel die Heizung nachts aus, was Anfang Dezember alles andere als lustig war. Aus einem Automatismus heraus griff sie nach dem kleinen Pillenfläschchen auf dem Nachttisch und ließ sich eine blaue Tablette auf die Hand fallen. Sie wusste nicht genau, wie sie ihr half, aber seit sie die Pillen nahm, hatte es endlich aufgehört.

Wenigstens habe ich mit den Tabletten nicht länger das Gefühl, verrückt zu sein. Sie schluckte die kleine Pille direkt, und das Dragee glitt ohne Beanstandung ihre Speiseröhre hinab. »Auf die Normalität«, sagte sie in abfälligem Ton. *Wie normal kann jemand schon sein, der täglich eine Pille gegen Wahnvorstellungen braucht?*

Arienne zog den Rollladen hoch, mehr Frühsport war um diese Uhrzeit einfach nicht drin. Draußen herrschte noch immer finstere Nacht, doch der rege Betrieb auf den Straßen und Bürgersteigen verriet ihr, dass sie nicht die Einzige war, die zu unchristlichen Zeiten zur Arbeit musste.

Nachrichten schreiben sich nicht von allein, wusste sie und tappte ins Bad. Dort nahm sie den Morgenmantel vom

Heizkörper und stellte ernüchtert fest, dass die Heizung wohl so lange ausgefallen sein musste, dass der Mantel mittlerweile wieder kalt war. Dennoch streifte sie das weiche Frottee über und putzte sich die Zähne.

Als sie den Mund ausspülte, bewahrheitete sich ihre Befürchtung: eiskalt. *Zum Glück habe ich schon gestern Abend geduscht,* dachte sie und wusch sich tapfer das Gesicht.

Arienne schlurfte in die Küche und kramte in dem Meer von verschiedenen Geschmacksrichtungen nach einem gefälligen Kaffeepad. »Heute nehme ich ... uh, einen Latte macchiato.« Sie ließ sich in einen weichen Lehnsessel fallen und schaltete den Fernseher an. Die Röhre nahm sich einige Sekunden Zeit, ehe sie ansprang und das Bild auf der Mattscheibe flimmerte, weshalb Arienne für einen Moment lediglich auf den Ton angewiesen war.

»... *dem Polizeibericht zufolge ist bei dem Brand in der U-Bahn-Station ein Mann ums Leben gekommen* ...«, tönte es aus den kleinen Lautsprechern.

Die Nachricht erregte Ariennes Aufmerksamkeit und sie wartete gespannt auf das Fernsehbild. Die Nachrichtensprecherin trug ihre langen blonden Haare offen und blickte leicht dümmlich in die Kamera. Im Hintergrund war eine Live-Schaltung zur U-Bahn-Station eingeblendet, und Arienne erkannte, dass es nicht weit von ihrer Wohnung entfernt war. Wenn sie mit der Linie 6 fuhr, stieg sie selbst dort aus. *Die Station ist ziemlich groß und verwinkelt*, dachte sie bei sich, konzentrierte sich dann aber wieder auf den Bericht.

Eine weitere Szene – vermutlich schon durch die Polizei freigegeben – wurde abgespielt. An einer Säule lag ein mit einer Plane abgedeckter Körper. Der Boden in einem Radius von einem Meter war rußgeschwärzt. »Das Feuer muss genau auf dem Opfer ausgebrochen sein ...«

»… die ersten Ermittlungen deuten an, dass der Mann sich offensichtlich mit hochprozentigem Schnaps übergossen hat, der sich an der Glut einer Zigarette entzündete …«, tönte es aus dem Fernseher.

Arienne runzelte die Stirn. Alkohol? Sie war keine Expertin, aber diese Erklärung klang doch reichlich dürftig. *Warum hat man eigentlich nicht mich angerufen und hingeschickt?*, fragte sie sich plötzlich. Sie suchte den Bildschirm nach weiteren Besonderheiten ab und stieß dabei auf die Antwort. *O Gott, Tom!* Sie erkannte den Kollegen an dem unverwechselbaren Trenchcoat.

»Wen hast du denn dafür wieder bestochen?«, murmelte sie in Richtung Mattscheibe.

Tom war ein Relikt oder vielmehr ein Klischee durch und durch. Er trug immer einen alten, beigefarbenen Mantel, der ihm eine Nummer zu groß oder über die Jahre einfach ausgeleiert war. Seit die Digitalkameras ihren Siegeszug angetreten hatten, schleppte er eine davon an seinem Gürtel mit sich herum. Dazu einen Notizblock und ein Sammelsurium an Stiften. Tom stammte aus einer Generation von Reportern, die vermutlich direkt der Studentenbewegung der Sechzigerjahre entsprungen war. Er war immer auf der Suche nach der großen Verschwörung, dem großen Mysterium, das er aufdecken konnte. Und natürlich spielte darin immer der Staat als Spiritus Rector eine zentrale Rolle.

Ich bin schon gespannt, wie er das da der Politik in die Schuhe schiebt, überlegte Arienne. Vermutlich würde er es dem Verkehrsamt ankreiden. Sicher war er gerade in der Redaktion, als die Nachricht über den Polizeifunk kam.

Arienne sprang auf und huschte ins Bad. Dort legte sie ein dezentes Make-up auf, das ihrer Haut – wenn man der Werbung Glauben schenkte – einen frischen und jugendlichen Teint verlieh. *Was nicht allzu schwer sein dürfte bei einer Vierundzwanzigjährigen*, ging es ihr durch den Kopf.

Sie wischte die Gedanken beiseite. Dass Tom die Story bekommen hatte und nicht sie, war ärgerlich. Jetzt nicht zur U-Bahn-Station zu gehen und selbst nachzuhaken, wäre dumm. *Vielleicht passt das Schema in meine eigene Story.* Arienne dachte an die Geschichte, an der sie schon seit ein paar Monaten arbeitete.

Ed würde ihr ohne ausreichende Beweise keinen Platz dafür in der wöchentlich erscheinenden Zeitung einräumen, doch Arienne war überzeugt, dass an den kuriosen Todesfällen, die sie beobachtete, eine Wahnsinnsstory hing. *Das kann einfach alles kein Zufall sein*, überlegte sie. *Da draußen läuft ein Wahnsinniger rum, der Menschen abfackelt.*

Sie schnappte sich noch einen trockenen Toast und ihre Tasche, dann verließ sie eilig die Wohnung.

Es war jetzt kurz nach sieben und der Sonnenaufgang ließe vermutlich noch eine Weile auf sich warten. Arienne beeilte sich, zu der U-Bahn-Station Bertholdstraße zu gelangen. Vor wenigen Minuten hatte ein leichter Nieselregen eingesetzt, der den Gehsteig in Schmierseife verwandelte, und sie musste höllisch aufpassen, um nicht auszurutschen.

Bereits am Zugang zum Bahnsteig versperrten ihr zwei Polizisten vor einem Absperrband den Weg. Lässig zückte sie ihren Presseausweis in dem festen Glauben, dass er das Problem lösen würde, doch der Beamte zeigte sich unbeeindruckt.

»Da ist schon eine von euch Hyänen unten«, sagte er mit unverhohlener Geringschätzung. »Das reicht.«

Arienne verbarg ihre Überraschung und ihren aufsteigenden Ärger. *Tom, du Arsch!*, dachte sie. *Hast du wieder die Bullen bestochen, dass du die Story allein bekommst.* »Ich weiß«, begann sie, um ein wenig Zeit zu schinden. »Das ist mein Kollege, Tom Unger.« Jetzt musste ihr dringend etwas einfallen, denn auch die Erwähnung von Toms Namen ließ den Polizisten kalt. »Er hat mich angerufen und hergebeten«, log sie schließlich. »Wir arbeiten zusammen an der Sache.«

Die Beamten tauschten einige skeptische Blicke, zuckten dann aber mit den Schultern. »Was kümmert's mich, ob der da unten allein ist«, resignierte der eine schließlich.

»Stimmt, wenn er das will, muss er mehr rausrücken«, pflichtete der andere ihm bei.

»Ich tu mal so, als hätte ich das nicht gehört«, sagte Arienne augenzwinkernd und schob sich an den beiden Männern vorbei.

Da die U-Bahn-Station nur von einer Linie angefahren wurde, die noch dazu seit dem Umbau des Streckennetzes kaum jemand mehr nutzte, gab es keine Rolltreppe oder gar einen Aufzug. Die Anlage hatte in alten Streckenplänen einen großen Stellenwert und sollte einst der Knotenpunkt vieler U-Bahn-Linien und einiger Busse werden. Doch dann ergaben Bodenproben, dass der Grund nicht sicher war. Und um ein Absinken oder gar Einstürzen der umliegenden Gebäude zu verhindern, hatte man sich entschlossen, die Linie 6 Stück für Stück durch Busse zu ersetzen.

Jetzt waren nur ein Bahnsteig und einige rudimentäre Tunnelschächte übrig, die nach und nach wieder aufgefüllt wurden. Im Winter kam es nicht selten vor, dass Obdachlose dort Zuflucht suchten, um der Witterung zu entgehen. *Ob das Opfer diesmal wieder ein Obdachloser war?*, überlegte Arienne.

Der Bahnsteig war belebter als selbst zu Stoßzeiten. Polizisten, Forensiker, der Polizeifotograf – und mittendrin Tom, der mit seinem kleinen Notizblock hantierte. Arienne schüttelte ungläubig den Kopf und kramte in ihrer Handtasche nach dem Diktiergerät. *Willkommen im einundzwanzigsten Jahrhundert.*

Tom sah kurz auf und erkannte sie sofort. Sein Gesichtsausdruck wechselte von Überraschung zu Missfallen und mündete schließlich in ein entwaffnendes Lächeln – alles innerhalb einer Sekunde. Arienne schenkte ihm ein ebenso aufgesetztes Lächeln und beeilte sich, zu dem Brandopfer zu gelangen. Der Gerichtsmediziner hatte seine erste Untersuchung schon beendet und gab die Leiche zum Transport in die Pathologie frei. Arienne wollte jedoch unbedingt noch einen eigenen Blick auf den Toten werfen und sich nicht ausschließlich auf Fotografien verlassen müssen.

»Hallo, Ari«, begrüßte Tom sie mit gespielter Freude.

»Hi, Tom«, sagte sie knapp, ließ ihn aber ansonsten links liegen und steuerte zielsicher auf das Brandopfer zu.

Dort hockte ein Fotograf der Spurensicherung und schoss noch ein paar letzte Bilder. Arienne stellte sich neben ihn und betrachtete das Opfer. Dabei konnte sie die Unterhaltung zweier Polizisten belauschen. Unbemerkt drückte sie die Aufnahmetaste an ihrem Diktiergerät und brachte es in ihrer Tasche in eine bessere Position.

»Er saß wohl gegen die Säule gelehnt, Günther«, klärte der eine Beamte, ein junger Mann, vermutlich türkischer Abstammung, seinen kleineren Kollegen auf.

»Und hat sich dann mit Alkohol übergossen?«, fragte Günther.

»Ja. So sieht's aus. Er hatte Zigaretten bei sich. Vermutlich hat er sich aus Versehen angezündet.«

»Und schließlich rutschte er hier hinunter in die Position, in der wir ihn gefunden haben«, fügte Günther skeptisch hinzu.

»So sieht's aus.«

Arienne betrachtete die Brandflecken genauer. Die großen rußgeschwärzten Stellen hatten die Beamten wohl zu ihrer Annahme geführt, denn die Säule schien noch stärker vom Feuer gezeichnet zu sein als der Boden.

»Aber wieso ist er so ruhig liegen geblieben?« Günther wirkte noch immer alles andere als überzeugt.

Ja, gute Frage!, dachte Arienne.

»Vielleicht war er schon bewusstlos?«, vermutete der Jüngere.

»Denk nach, Cem. Wie soll er sich dann selbst angezündet haben?«, beharrte Günther. »Das passt nicht zusammen.«

»Denkst du, es war Mord?«

Der Kleinere zuckte die Achseln. »Keine Ahnung. Wird wohl eine Ermittlung geben.« Er blickte sich um. »Aber ohne Beweise können wir da nichts machen.«

Cem nickte zustimmend.

Ihr vielleicht nicht, dachte Arienne entschlossen und schaltete ihr Diktiergerät aus. Die Unterhaltung könnte sich noch als nützlich erweisen. Sie machte rasch einige Fotos mit ihrer Handykamera aus möglichst vielen Perspektiven, ehe die Gerichtsmediziner den Leichnam einsackten und abtransportierten.

Vom Schädel des Toten war keine Spur zu finden. Anscheinend hatte das Feuer ihn komplett zerstört. Arienne zog ein eisiger Schauer über den Rücken, als sie sich das Bild ausmalte.

Wie bei den beiden Opfern vor drei Monaten, erinnerte sie sich. Sie sah sich um und erblickte Tom, der sie genervt zu sich herübergestikulierte.

»Ich hab alles«, sagte er ohne Umschweife. »Lass uns 'nen Kaffee trinken gehen.«

Verstehe. Du bist der dicke Fisch, nicht wahr? Sie setzte

ein falsches Lächeln auf und antwortete: »Gern, wenn du zahlst.«

Tom murmelte etwas Unverständliches vor sich hin, nickte dann aber und ging Richtung Treppe.

Du willst mich unbedingt hier rausbekommen, was? »Was glaubst du, war es Selbstmord?«, fragte sie, während sie zu ihm aufschloss.

Tom zuckte mit den Schultern. »Das Opfer war wohl ein Obdachloser – interessiert sich überhaupt jemand dafür?«

»Ich schon«, hielt sie dagegen.

Tom seufzte. »Ed hat bereits so was durchscheinen lassen.«

»Was denn?«

»Dass du Ärger bedeutest«, sagte Tom unumwunden. Arienne stutzte für einen kurzen Moment und Tom fuhr fort. »Schau mal, Ari. Der Tote ist ein mittelloser Penner. Einer, den niemand bemerkte, als er am Straßenrand saß. Wofür die Mühe?« Sie verließen den Treppenaufgang und Tom steuerte zielsicher eine winzige Bäckerei an, die direkt daneben lag. »Die Polizei wird ermitteln, wir werden darüber schreiben – und übermorgen hat man es wieder vergessen.«

Die Tür schwang auf, begleitet von einem leisen Glockenspiel und die Verkäuferin blickte mit freundlichem Lächeln auf. »Grüß Gott.«

»Zwei Milchkaffee, eine Mohnschnecke und ...«, er sah Arienne fragend an. »Möchtest du noch was?«

»Eine Kirschtasche.«

Tom nickte der Frau hinter dem Tresen zu, bezahlte und sie stellten sich an einen wackeligen Stehtisch. Er riss immer kleine Stücke der Schnecke ab und tunkte sie dann in den Kaffeebecher. Schon bald schwamm in dem hellbraunen Gesöff eine nicht unbedeutende Menge Mohn, was Tom allerdings nicht im Geringsten zu stören schien.

Arienne hatte lange geschwiegen, da ihr auf seine einfache und harte Wahrheit keine schlaue Erwiderung einfallen wollte, doch schließlich machte sie einen Versuch.

»Und wenn wir beweisen könnten, dass es Mord war?«

Tom zuckte erneut die Achseln. »Und was wäre damit gewonnen? Dann bleibt das Opfer noch immer ein Penner, den niemand vermisst.«

Arienne nickte langsam. »Aber wenn wir eine Verbindung zu anderen ...«

»Halt!«, unterbrach er sie. »Zieh mich nicht in deine fixe Idee der Mordserie mit rein.«

»Aber findest du die Ähnlichkeit nicht auch seltsam?«, fragte sie ihn direkt.

Tom dachte einen Moment über ihre Worte nach. »Zwei Brandopfer, die beide stark alkoholisiert waren, Ari, das ist vielleicht ungewöhnlich, aber noch lange nicht verdächtig.«

»Okay, aber was, wenn ich dir beweisen kann, dass der Tote nicht allein in der U-Bahn-Station war?«

»Wie?«, fragte Tom, doch sein Ton klang schon viel weniger abweisend und deutlich interessierter.

»Die Überwachungskameras!«, sagte Arienne triumphierend. »Die haben sicherlich alles aufgezeichnet.«

Tom lächelte. »Denkst du wirklich, ich wäre nicht schon auf dieselbe Idee gekommen? Da unten gibt es keine Kameras, weil die Station kaum genutzt wird. Es gibt nur 'ne Notrufsäule.« Er nahm den letzten Schluck aus dem Kaffeebecher. »Du verrennst dich da in was, glaub mir. Aber so waren wir alle mal am Anfang.«

Arienne seufzte resigniert. »Vielleicht hast du recht.«

»Gehen wir in die Redaktion«, sagte Tom versöhnlich. »Den Mist hier abtippen.«

Vor der Tür der Bäckerei hielt Tom noch einmal kurz

inne und kontrollierte den Inhalt seines Portemonnaies. »Warte, ich muss noch Geld holen«, raunte er in Gedanken.

Arienne deutete auf die Fassade neben der Bäckerei. »Tut's der hier?«

Tom blickte in die Richtung, in die sie zeigte, und schüttelte verblüfft den Kopf. »Der Geldautomat ist mir gar nicht aufgefallen«, lachte er.

»Ja, der ist auch ziemlich unscheinbar«, pflichtete Arienne bei. »Aber es ist ganz praktisch, den so nah ...« Sie verstummte, starrte wie vom Blitz getroffen auf den Automaten. »Das ist es!«, rief sie aus, blickte sich dann aber gleich verstohlen um.

»Was ist was?«

Sie lächelte triumphierend. »Sieh dir den Kasten mal genau an.«

Tom untersuchte das Gerät und verzog die Lippen zu einem schmalen Lächeln. »Nicht schlecht. Aus dir wird ja doch noch eine gute Reporterin!«

Über dem Geldautomat saß eine kleine Kamera, deren Objektiv sie anzustarren schien.

Tom ging zum Automaten hinüber, drehte ihm den Rücken zu und taxierte den Kamerawinkel. »Könnte knapp werden«, stellte er fest. »Vielleicht nur ein Eck der Treppe – wenn überhaupt.«

»Zu welcher Filiale gehört er?«, fragte Arienne.

Tom prüfte das Informationsschildchen. »Nicht weit von hier«, sagte er. »Vielleicht zehn Minuten zu Fuß.«

»Dann schauen wir uns mal das Band von letzter Nacht an.«

Als sie in der Bank eintrafen – einer kleineren Filiale des größten Kreditinstituts der Stadt –, rieb Arienne sich voller Tatendrang die Hände. »Wie kommen wir jetzt an die

Aufzeichnung?«, flüsterte sie Tom zu, der sich noch orientierte.

»Wir fragen«, antwortete er knapp und steuerte auf eine Frau zu, deren Namensschild sie als Teil der Fachkräfte verriet. Arienne schätzte sie jünger als sich selbst, vielleicht war sie sogar noch eine Auszubildende.

Tom baute sich breitschultrig vor ihr auf. »Guten Morgen, Unger vom *Wochenblick*. Ich …«, er warf Arienne einen Seitenblick zu, »… wir hätten da ein paar Fragen zu einem ihrer Geldautomaten.«

»Äh … ja?« Offensichtlich verunsicherte die Servicekraft bereits diese einfache Frage.

»Und zwar den Automaten am Zugang zur U-Bahn-Station Bertholdstraße, nicht weit von hier«, fuhr Tom ungerührt fort. »Wir würden gerne einen Blick auf das Band der Überwachungskamera werfen.«

Die junge Frau war sichtlich überfordert von der souveränen und direkten Art ihres Gegenübers. Und auch Arienne konnte ein gewisses Maß an Bewunderung nicht unterdrücken.

»Ich … ich glaube nicht, dass das geht«, stammelte die Bankangestellte vor sich hin.

Tom sah sich ihr Namensschild genauer an. »Liebe Frau Sievers«, sagte er mit einem Lächeln. »Ich bin mir sicher, dass das geht. Vielleicht können *Sie* es nicht erlauben, aber es gibt sicherlich jemanden, der es kann.«

Frau Sievers dachte einen Moment ernsthaft nach, dann kam ihr der rettende Einfall, der auch ihre Selbstsicherheit wieder erstarken ließ. »Das könnte höchstens der Filialleiter genehmigen.« Und nach einer dramatischen Pause schoss sie hinterher: »Aber der ist gerade in einer Besprechung.«

»Natürlich ist er das«, entgegnete Tom gelassen. Er

fischte aus der Innentasche des Mantels sein Handy hervor. Dann wandte er den Kopf zu Arienne. »Und du bist sicher, dass die Bilder den Aufwand wert sind?«

Sie nickte. »Ich bin mir ganz sicher, dass es kein Unfall war.«

»In Ordnung, du sollst deine Chance bekommen.«

Er klickte sich durch seine Kontakte und wählte eine Nummer an. »Hallo, Andreas, hier ist Tom ... ja, Tom Unger ... Ich weiß, dass es jetzt gerade schlecht ist – wann ist es das nicht? Aber ich habe ein kleines Problem. Ich stehe hier in einer deiner Filialen und möchte mir ein paar Videoaufzeichnungen von letzter Nacht ansehen ... sag das nicht, natürlich geht das.«

»Mit wem spricht er da?«, fragte die Servicekraft Arienne, doch die zuckte nur mit den Achseln.

Tom fuhr fort, sein Ton wurde ernster. »Schau, Andreas, es ist ein ganz kleiner Gefallen ... Den kannst du gegen den großen Gefallen aufrechnen, den ich dir vor einem Jahr getan habe ... Nein, wir sind dann noch nicht quitt ... Nein, das ist keine Erpressung! ... Gut, kannst du es ihr bitte selbst sagen?« Er reichte Frau Sievers das Telefon. »Es ist für Sie.«

Die junge Frau nahm das Handy entgegen und wandte sich ab. Aber aus den Fetzen, die Arienne aufschnappte, wurde deutlich, dass sie das Band in wenigen Augenblicken zu sehen bekämen.

»Mit wem hast du gesprochen?«, flüsterte sie.

Tom lächelte. »Andreas Lautner, dem Vorstandsvorsitzenden.«

»Und der schuldet dir einen Gefallen?«

»Mehr als das«, feixte Tom. »Als wir über die Hintergründe zur Finanzkrise berichteten ... da habe ich ihn besser davonkommen lassen, als er es verdient hätte.«

»Du hast gelogen?«, fragte Arienne mit ehrlichem Entsetzen. »Was ist mit der Ehre der Journalisten?«

Tom zuckte mit den Schultern. Er wollte noch etwas erwidern, doch Frau Sievers beendete das Gespräch und gab ihm sein Handy zurück.

»Sie können das Band sehen«, sagte sie leicht zerknirscht.

Tom setzte ein breites Lächeln auf. Es war die perfekte Mischung aus Schadenfreude, Dankbarkeit und der Art von entwaffnendem Lächeln, dem man nicht widerstehen konnte.

Arienne bemerkte mit einem leichten Schaudern, dass der kauzige Mann sie mehr und mehr beeindruckte. *Anscheinend kennt der alte Hund doch so manchen Trick*, dachte sie.

Frau Sievers geleitete sie an den Serviceschaltern vorbei und in den Mitarbeiterbereich. Dort führte eine Treppe in den Keller und endete in einem großen Raum, der gut fünf Meter in jede Richtung maß. Flauschiger roter Teppichboden dämpfte ihre Schritte und die Beleuchtung war perfekt um eine Nuance gedimmt, um den beruhigenden Effekt des Teppichs und der Gemälde zu unterstützen. Zwei ausladende Sofas standen um einen niedrigen Couchtisch herum, auf dem einige Magazine lagen.

Doch im ersten Augenblick fesselte ein anderer Anblick ihre Aufmerksamkeit: eine Panzertür aus glänzend poliertem Stahl. Das Monstrum war quadratisch, hatte gut zwei Meter Kantenlänge und saß mittig in der Wand zu ihrer Linken. *Man braucht sicherlich mehrere Personen, um die zu öffnen*, dachte Arienne beeindruckt.

Die Tür war mit mindestens drei Schlössern gesichert, wenn man allein die Schlüssellöcher zählte. Ein großer Hebel diente vermutlich als Türgriff. An jeder Ecke war ein

Kontakt mit einem Kabel verbunden, das knapp darüber in der Wand verschwand. Arienne ertappte sich selbst dabei, wie sie sich den Tresorraum ausmalte, welche Schätze wohl darin schlummerten. *Vielleicht ein paar Goldbarren?*, überlegte sie.

»Dies ist auch ein Ruheraum für die Angestellten«, sagte Frau Sievers. Anscheinend sprach sie mit Tom, der sich weit weniger beeindruckt zeigte. »Aber die Sofas dienen auch zum Warten, falls mehrere Kunden in den Tresorraum und an ihr Schließfach möchten.«

»Also darf immer nur eine Person gleichzeitig hinein?«, hakte Tom nach.

»Selbstverständlich! Wie sollten wir sonst ausreichende Diskretion garantieren?«, antwortete Frau Sievers.

Sie durchquerten den Raum und blieben vor einer von zwei weiteren kleinen Türen in einer der hinteren Ecke stehen.

»Sie müssen hier kurz warten, während ich das Band suche«, sagte Frau Sievers bestimmt. »Bitte haben Sie Verständnis, dass wir die Privatsphäre unserer Kunden schützen.«

»Natürlich«, entgegnete Tom. »Uns interessiert nur das Band des Geldautomaten von letzter Nacht. Die Zeit zwischen halb eins und halb drei.«

Arienne nickte in Gedanken versunken. *Die Polizei schätzte den Zeitpunkt des Todes auf kurz vor zwei*, dachte sie. *Aber das ist immer nur eine grobe Eingrenzung.*

Frau Sievers seufzte noch einmal theatralisch – das letzte Aufbäumen einer bereits Besiegten – und verschwand durch die Tür. Arienne konnte einen kurzen Blick in den Raum werfen, in dem allerlei technisches Gerät zu stehen schien, denn außer Kabeln und Blinklichtern war ihr auf Anhieb nichts aufgefallen.

»Die werden uns garantiert nicht die Kopie mitgeben«, flüsterte Tom.

»Keine Sorge«, verstand Arienne den Wink und zückte ihr Handy. »Sollte da was Interessantes drauf sein, dann haben wir es.«

Frau Sievers tauchte wieder auf und führte sie in den Raum vor einen kleinen Bildschirm.

Tom stellte sich zwischen sie und Arienne und verschränkte die Arme vor der Brust. Im ersten Moment wollte Arienne sich weiter vor den Bildschirm drängen, begriff dann aber, dass Tom sie lediglich vor den Blicken der Bankangestellten abschirmte, sodass sie ungestört ihre Aufnahme machen konnte. *Clever, du alter Hund*, gratulierte sie ihm in Gedanken. *Wirklich clever.*

»Gibt es einen Bildvorlauf?«, fragte Tom, nachdem einige Minuten vergangen waren, in denen sich rein gar nichts getan hatte.

»Sicher«, sagte Frau Sievers und drückte einen Knopf auf einer kleinen Fernbedienung.

Am oberen Bildrand standen Datum und Uhrzeit der Aufnahme. Das Band war nun schon bei null Uhr dreiundfünfzig. Außer einigen Passanten, die kurz durch den Sucher der Kamera gehuscht waren, hatten sie nichts entdeckt.

»Halt!«, rief Tom. »Gehen Sie zurück!«

Arienne brachte das Handy geschickt in Position und startete die Aufnahme. »Da!«, sagte sie, als der Mann ins Bild kam. »Die Schuhe!«

Es war kein großer Ausschnitt, kaum mehr als die Unterschenkel eines Menschen, doch Arienne hatte die abgetragenen Schuhe des Toten wiedererkannt.

Tom nickte zustimmend. »Das ist er.«

Das zukünftige Opfer rannte die Straße entlang und hastete die Treppe im Hintergrund hinab. Dabei konnte man einen kurzen Blick auf seinen Rücken werfen. Wenig später folgten ihm drei weitere Beinpaare, von denen allerdings nur eines die Treppe nahm. Es war ein blonder Mann, Weiteres ließ sich in der Sekunde, die er durchs Bild huschte, nicht erkennen. Die Kamera hatte leider nicht aufgezeichnet, wie der Blonde die U-Bahn-Station wieder verließ, was jedoch dem eingeschränkten Winkel geschuldet sein mochte.

Alles, was sie nun hatten, war der Beweis, dass dem Opfer jemand gefolgt war. Aber mehr war auch nicht nötig. Tom warf Arienne einen zugleich ernsten und anerkennenden Blick zu. »Du hattest recht. Er war nicht allein.« Dann wandte er sich an Frau Sievers. »Haben Sie vielen Dank. Wir finden selbst hinaus.«

Vor der Bank atmete Tom tief durch.

»Was machen wir jetzt?«, fragte Arienne. »Zeigen wir es Ed und bitten ihn um einen Platz in der nächsten Ausgabe?«

»Womit?«, entgegnete Tom. »Wir haben nur den Hinterkopf eines Mannes, keine Beweise.«

»Aber das Video beweist, dass der Mann ermordet wurde!«, protestierte Arienne.

Tom schüttelte den Kopf. »Nicht unbedingt. Der Blonde könnte die U-Bahn auch wieder verlassen haben, bevor der Penner starb.«

»Aber warum sind sie dann beide gerannt?«

Tom zuckte die Achseln. »Es regnete, vielleicht wollten sie dem Unwetter entgehen?«

»Aber ...«, begann Arienne, doch Tom unterbrach sie mit erhobener Hand.

»Mädchen, ich glaube dir ja«, sagte er in beschwichtigendem Ton. »Aber Ed wird mehr brauchen als das, um darin eine Story zu sehen.«

»Aber du siehst eine?«

Tom nickte. »Ich glaube, du bist da tatsächlich auf etwas gestoßen. Kannst du mir dein anderes Material zeigen?«

Arienne zögerte einen Moment. Die Story war ihr Baby, sie arbeitete fast seit Beginn ihres Volontariats daran. Tom jetzt mit einzubeziehen gefiel ihr nicht. *Andererseits hat er wirklich gute Ideen und ich kann von ihm lernen*, dachte sie.

Schließlich nickte sie.

»Gut, ich sage Ed Bescheid, dass wir einer Sache nachgehen«, sagte Tom mit verschwörerischem Grinsen. »Mir wird er den Kopf dafür nicht abreißen.«

Arienne hielt ihn am Arm zurück. »Du wirst mir die Story nicht wegnehmen, oder?«

Tom lachte. »Falls – und ich meine wirklich für den unwahrscheinlichen Fall, dass – da eine Story dranhängt und sie am Ende nicht einfach im Sand verläuft, dann bin ich nur dein Ko-Autor, in Ordnung?«

Sie nickte erst, legte dann aber den Kopf schief. »Warum hilfst du mir?«

Tom zuckte mit den Schultern. »Ich hab die Bilder gesehen und an deiner Theorie könnte was dran sein ... und es ist sicher spannender, als jede Woche über den gleichen Mist zu schreiben.«

Arienne beschloss, es fürs Erste dabei zu belassen, und sie gingen gemeinsam zu ihrer Wohnung. Tom rief von unterwegs in der Redaktion an und teilte Ed in knappen Worten mit, dass Ari und er in einer Sache nachforschten und erst später ins Büro kommen würden.

Er beendete das Gespräch, als sie Ariennes Wohnung erreichten.

»Und? Was hat er gesagt?«, fragte sie neugierig.

Tom lachte kurz, was mehr nach einem Husten klang. »Er hofft, dass ich mich nicht von dir habe bequatschen lassen.«

»Also ahnt er was.«

»Natürlich, er ist ja nicht dumm«, pflichtete Tom ihr bei.

»Und du rennst ihm seit Wochen damit die Tür ein.«

»So offensichtlich, ja?«

Tom lächelte, und es lagen weder Sarkasmus noch Belustigung in diesem Lächeln ... vielmehr eine väterliche Güte. »Du musst vor allem lernen, wie man eine große Story für sich behält.«

»Aber ich dachte, unter Kollegen ...«

»... wird am meisten geklaut«, fiel er ihr ins Wort. »Man sollte erst dann über eine Sache sprechen, wenn man sich absolut sicher ist, dass man alle nötigen Fakten dafür zusammenhat.«

»Das klingt irgendwie ziemlich verbittert«, warf sie beiläufig ein, doch Tom zuckte lediglich erneut die Achseln.

Ariennes Wohnung lag im zweiten Stock des viergeschossigen Hauses, am Beginn eines langen Flurs. Betrat man ihre Wohnung, so fand man sich direkt im Wohnzimmer wieder, das an eine halb offene Küche grenzte.

Toms Augen wanderten systematisch von einer Seite zur anderen, nahmen auf, analysierten, kartografierten und zeichneten vermutlich ein detailliertes Bild in seinem Kopf. Zumindest machte sein Gebaren diesen Eindruck auf die junge Frau. Sie dankte Gott im Stillen dafür, dass sie am Abend zuvor aufgeräumt hatte und keine getragene Unterwäsche die Couch oder den Fußboden verunzierte. In der Aufregung über die mögliche Story hatte sie nicht einen Gedanken an ihre Privatsphäre verschwendet, doch je länger Toms Blick umherschweifte, desto unbehaglicher fühlte sie sich auf einmal.

Tom ging langsam hinüber zum Fenster und blickte auf die Weinberge, die sich östlich der Stadt entlangzogen. »Für eine Stadtwohnung ist die Aussicht gar nicht schlecht«, sagte er anerkennend.

Arienne machte eine wegwerfende Handbewegung. »So oder so, es ist die einzige, die ich mir leisten kann.«

Tom griff nach dem alten Aschenbecher ihres Vaters, der immer mittig auf dem Couchtisch stand. Er drehte den blauen Glasquader hin und her, ehe er ihn vorsichtig wieder zurück an seinen Platz stellte. »Ich wusste gar nicht, dass du rauchst«, murmelte er.

»Er gehörte meinem Vater«, rechtfertigte sich Arienne. »Ich weiß auch nicht, wieso ich ihn behalte.«

Tom nickte. »Sentimentalität.« Er blickte sie plötzlich durchdringend an und Arienne wich unbewusst einen Schritt zurück. »Sag mal ...«, setzte er an und hielt mitten im Satz inne, »... ist es wahr?«

»Ist was wahr?«, fragte Arienne in dem Versuch, Zeit zu schinden, und wappnete sich innerlich gegen das Unausweichliche.

»Die Sache mit deinem Unfall.« Tom sprach plötzlich sehr leise. »Man sagt, du wärst dabei fast gestorben?«

Sie bemerkte, wie ihr Blick unstet wurde, als suchte sie verzweifelt nach einer Fluchtmöglichkeit. »Ist es das, was man sich erzählt? Ein Unfall, ja?«

Toms Reaktion, wie er betreten den Kopf zum Boden senkte, verriet ihr mehr, als sie wissen wollte.

»Ja, die Geschichte stimmt«, gab Arienne schließlich zu.

»Und du hast wirklich im Koma gelegen?«

»Vier Monate, ja.« Gleich würde sie kommen, die Frage nach dem Warum und Wie. Und dann würde sie wieder alle Fakten herunterrattern. Mechanisch, ohne jede Emotion, als wäre die ganze Sache einem Fremden widerfahren.

Doch Tom überraschte sie erneut: »Wie fühlt es sich an?«

Die Frage traf sie derart unvorbereitet, dass sie ihn einen Moment mit offenem Mund anstarrte. »Wie fühlt sich was an?«

»Sterben«, sagte er leise. »Ich frage mich, wie es ist.«

Arienne schluckte schwer. »Es war ... leicht.«

»Leicht?«

»Ich meine nicht den Teil, als ich mir die Pulsadern aufgeschnitten habe«, versuchte sie die Situation zu entspannen, doch keiner von ihnen konnte darüber lachen.

In Gedanken starrte sie wieder auf die Ecke der kleinen U-Bahn-Toilette, zählte die Risse in den grauen Fugen zwischen den weiß glänzenden Fliesen. Zweiundzwanzig kleine Makel hatte sie ausgemacht, bevor sie das Bewusstsein verloren hatte. *Zweiundzwanzig Risse für zweiundzwanzig Jahre ...*, dachte sie. *Und dann ...*

»In dem Moment, als ich mein Bewusstsein verlor ... da fühlte ich ... ich fühlte mich einfach irgendwie leicht. Als würde ich fliegen.«

»Und dann?« Tom hörte ihr aufmerksam zu.

Arienne zuckte mit den Schultern. »Mir wurde kalt. Und es war dunkel.«

»Man sagt, du hast dort fünfzehn Minuten ohne Pulsschlag gelegen?«, hakte Tom nach. Selbst jetzt konnte er den Reporter in sich nicht ganz ablegen.

»Ich weiß es nicht«, gestand Arienne. »Alle Ärzte haben mir immer wieder versichert, dass ich eigentlich nicht mehr am Leben sein dürfe.« Sie lachte trocken. »Ziemlich beknackt, das jemandem zu sagen, der gerade beim Suizidversuch gescheitert ist.« Sie zuckte erneut die Achseln. »Ich weiß noch, wie ich immer tiefer hinabglitt. Und dann war da plötzlich ein warmes goldenes Licht.«

»Das Ende des Tunnels?«

Sie schüttelte den Kopf. »Im Gegenteil. Irgendwo, in dem letzten Rest Bewusstsein, den ich noch aufbringen konnte, wusste ich, dass das Licht nicht das Ende ist. Ich versuchte am Anfang sogar davor zu fliehen ... Es fühlte sich an wie in meiner Kindheit, wenn mein Vater mich in den Arm nahm ... Verrückt, nicht wahr?«

Tom schüttelte den Kopf. »Auf mich wirkst du sehr klar bei Verstand.«

»Wer weiß? Vielleicht hat er ja seine schützende Hand über mich gehalten?« Sie hatte es nicht bemerkt, aber Tränen rannen ihr über die Wangen und von Zeit zu Zeit drang ein leises Schluchzen über ihre Lippen.

»Eine schöne Vorstellung«, pflichtete Tom ihr bei. »Ist dein Vater ...«

»... tot«, bestätigte Arienne und er nickte bedauernd. »Ja, schon lange. Ich war noch klein. Viereinhalb. Mein Vater war auf dem Heimweg von seiner Arbeit. Da wurde er Zeuge eines Autounfalls. Ein Besoffener ist in eine junge Mutter reingekracht. Mein Vater hat die Mutter und ihre beiden Kinder aus dem Wrack gezogen. Doch als er noch mal zurückwollte, um dem Verursacher zu helfen, da ist wohl eine Benzinleitung gebrochen und der Treibstoff hat sich entzündet«, ratterte Arienne mechanisch die Geschichte runter, wie sie im Polizeibericht stand. »Er hatte keine Chance. Aber wenigstens musste er nicht leiden.«

»Ich weiß nicht, aber vielleicht ist es dir ein kleiner Trost, dass dein Vater ein wirklich guter Kerl war, wie du das erzählst.«

Sie zuckte mit den Schultern. »Kann schon sein, aber sag das mal einem kleinen Mädchen ... Ich stand wohl derart unter Schock, dass ich wochenlang behauptet habe, dass er in meinem Zimmer sitzen würde ...«

Ein unbehaglicher Moment des Schweigens breitete

sich über ihnen aus, in dem Arienne versuchte, sich das Bild ihres Vaters wieder vor Augen zu führen, aber es wollte ihr nicht recht gelingen. Sie kannte sein Gesicht von unzähligen Fotos, doch die eigene Erinnerung an ihren Vater verschwamm von Jahr zu Jahr mehr.

Tom klatschte in die Hände und riss sie zurück in die Wirklichkeit. »Dann zeig mir mal, was du bisher zusammengetragen hast.«

Arienne nickte und ging in eine Ecke des Wohnraumes, die sie zu ihrem Büro auserkoren hatte. Auf einem kleinen Schreibtisch lag ihr Notebook, dessen Display heruntergeklappt war. Daneben wirkte das kleine Regal mit einigen Aktenordnern darauf nicht weniger verloren.

Zielsicher griff sie einen grauen Ordner heraus und überreichte ihn Tom.

Er blätterte die Seiten rasch durch, ohne sie zu studieren. »Sind das nur Zeitungsartikel und öffentliche Polizeiberichte?«, fragte er schließlich.

»Zu allen Todesfällen der letzten fünf Jahre, die mir unnatürlich erschienen, ja«, antwortete sie stolz.

Tom seufzte und warf den Ordner achtlos aufs Sofa. »Das ist alles nutzlose Scheiße.«

»Was?« Sie spürte, wie ihr Puls losraste und sie unbewusst einen Schritt zurückwich.

Tom schüttelte den Kopf. »Wo sind die Augenzeugenberichte? Hast du dir die Fundorte der Leichen angesehen? Hast du mit Angehörigen gesprochen?« Er beruhigte sich wieder, atmete tief durch und bedachte sie mit einem gutmütigen Lächeln. »Wenn du eine Reporterin werden willst, dann darfst du nicht bei grundlegenden Dingen patzen, verstanden?«

»Aber Ed sagte immer, ich soll nicht …«, stammelte sie, doch Tom fiel ihr ins Wort.

»Was Ed sagt und was er will, sind zwei verschiedene Paar Schuhe. Ed will, dass die Zeitung jede Woche voll ist. Er will gute Storys. Und er will vor allem gut recherchierte Geschichten.«

»Meine Story wollte er nicht!«, protestierte sie.

»Weil es noch gar keine ist!«, beharrte Tom.

»Und was jetzt?«

Er legte den Kopf schief und musterte sie. »Willst du es noch immer versuchen?«

»Natürlich!«, entgegnete Arienne mit fester Stimme.

»Gut. Aber wir machen es richtig. Morgen kümmern wir uns um die Hintergründe deiner Story.«

»Warum erst morgen?«

Tom sah auf seine Armbanduhr. »Weil Ed allmählich ein Magengeschwür wächst, wenn wir nicht in der Redaktion auftauchen. Und wir müssen noch die Meldung zu dem toten Penner von heute Nacht schreiben.«

»Bist du mit dem Auto da?«

Tom schüttelte den Kopf. »Ich hab mich von dem Fotofuzzi vom Fernsehen mitnehmen lassen. Aber als du kamst, war der schon weg.«

»Teilen wir ein Taxi oder laufen wir die paar Meter?« Sie warf einen Blick zum Fenster hinaus. »Es scheint nicht mehr zu regnen.«

*

In der Redaktion herrschte das übliche Chaos. Setzer, Grafiker, Journalisten – alles wuselte durcheinander, suchte nach dem letzten Schliff, zeigte Ed die neuesten Ideen und hoffte auf seine Zustimmung. Meist gab er sie nicht. Wenn Tom das Klischee eines Reporters war, dann war Ed das des diktatorischen Herausgebers.

Er war so gut wie immer schlecht gelaunt, lehnte neue Ideen grundsätzlich ab, solange sie nicht von ihm kamen, und schien immer denselben Zigarrenstummel im Mundwinkel klemmen zu haben. Arienne graute vor dem Gespräch und dem Moment, in dem Tom ihm offenbaren würde, dass sie gemeinsam an der Story arbeiteten, doch Tom hielt sich erstaunlich bedeckt. Stattdessen ließ er die zu erwartende Fluch-Salve über sich ergehen und gab Ed die Einzelheiten über den toten Obdachlosen.

»Gut, gut«, sagte Ed. »Das kann noch in die morgige Ausgabe. Nächste Woche interessiert das doch kein Schwein mehr.«

»Falls es überhaupt jemanden außer uns interessiert«, konterte Tom.

Ed zuckte die Achseln. »Vermutlich nicht, aber bringen müssen wir es trotzdem.«

Damit war alles gesagt und sie konnten wieder an ihre Schreibtische zurück. Tom hatte ein eigenes Büro. Es war zwar klein, aber es hatte eine Tür, die man abschließen konnte. Arienne hatte nur einen durch Stellwände abgetrennten Arbeitsplatz im Großraum der Redaktion. *Wie gern hätte ich eine Tür!*, dachte sie sehnsüchtig, als Tom in seinem Zimmer verschwand. Aber Büros für Volontäre waren einfach nicht vorgesehen. Nicht einmal alle fest angestellten Redakteure hatten einen eigenen Raum. Aus dem Radio eines Kollegen tönte in angenehmer Lautstärke »Nantes« von Beirut. Arienne mochte den Song und trommelte leicht mit den Fingern zur Musik. Sie gab ihrem Ficus einen Schluck Wasser, denn sie versuchte, das winzige bisschen Natur neben dem grauen Bildschirm um jeden Preis zu erhalten.

Sie wollte gerade die letzten Meldungen des Pressetickers durchgehen, als Tom seine Bürotür öffnete und sie zu sich rief.

»In Ordnung«, begrüßte er sie, nachdem die Tür wieder verschlossen war. »Die erste Runde haben wir überstanden. Ed schöpft noch keinen Verdacht, dass wir an deiner Story arbeiten.«

»Und was schlägst du nun vor?«, fragte sie.

Tom grinste breit. »Ich habe ein wenig telefoniert und ein paar Gefallen eingefordert.« Er deutete auf das Faxgerät, aus dem ein beständiger Strom an Papier geworfen wurde. »Du warst nicht gründlich genug«, sagte er in einem leicht oberlehrerhaften Tonfall. »Du hast zu früh aufgegeben. Polizeiberichte und Zeitungsartikel ... das kann jeder im Internet finden.«

Arienne senkte unwillkürlich den Blick. »Ich habe meine Quellen voll ausgeschöpft.«

»Ich weiß«, sagte Tom gelassen. »Du bist eben noch nicht lange dabei. Glaub mir, wenn du ein paar Jahre auf dem Buckel hast, dann schuldet dir auch die halbe Stadt einen Gefallen.«

»Indem ich die Wahrheit verdrehe, um solche Bankenfuzzis zu schützen?«

Tom schüttelte den Kopf. »Indem du deine Informationen richtig einsetzt.« Er ging zum Fax hinüber, das zusammen mit einem dieser Kombi-Drucker auf einem kleinen Tisch links neben der Tür stand, und nahm den Papierstapel aus dem Fach. Er reichte ihn Arienne. »Hier, das sind die Autopsieberichte der meisten Opfer der letzten fünf Jahre, die in dein Schema passen.«

Arienne starrte ungläubig auf den Papierhaufen in ihren Händen. »Alle? Wo hast du die her?«

»Wie gesagt, ich mache den Job schon eine ganze Weile.« Er bedachte sie mit einem trockenen Grinsen. »Ich weiß, dass viele mich für ein Relikt halten ... einen Spinner im Trenchcoat, der nicht wirklich weiß, ›was abgeht‹.«

Arienne suchte nach einer passenden Erwiderung, doch der Moment war rasch verflogen, und so entstand nur eine weitere Pause, die sie verlegen den Kopf senken ließ.

Tom lachte. »Mach dir keine Sorgen. Bis vorhin hielt ich dich auch für eine junge Stümperin.« Er klopfte ihr auf die Schulter. »Ich würde sagen, wir gehen die Berichte heute Abend gemeinsam durch. Acht Uhr bei dir. Magst du extra Käse auf deiner Hälfte der Pizza?«

Arienne nickte. »Und im Rand.«

Zwei

Die drei Meter hohe Tür quietschte laut in den Angeln, als er die Kirche betrat. Der weiche Stoff des zugeknöpften Mantels verursachte beim Gehen kein Geräusch, lediglich der dumpfe Schlag seiner Absätze auf dem polierten Granit hallte leise bis unter die zwanzig Meter hohe Decke. Der Duft von Weihrauch hing wie eine verblassende Erinnerung noch in der Luft und durch die Heiligenbildnisse in den Buntglasscheiben drang dämmriges Licht.

Vincent tippte sich beim Anblick des Jesuskreuzes, das über dem Altar hing, kurz zum Gruß gegen die Stirn. Er schritt an den akkurat aufgestellten Holzbänken, die von den unzähligen Gesäßen über die Jahrzehnte blank poliert waren, entlang und rechter Hand zu dem kleinen Marienschrein, wo die ewigen Lichter brannten.

Eine andere in einen dunklen Mantel wie seinen gekleidete Person kniete auf dem kleinen Gebetsbänkchen und hielt die gefalteten Hände vors Gesicht. Der Mann, der für Vincent alles andere als ein Fremder war, senkte das Haupt und sein schwarzes Haar fiel ihm in dünnen Strähnen auf die Schultern.

»Du hast es nicht vergessen«, grüßte der Mann Vincent, als der sich neben ihm auf dem Gebetsbänkchen niederließ.

Vincent nahm eine der Kerzen und entzündete sie an der Flamme eines der ewigen Lichter. »Wie könnte ich«, antwortete er und stellte die Kerze auf dem sechsreihigen Ständer auf. Die kleine Flamme warf ihr Licht auf das Gesicht der Heiligen Maria und ließ ihr gütiges Lächeln in mattem Glanz erstrahlen.

»Sie liebte Kerzenschein, weißt du noch?«

Vincent blickte den Mann düster von der Seite an. »Hör auf damit!«

Der Mann seufzte schwer. »Es hat sich also nichts geändert ...«

»Wie denn auch, Nathaniel? Celine ist tot. Und es ist deine Schuld.«

Nathan nickte bedächtig. Dann blickte er Vincent traurig in die Augen. »Denkst du, das wüsste ich nicht? Was denkst du wohl, warum ich hier bin?«

»Weil *Er* es so will«, antwortete Vincent knapp. »Deine ewige Verbannung.«

Nathan atmete hörbar aus. »So viele Jahre schon gefangen unter ihnen ...«

Vincent legte den Kopf schief und musterte den Mann. »Du hasst die Menschen, nicht wahr?«

Nathan schüttelte den Kopf. »Wie könnte ich, wo *Er* sie doch so liebt?«

»Du lügst, Gefallener«, sagte Vincent verächtlich. »Wie du schon damals gelogen hast.«

Wieder seufzte Nathan. »Willst du wirklich *darüber* sprechen? Ich wollte ihren Tod nicht, das musst du mir endlich glauben.«

»Die Menschen glauben, Nathan«, sagte Vincent trocken. »Wir Engel wissen.«

»Dann wisse, Bruder, dass ich diese Welt bald verlasse. Ich ertrage die Trostlosigkeit nicht länger.«

»Du kannst jederzeit ein sterbliches Leben wählen«, sagte Vincent. »Werde einer von ihnen, genieße deine kurze Lebensspanne und stirb in Frieden. *Er* wird dich dann wieder empfangen.«

»Es gibt Dinge, die ich als Sterblicher nicht tun kann«, hielt Nathan dagegen.

»Umgibst du dich deshalb mit Luzifers Lakaien?«, fragte Vincent direkt.

Nathan lächelte schmal. »Du irrst auf so viele Weisen, Vincent. Vielleicht lebst du auch schon zu lange unter den Menschen.«

»Ich werde so lange unter ihnen leben, wie es dauert, sie vor dir zu schützen.«

Nathan nickte. »Und wie viele von ihnen hast du in den letzten Jahrhunderten bereits gerichtet? Wie viele sind durch deine Hand gestorben?«

Vincent zuckte die Achseln. »Ich habe ihre Seelen vor Dämonen gerettet. Ich habe ihnen die Ewigkeit an *Seiner* Seite ermöglicht.«

Wieder nickte Nathaniel. »Eine gelungene Rechtfertigung ... Aber, sag mir, Bruder, waren sie denn alle Sünder?«

Vincent schnaubte verächtlich. »Durch Luzifers Makel hatten sie gar keine andere Wahl. Ergreift ein Dämon einmal Besitz von seinem Wirt, ist die Seele verloren.«

Nathan lächelte traurig. »Du bist hart geworden in deinem Hass, Bruder.«

»Hart gegen dich, ja«, fuhr Vincent dazwischen.

»Hart gegen die Menschen«, berichtigte Nathan.

Vincent schüttelte schnaubend den Kopf. »Ich tue, was immer nötig ist, um sie zu beschützen.«

Nathan lächelte gutmütig. »Wirst du mich verfolgen, wenn ich dich jetzt verlasse, um Celines Grab noch einen Besuch abzustatten?«

Vincent seufzte. »Nicht heute. Nicht an diesem Tag, das weißt du.«

»Dann leb wohl, Bruder«, sagte Nathaniel leise und stand auf. »Du solltest ihr Blumen bringen, das würde sie freuen.«

Er schenkte Vincent noch ein trauriges Lächeln, doch

seine makellosen Züge konnten den Engel nicht täuschen. Vincent packte Nathan am Arm. »Wenn du endlich Buße für ihren Tod leisten willst, dann triff mich hier um Mitternacht.«

»Ich büße bereits jeden Tag«, sagte Nathan und ging.

Vincent tippte mit der Linken gegen das Ohrmikro: »Lasst ihn gehen.«

»Aber ... Vincent?«, ertönte Shanes Stimme. Der Paladin schien überrascht und enttäuscht.

Vincent seufzte. »Ihr könnt ihn nicht aufhalten. Und ich werde ihn heute nicht jagen. Also lasst ihn gehen.«

»Verstanden.«

So viele Jahre schon, dachte Vincent und zog sich das kleine Mikrofon aus dem Ohr. *Die Technik ändert sich, aber wir bleiben dieselben, nicht wahr?* Er blickte beinahe Hilfe suchend zu der kleinen Marienstatue. »So viele Jahre ...«, flüsterte er.

Einige Minuten später hörte er, wie das Kirchentor erneut geöffnet wurde. Schwere Stiefelabsätze traten in rascher Folge auf dem Granit auf, und Vincent begrüßte die Person, ohne den Blick von der Marienstatue abzuwenden. Er konnte ihren Herzschlag deutlich fühlen und auch, dass sie in seiner Gegenwart zunehmend nervöser wurde. Ihr Atem beschleunigte sich und sie geriet ganz leicht ins Schwitzen.

Noriko schwärmte für ihn, das war für Vincent kein Geheimnis. Doch er würde sich solche Gefühle niemals wieder gestatten. Zum Glück für die Frau legte sie ihre Nervosität bei der Jagd ab, sonst wäre sie im Kader der Paladine nicht von Nutzen.

»Weshalb störst du mich, Noriko?«, fragte Vincent tonlos. Er blickte sie noch immer nicht an, wusste aber, dass seine Worte ihr einen Stich versetzten.

»Alfred hat sich gemeldet«, sagte sie mit kontrollierter Stimme. »Der Neue ist schon angekommen und wartet im Nest.«

»So früh also«, bemerkte Vincent. »Er sollte Rom doch erst in zwei Tagen verlassen.«

»Anscheinend wollte man das Team möglichst rasch wieder ergänzen«, vermutete Noriko.

Vincent stand auf und verbeugte sich ehrfürchtig vor der Marienstatue. Dann wandte er sich zu Noriko um. In Straßenkleidung war von der harten Kämpferin, die er vier Jahre zuvor in Japan rekrutiert hatte, nichts mehr zu erkennen. Die Kurzhaarfrisur ließ sie auf den ersten Blick jungenhaft wirken.

»Shane wartet im Van«, sagte sie, um ihr Unbehagen zu kaschieren. Dass er sie so ansah, verunsicherte sie immer wieder.

»Dann zurück zum Nest«, stimmte Vincent zu.

Vor der Kirche stand ein unscheinbarer Minivan, wie sie mittlerweile jeder Hersteller für kleine bis große Familien anbot. Früher hatten Vincents Paladine einen Kleinbus benutzt, aber ein Minivan mit getönten Scheiben war einfach viel unauffälliger. Abgesehen vom Fahrer, denn Shane war ein rothaariger Riese aus den schottischen Highlands. Die Locken hatte er auf Schulterlänge gestutzt und eine große Sonnenbrille verdeckte den Großteil seines Gesichts – mit Ausnahme seines strahlenden Lächelns. Er saß einfach nur entspannt auf dem Fahrersitz und trommelte mit den Fingern zum Takt der Musik aufs Lenkrad. Vincent kannte das Lied, es war »Something To Believe In« von Bon Jovi.

Noriko öffnete die Tür und kletterte auf den Beifahrersitz. Vincent machte es sich auf der Rückbank bequem.

»Zurück zum Nest«, sagte er kurz angebunden.

Shane startete den Motor. »Warum haben wir Nathan wieder ziehen lassen?«, wagte er zu fragen.

Vincent wandte den Blick zum Fenster, durch das er den Friedhof sehen konnte. »Weil ich ihn heute nicht verfolge.«

»Okay, damit kann ich leben«, lachte der Hüne und trat aufs Gas. Der Van machte einen Satz nach vorn, schnurrte dann aber wie ein Kätzchen, als Shane den dritten Gang einlegte und es gemütlicher angehen ließ.

Heute verfolge ich dich nicht, Nathaniel, dachte Vincent, während er aus dem Fenster blickte.

*

Antonio saß steif auf der vordersten Holzbank, keine zwei Meter vom Altar entfernt. Die Kirche war klein. Es gab nur noch fünf weitere Holzbänke und die standen akkurat hintereinander aufgereiht. Einen Mittelgang gab es nicht, aber die Bänke waren auch nur zehn Meter breit. *Was kann es hier schon Wichtiges geben, das es um jeden Preis zu beschützen gilt?*, fragte er sich unentwegt. Man hatte ihm nicht viel über seinen neuen Auftrag erzählt, lediglich, dass diese kleine Kirche mitten in Deutschland für den Vatikan von unschätzbarem Wert war.

Pfarrer Markwart hatte ihn zwar freundlich begrüßt, hielt sich über die Aufgaben, die hier auf Antonio warten mochten, jedoch ebenso bedeckt.

Außerdem war der Pfarrer schon seit Tonis Ankunft damit beschäftigt, einen kleinen Setzling in einem großen Blumentopf zu pflegen und zu bewundern. Toni hatte ihn eine Weile beobachtet, bevor er sich ihm vorgestellt hatte. Alfred Markwart war ohne Unterlass mit einem Schössling beschäftigt. Der Größe des Blumentopfes nach zu urteilen, mochte es sich dabei vielleicht sogar um einen Baum handeln, den er für den Winter lieber in der Kirche wusste, um ihn vor Bodenfrost zu schützen.

Toni wischte die Gedanken um den Pfarrer beiseite und widmete seine Aufmerksamkeit wieder dem Rest der Kirche. Das Jesuskreuz über dem Altar war schlicht und aus Holz. *Nicht so protzig wie in anderen Kirchen*, dachte Toni erfreut. Er mochte den Pomp, mit dem sich katholische Kirchen bisweilen schmückten, nicht. Nach seiner Auffassung sollte die Kirche ihr Vermögen einzig und allein dazu nutzen, um denen zu helfen, die nichts hatten.

Er faltete die Hände zum Gebet. »Herr, du hast mich entsandt, um dir hier zu dienen. Auch wenn man mir nicht gesagt hat weshalb, so weiß ich doch, dass es nach deinem Willen geschah.« Er blickte wieder zum Jesuskreuz empor. »Gib mir die Kraft, diese Prüfung zu bestehen.«

Die Tür der kleinen Kirche wurde geöffnet und das Geräusch von drei Paar Stiefeln, deren Absätze auf den Stein schlugen, erfüllte die kleine Halle. Toni drehte den Kopf, um einen Blick auf die Neuankömmlinge zu erhaschen. Zwei Männer und eine Frau, gekleidet in lange dunkle Mäntel, schritten entschlossen auf ihn zu.

Rasch hatten sie die Sitzbänke umrundet und bauten sich im Halbkreis vor ihm auf, wobei die Frau und der rothaarige Hüne den blonden Mann flankierten. Toni starrte ihm wie gebannt in die strahlend blauen Augen, die beiden Begleiter verschwammen neben ihm fast. Dabei stand der Mann einfach nur da, das linke Bein einen halben Schritt weiter nach vorn geschoben, die Hände in den Taschen seines Mantels. Er hielt den Kopf leicht schräg, wodurch die Haare auf der rechten Schulter auflagen. Sein Blick war wach und beobachtend, jedoch nicht bedrohlich … eher … beruhigend.

»Seid ihr der Grund, weshalb ich hier bin?«, platzte Toni mit einer Frage heraus, um die Stille zu durchbrechen.

Der Blonde verzog keine Miene. »Durchgefallen.«

Toni runzelte die Stirn. »Wie?«

Der rothaarige Hüne ergriff das Wort. »Durch den ersten Test«, sagte er fröhlich, aber ohne jede Form von Spott.

»Zeigt ihm alles«, warf der Blonde ein und wandte sich zum Gehen, »und dann bringt ihn wieder zu mir.«

»Die große Tour?«

Der Blonde war bereits an einer Seitentür angelangt. »Alles.« Dann war er hinter ihr verschwunden und ließ sie in der Halle zurück.

Der Hüne seufzte tief. »Die große Tour also ... Gott weiß, wie sehr ich die hasse.«

Die Asiatin bedachte ihn mit einem tadelnden Blick. »Du solltest nicht so abfällig reden.« Toni vermutete, dass sie aus dem Osten Japans stammte, möglicherweise hatte es in ihrer Familie sogar einmal abendländische Vorfahren gegeben. *In einem Abendkleid wäre sie bestimmt eine Wucht*, versank er in Gedanken.

»Was denn?«, warf der Rothaarige zurück. »Gott weiß, dass ich die Tour hasse. Zwischen dem Herrn und mir gibt es keine Geheimnisse.«

Tonis Blick wanderte interessiert zwischen dem Hünen und der Frau hin und her. Den Mann schätzte er auf knapp zwei Meter und damit einen Kopf größer, als er selbst war. Seine roten Locken umrahmten sein Gesicht wie ein Feuerkranz. Die Frau hatte schwarze Haare und trug die gleiche Frisur wie er selbst, einen modischen Kurzhaarschnitt mit angedeutetem Irokesen. Toni versuchte ihre Figur unter dem langen Mantel zu erahnen, kam aber über eine vage Vermutung nicht hinaus.

Der Hüne seufzte erneut. »Na schön, dann fangen wir mal an. Wie heißt du?«

»Antonio Lucina«, antwortete er rasch.

»Okay, Toni ... Ich darf doch Toni sagen?«, fragte der Rotschopf, wartete jedoch nicht auf eine Antwort. »Ich bin Shane und das hier ist Noriko.«

»Alfred kennst du ja schon«, warf Noriko ein. »Und Vincent ... ihn lernst du später kennen.«

Tonis Blick wurde zunehmend verwirrter. »Das ist ja schön, aber ... was soll ich hier?«

»Wenn man uns sagen würde, wer unser Team verstärkt und wann, dann hätten wir dich selbst abgeholt«, lachte Shane und steuerte auf eine Tür an der Rückseite der Kirche zu. »Aber in Rom hält man sich seit Neuestem gerne bedeckt.«

»Und wie geht es jetzt weiter?«, fragte Toni.

»Jetzt öffnen wir dir erst einmal die Augen.«

Noriko stand noch immer bei Toni und zog ihn auf die Füße. »Willkommen bei der Truppe.«

»Los, suchen wir dir mal die passende Kleidung«, sagte Shane und winkte Noriko und Toni zu sich heran. Dann verschwand er durch die offene Tür, hinter der eine Treppe nach unten führte.

Toni traute seinen Augen nicht, als sie den Keller der Kirche betraten. Er hatte mit einer gewöhnlichen eisenbeschlagenen Holztür gerechnet, nicht mit einem Bollwerk aus Stahl, das mit einem Netzhautscan und einer Stimmenanalyse gesichert war.

Der Hüne brachte ein Auge in Position vor den Scanner, baute sich danach vor der Tür auf und sagte mit ruhiger Stimme: »Shane MacRath.«

»Was für eine Truppe seid ihr?«, entschlüpfte es Toni.

Noriko lachte trocken. »Man könnte sagen, wir sind der verlängerte Arm der Inquisition.«
Toni runzelte die Stirn. »Die Inquisition ... ja klar.«
Shane öffnete die Tür und trat hindurch. »Glaubst du an Gott?«, fragte er aus dem Inneren des Raumes.
Noriko blickte Toni fragend an und folgte Shane durch die Tür hindurch.
»Ja, natürlich glaube ich an den Herrn«, antwortete Toni und trat ebenfalls ein.
»Dann solltest du auch die Konsequenzen kennen.« Shane begrüßte ihn mit ausgebreiteten Armen in einem Raum, der Toni an eine geheime Militärbasis erinnerte, aber ganz gewiss nicht an einen Kirchenkeller.
»Wo bin ich hier gelandet?«, hauchte Toni fassungslos.
Wieder erklang Norikos trockenes Lachen. »Keine Sorge, man gewöhnt sich schnell daran.«
Shane baute sich vor Toni auf. »Rom hat dich zu uns geschickt, weil man deine Fähigkeiten als nützlich für uns erachtet.« Er musterte Toni von Kopf bis Fuß. »Ich bin ganz ehrlich, denn Lügen ist eine Sünde«, sagte er augenzwinkernd. »Mir ist egal, was die sagen. Wir halten täglich unseren Kopf hin, um das zu schützen, was ihnen heilig ist. Also musst du *unseren* Anforderungen genügen, nicht dem theoretischen Geschwafel der Bischöfe, klar?«
Toni antwortete zögerlich. »Klar ...«
Shane deutete auf ein Regal zu seiner Linken, in dem von Handfeuerwaffen bis zu leichten Sturmgewehren so ziemlich alle denkbaren Waffen verstaut waren. Sogar verschiedene Handgranaten ruhten in kleinen Kisten. »Kannst du damit umgehen?«
Toni nickte. »Ich war bei der Schweizergarde.«
»Was sagt dir der Hexenhammer?«, warf Noriko ein.
Toni blickte sie skeptisch an. »Dieses Sammelsurium an

Halbwahrheiten, mit dem die Kirche in ihrer dunkelsten Stunde unzählige Unschuldige hingerichtet hat?«

Shane seufzte, schüttelte dann resignierend den Kopf. »Okay ... wie sollst du es auch besser wissen.«

In der Zwischenzeit hatte Noriko aus einem anderen Regal einen silbernen Rosenkranz und ein kleines Buch hervorgeholt. »Trage ihn immer um den Hals«, wies sie ihn an, als sie ihm die Kette überreichte.

Toni wollte schon widersprechen, doch eine innere Stimme sagte ihm, dass es klüger wäre, der Frau zu gehorchen. Er wog das Büchlein in der Hand. Es gab keinen Hinweis darauf, was es enthielt. »Und was ist das?«

Shane verzog die Lippen zu einem schelmischen Grinsen. »Die Spielregeln.«

Noriko stand vor einem geöffneten Schrank, doch die Sicht auf dessen Inhalt wurde Toni vom Türflügel versperrt. »Welche Kleidergröße hast du?«, fragte sie beiläufig und ließ ihren Blick suchend umherwandern. Sie hielt inne, musterte Toni von Kopf bis Fuß und griff dann in den Schrank. »Das hier sollte passen.« Sie hielt ihm eine Hose, ein Hemd und eine ärmellose Weste hin.

Toni nahm die Sachen zögerlich entgegen und fühlte, dass es sich bei dem dunklen Material um eine Art Kevlar handelte. »Gepanzerte Kleidung?« Er tauschte einige fragende Blicke mit den beiden. »Gepanzerte Kleidung, Waffen – was kommt als Nächstes?«

Shane grinste breit. »Wir erklären dir das Spiel.« Dann nahm er sich eine kleine 9-mm-Maschinenpistole aus dem Regal, prüfte, ob sie geladen war, und steckte sie in das Schulterholster. Noriko wählte eine einfache Pistole gleichen Kalibers. Offensichtlich, weil eine größere Waffe an ihrem zierlichen Körper leichter zu entdecken wäre.

Toni wusste nicht genau, was man von ihm erwartete,

aber die ganze unwirkliche Situation sorgte schon allein dafür, dass er sich mit einer Waffe in der Hand wesentlich sicherer fühlte. Also nahm auch er eine halb automatische Pistole und ein passendes Holster aus dem Regal.

»Anziehen«, sagte Shane knapp. »Die Zeit drängt.«

Toni senkte den Blick.

»Kein Grund, kirchlicher als der Papst zu sein«, lachte Noriko. »Aber bitte, wenn du wirklich so verklemmt bist ...«, fuhr sie fort und drehte sich um. »Besser so?«

Toni entledigte sich rasch seiner Kleidung und zog die neuen Sachen über. Je öfter er das Material berührte, desto sicherer war er, dass es sich dabei um kugelsicheren Stoff handelte. Shane bemerkte seinen prüfenden Blick und nickte ihm bestätigend zu.

»Wohin zuerst?«, fragte Shane, und es war klar, dass er mit Noriko sprach.

»Wie spät ist es?«, entgegnete sie. »Früher Abend?«

Shane sah auf die Uhr. »Ich denke, der Russe ist schon wach.« Er griff nach einer kleinen Tasche.

Toni machte sich nicht mehr die Mühe, die beiden um eine Erklärung zu bitten, stattdessen folgte er ihnen nach einem stummen Stoßgebet die Treppe hinauf und aus der Kirche hinaus.

Shane steuerte zielsicher auf einen blauen Minivan mit getönten Scheiben zu.

»Okay ...«, begann Toni, »klärt mich endlich mal auf. Geheime Waffenlager im Keller einer Kirche, Kevlaranzüge – und dann eine spießige Familienkutsche?«

Noriko wollte anscheinend zu einer Erklärung ansetzen, doch Shane fiel ihr ins Wort. »Du würdest es nicht glauben, also verderben wir dir nicht den Spaß.«

»Es ist ungefährlich«, versuchte Noriko ihn zu beruhigen, fügte dann aber achselzuckend hinzu: »Heute zumindest.«

Toni entfuhr ein genervtes Stöhnen.

»Keine Sorge, es wird sich lohnen!«, lachte Shane und entriegelte die Türen per Fernbedienung.

Nachdem sie eingestiegen waren – Toni hatte es sich im Fond bequem gemacht –, drehte Shane sich noch einmal zu ihm um. »Wir haben im Auto keine Waffen versteckt, für den Fall, dass es jemand klaut oder wir durchsucht werden. Ich gehe davon aus, dass du einen Waffenschein hast, sonst hätte man dich uns erst gar nicht zugeteilt.«

»Ja, hab ich«, antwortete Toni leicht gereizt. Er hatte dieses Spielchen allmählich satt.

»Anschnallen«, sagte Shane mit entwaffnendem Lächeln. Dann ließ er den Motor an und löste die Handbremse. »Auf zum Russen.«

Sie sprachen während der Fahrt kaum ein Wort. Toni war das Schweigen angenehm, da er sich so besser auf seine Umgebung konzentrieren konnte. *Was für eine kleine Stadt im Vergleich zu Rom*, dachte er. Shane hielt vor einem großen Wohnkomplex und führte sie in eine Art Hinterhof. Dort steuerte er einen der vielen Hauseingänge an. Toni überschlug anhand der Klingeln die Anzahl der Wohnungen und kam auf mehr als dreißig pro Gebäude. Shane drückte einen Klingelknopf. Auf dem dazugehörigen Schild prangten lediglich die Initialen »V. D.«

Nach einem kurzen Moment wurde die Gegensprechanlage betätigt. »Ja?« Die Stimme hatte einen osteuropäischen Akzent.

»D., mach schon auf«, sagte Shane. »Wir stören auch nicht lange.«

Aus dem Lautsprecher drang ein resignierendes Seufzen, dann gab der Summer die Tür frei. Sie fuhren mit dem Fahrstuhl in den siebten Stock, folgten einem langen Gang und standen schließlich vor einer verschlossenen Tür.

Shane klopfte laut dagegen.

»Ist es dunkel?«, fragte die osteuropäische Stimme.

»Scheiße, ja. Du kennst den Hausflur«, entgegnete Shane. Dann öffnete er die Tasche und verteilte daraus kleine Geräte, die wie Stirnlampen aussahen. Erst auf den zweiten Blick stellte Toni fest, dass es sich dabei um Nachtsichtgeräte handelte.

Mehrere Sicherheitsschlösser wurden klackend geöffnet und die Tür schwang zur Hälfte auf.

Shane ging voran, gefolgt von Noriko. Beide trugen bereits die Infrarotsichtgeräte. Toni zögerte noch einen Augenblick und sah ihnen nach. Als er bemerkte, dass es in der Wohnung hinter der Tür stockfinster war, legte er kopfschüttelnd das Nachtsichtgerät an und folgte den beiden.

Zuerst konnte er kaum etwas erkennen, das Bild war undeutlich und dunkel.

»Schalt die Infrarotlampe an der rechten Seite an«, riet ihm Noriko.

Toni suchte kurz nach einem Schalter und atmete erleichtert auf, als das Bild nach dessen Betätigung schlagartig besser wurde. Er befand sich in einem schmalen Flur, der in einen größeren Raum mündete. Als er den Raum betrat, erkannte er, dass es sich um ein geräumiges Wohnzimmer handelte. Noriko und Shane saßen auf einem Sofa gegenüber von einem hageren Mann in einem dicken Polstersessel.

»Setz dich«, wies Shane ihn an und deutete auf einen zweiten Sessel. Toni ging vorsichtig darauf zu – die ungewohnte Sicht machte ihn ganz schwindelig.

»Was wollt ihr?«, fragte der hagere Mann mit hartem Akzent.

Russisch? Slowenisch?, fragte Toni sich, konzentrierte sich dann aber wieder auf den Moment.

Shane deutete auf ihn. »Er ist neu. Vince will, dass wir ihm alles zeigen.«

»Und da kommt ihr zu mir?«

»Lass den Akzent stecken, Vlad«, mischte Noriko sich ein. »Wen willst du damit erschrecken?«

»Imagepflege«, gab Vlad unumwunden zurück – perfekt und akzentfrei. Dann blickte er Toni neugierig an. »Sie wissen nicht, wer ich bin, hab ich recht?«

»Nein, das weiß ich nicht«, gab Toni zu.

Vlad stand kurz auf, um sich tief zu verbeugen. »Gestatten, Graf Vlad Dracul der ... ich weiß es ehrlich gesagt nicht mehr ... vielleicht der Dritte.«

»Klingt spannend«, rutschte es Toni heraus.

»Ich wurde 1422 in ... wie sagt man hier ... Schäßburg geboren. Und der Akzent war rumänischen Ursprungs, um Ihre Frage zu beantworten.« Dann ließ er sich geschmeidig in den Sessel zurückgleiten.

Toni hatte aufmerksam zugehört und saß nun mit geschürzten Lippen da. »Guter Witz«, sagte er schließlich. »Nicht schlecht, wirklich. Auch zu erraten, dass ich mich über den Akzent gewundert habe.« Er blickte Shane und Noriko fragend an.

»Du wolltest doch wissen, was wir machen«, sagte Shane.

»Und Vlad hier gehört zu unseren Informanten«, fügte Noriko hinzu.

»Vlad Dracul ...«, wiederholte Toni. »Wie in Dracula?«

»Ganz recht«, antwortete Vlad.

»Klar«, schnaubte Toni und verschränkte die Arme vor der Brust.

Shane kicherte kurz. »Zeig's ihm, Vlad.«

Vlad grinste breit. »Gerne. Aber nur, wenn er nicht auf mich schießt.«

»Wieso sollte ich?«, wunderte sich Toni.

Noriko hingegen nickte. Sie wandte sich zu ihm um, er konnte ihre rötlichen Umrisse vor dem dunklen Hintergrund klar erkennen. »Dir wird jetzt nichts geschehen, bleib ganz ruhig. Aber sieh genau hin, ja?«

»Okay ...«, sagte Toni langsam und lehnte sich im Sessel zurück.

Vlad stand indessen auf und postierte sich zwischen seinen Gästen. »Was Sie jetzt sehen, wird Ihr Leben verändern«, versprach er.

Toni beobachtete durch die verzerrte Infrarotsicht, wie Vlad sich anscheinend unter Schmerzen krümmte. Plötzlich erfüllte das Geräusch von zerreißendem Stoff das Wohnzimmer und Vlads Hemd fiel in Fetzen zu Boden. Der hagere Mann schien um einen Kopf gewachsen zu sein und auch deutlich an Muskelmasse zugelegt zu haben. Toni schüttelte verwirrt den Kopf, als Vlads Schultern laut knackten und sich wölbten.

Haut zerriss und in der Infrarotsicht breiteten sich zwei warme Flecken links und rechts des Mannes aus. Toni verstand nicht und zog das Nachtsichtgerät herunter. Zwei rot glühende Augen funkelten ihn wild aus Vlads Kopf an. Shane zog ein Feuerzeug aus der Tasche, und als die kleine Flamme verzweifelt gegen die Dunkelheit des Raumes ankämpfte, konnte Toni es endlich erkennen: ein schwarzes ledriges Flügelpaar.

»Verdammt!«, stieß er aus und warf sich samt Sessel nach hinten, kippte um und fiel. Noch in der Luft ruderte er mit den Armen und begann mit den Füßen zu strampeln, als wollte er davonlaufen. Er landete in zusammengekauerter

Position auf den Füßen und starrte auf den fleischgewordenen Albtraum in der Mitte des Wohnzimmers. »Was zur Hölle ist das?«

Das Maul des Monsters öffnete sich und messerscharfe Zähne blitzten auf. Seiner Kehle entrang sich ein gequälter Schrei, der eher zu einem Raubvogel gepasst hätte.

»Was passiert hier?«, schrie Toni und versuchte mit zittrigen Fingern seine Pistole zu fassen.

»Bleib ganz ruhig«, sagte Shane gelassen, dann wandte er sich an das Monster. »Ich denke, das reicht, D.«

Toni traute seinen Augen nicht, als die Flügel langsam schrumpften und im Rücken des Monsters verschwanden. Auch die Statur veränderte sich mehr und mehr, bis schließlich derselbe hagere Mann wie zuerst vor ihm stand, jedoch ohne Hemd.

»Entschuldigt mich einen Moment«, sagte Vlad. Seine Stimme klang ein wenig angestrengt, doch Toni schenkte diesem Detail keine Beachtung. »Ich hole mir rasch ein frisches Hemd.«

Vlad ging an Toni vorbei, der rückwärtskrabbelnd vor ihm flüchtete, bis er mit dem Rücken gegen die Wand stieß. Er bekreuzigte sich mehrmals und stammelte: »Herr, sei meiner Seele gnädig.«

»Betest du auch noch das Vaterunser?«, lachte Shane.

»Was ... war das?«, fragte er stotternd.

Shane lehnte sich entspannt zurück. »Wonach sah es denn aus?«

Toni schüttelte den Kopf. »Das kann nicht sein«, murmelte er immer wieder. »Das kann es nicht geben ... Ich muss hier raus!«

Noriko legte den Kopf schief und betrachtete ihn mit einer Mischung aus Mitgefühl und Belustigung. »Du sagtest, dass du an Gott glaubst«, begann sie. »Wir haben dir nur gezeigt, dass du recht getan hast ... und welche Konsequenzen sich sonst noch daraus ergeben.«

Vlad stand plötzlich neben ihm – er war einfach aus dem Nichts aufgetaucht und Toni fuhr erschrocken zusammen.

»Keine Sorge, Sie sind nicht der Erste, der an seinem Verstand zweifelt, nachdem er mich gesehen hat.« Der hagere Mann reichte Toni einen Eimer. »Bitte, der Teppich ist recht neu ...«

Toni nahm den Eimer mit zitternden Händen entgegen und übergab sich mit lautem Würgen. Er blickte auf, konnte jedoch in der Dunkelheit nichts erkennen. Toni versuchte das Nachtsichtgerät wieder aufzusetzen, doch die Gurte hatten sich verdreht und er konnte sie mit seinen nervösen Fingern nicht mehr entwirren. »Ich muss hier raus!«, stammelte er erneut. Er umklammerte den Eimer wie ein Ertrinkender eine Rettungsboje.

»Wir können die Rollläden nun ein wenig öffnen«, sagte Vlad. »Die Sonne geht bereits unter und ich kann ein wenig Licht riskieren.«

»Oder du besorgst dir endlich ein paar Glühbirnen«, kicherte Shane.

»Die brauche ich nicht«, gab Vlad zurück. »Und ich sehe nicht ein, weshalb ich es euch kriecherischen Menschen leichter machen sollte.«

Noriko stand auf und öffnete die Läden einen winzigen Spalt. Vlad ging wieder zu seinem Sessel zurück, passte dabei aber peinlichst genau auf, keinen Lichtfleck zu berühren. Im spärlichen Licht der untergehenden Sonne konnte Toni einen ersten echten Blick auf Vlads Gesicht werfen. Der Mann sah keinen Tag älter aus als fünfzig. Kurzes, schwarzes Haar umspielte seine blasse Haut, und die tief in den Höhlen sitzenden Augen wanderten wach umher.

Was ist er?, fragte Toni sich.

»Ich habe mich doch bereits vorgestellt«, beantwortete Vlad den Gedanken. »Doch im Volksmund bin ich besser bekannt als Dracula.«

Wie ist das möglich?, durchzuckte es Toni. *Er liest meine Gedanken?*

»Ganz recht, das tue ich«, sagte Vlad. »Eine kleine ... Zugabe ... zu meinen anderen Fähigkeiten.«

»Verstehst du jetzt, weshalb es keine offene Ausschreibung für die freie Stelle bei uns gab?«, lachte Shane.

Toni schüttelte den Kopf, fasste sich aber so weit ein Herz, dass er wieder aufstand, den Sessel aufrichtete und sich erneut Dracula gegenübersetzte. Jede Faser seines Körpers wollte davonlaufen, doch die Tatsache, dass Shane und Noriko gelassen auf dem Sofa saßen, als wären sie bei einem Bekannten zum Tee, machte ihn neugierig. Ein Teil von ihm glaubte auch immer noch, jeden Moment aus dem Albtraum zu erwachen. »Aber wie ist das möglich?«, fragte er erneut.

Noriko seufzte. »Gott existiert. Und siehst du nicht, was die logische Schlussfolgerung daraus ist?«

Tonis Atem ging schwer, er hatte das Gefühl, jeden Moment einen Herzanfall erleiden zu müssen. Seine rechte Hand griff bereits wieder nach dem Eimer, doch er hatte sich noch unter Kontrolle. »Okay. Gott existiert ... und auch Dracula.« Er blickte sich Hilfe suchend um, doch Shane und Noriko sahen ihn nur neugierig an. »Ihr bezeichnet euch als verlängerten Arm der Inquisition ...«, fuhr er fort. »Bedeutet das, dass es auch Hexen gibt?«

Shane nickte. »In unserer Umgebung leben nicht weniger als fünf.«

»Werwölfe?«, fragte Toni weiter.

»Ja, aber sie wurden fast ausgerottet«, sagte Noriko.

»Gott existiert ... Was ist mit der Hölle?«

Shane beugte sich nach vorn. »Es ist alles wahr, Toni. Alles. Alle Bibelgeschichten, alle Berichte über Fabelwesen, Werwölfe, Vampire, Elfen, Geister, Hexen. All diese Dinge sind Wirklichkeit, Toni.«

Toni wurde schwindelig. »Und was machen wir?«

»Wir sind Paladine«, erklärte Shane. »Heilige Krieger, die dafür sorgen, dass der Frieden gewahrt bleibt.«

»Der Frieden?«

»Zwischen Menschen und Halbwesen«, antwortete Noriko.

Vlad schnaubte verächtlich. »Ihr seid Schafhirten, weiter nichts.«

Toni wedelte mit den Armen. »Okay, okay. Aber was macht Dracula in so einer Absteige?«

Shane lachte, was einen säuerlichen Ausdruck auf Vlads Gesicht zauberte. »D. gehört im weitesten Sinne zu uns.«

Toni runzelte skeptisch die Stirn.

Vlad entrang sich ein Lächeln. »Sehen Sie, ich lebe schon seit 600 Jahren. Und wurde beinahe ebenso lange gejagt. Was glauben Sie, wie oft ich in der Vergangenheit die Kirche bestechen musste, um nicht hingerichtet zu werden?«

Toni zuckte mit den Schultern. Er war sich nicht sicher, ob er wach und bei klarem Verstand oder in einem wirklich schrecklichen Albtraum gefangen war. Er hatte das Gefühl, einfach nur verrückt zu werden, und Angst, dass sie ihn bei diesem Monster zurücklassen könnten. Also versuchte er, sich so gut es ging zusammenzureißen.

Shane deutete auf Vlads rechtes Fußgelenk. »D. steht seit Jahren unter Hausarrest.«

Tonis Blick folgte dem ausgestreckten Zeigefinger mit den Augen und erblickte ein kleines Kästchen, das um Vlads Bein geschlungen war. »Ein Peilsender?«

Shane nickte.

»Man ließ mir die Wahl«, sagte Vlad. »Entweder ich verdinge mich als Informant für die Wächter oder ich werde den Sonnenaufgang sehen.« Er seufzte. »Und da man mir keine Absolution gewähren würde, wäre die Alternative zu diesem ... Überleben ... die Hölle.«

Toni nickte langsam. »Das alles klingt ziemlich verrückt.«

»Aber es ist wahr«, fuhr Shane fort. »D. hat sich als nützlicher Informant erwiesen.«

»Was mich wieder daran erinnert, dass mir eine bessere Unterkunft versprochen wurde«, warf Dracula ein.

»Wir arbeiten dran«, versprach Shane. »Die Kirche hat noch genug Immobilien – da ist bestimmt ein netter Keller für dich dabei.«

Vlad lachte gekünstelt. »Immer zu einem Scherz aufgelegt, nicht wahr?« Er blickte Shane fest in die Augen, und für einen Moment schien sich etwas Raubtierhaftes darin zu spiegeln. »Was machst du, wenn ich jemals wieder freikommen sollte?«

Shane lächelte gelassen. »Dann werde ich dunkle Ecken meiden.«

Dracula lehnte sich wieder entspannt zurück. »Ich denke, er hat nun alles gesehen, nicht wahr?«

Noriko nickte und stand auf. »Kommt, wir schaffen noch ein paar Stationen, bevor Vincent uns erwartet.«

Toni war schon aufgestanden, bevor sie den Satz vollendet hatte. *Bloß weg von hier!*, dachte er. *Weg aus diesem Albtraum. Weg aus dieser Stadt. Weit weg!*

Als die Wohnungstür hinter ihnen ins Schloss fiel, übergab sich Toni erneut keuchend und hustend auf die Marmorfliesen.

Shane tätschelte ihm den Rücken. »Ist okay, lass es raus. Das ging uns allen so am Anfang.«

»Was zur Hölle war das?«, fragte Toni, als er seinen Magen wieder im Griff hatte. »Ein Vam...«, wollte Toni sagen, doch Shane presste ihm die Hand fest auf den Mund.

»Nicht hier«, flüsterte er in ungewohnt ernstem Ton.

Sie zerrten Toni hinter sich her, zurück zum Minivan. Nachdem sie eingestiegen waren, verriegelte Shane die Türen und vergewisserte sich, dass kein Fenster geöffnet war.

»Ja, Vlad ist ein Vampir. Genauer gesagt ist er sogar *der* Vampir. Der erste seiner Art«, erklärte der Hüne. »Was ist daran nicht zu verstehen?«

»Aber wie ist das möglich?«

Noriko lachte und reichte Toni ein Pfefferminz. »Die eigentliche Frage lautet, wie es *nicht* möglich sein sollte.«

Shane nickte. »Sie hat recht. Man kann nicht als wahrhaft gläubiger Mensch leben und dann nicht auch an die Hölle glauben. Oder andere Kreaturen, die man am liebsten in die schlimmsten Albträume verbannen würde. Es gibt so viele Berichte, in denen die Kirche gegen Halbwesen gekämpft hat, Toni, die sind keine bloße Erfindung.«

Toni atmete tief durch. »Also schön ... ich ... glaube euch ... Aber was macht Dracula in einer Plattenbausiedlung?«

Shane lachte. »D. ist ein Opfer des Fortschritts. Früher war es einfacher für ihn. Er flog in ein Dorf, schnappte sich eine junge Frau und verschwand. Die Dörfler jammerten, doch schon hinter ihrer Dorfgrenze tat man es als abergläubisches Geschwätz ab.« Er vergewisserte sich mit einem Blick, dass Toni ihm noch immer aufmerksam folgte. »Heute setzt er nur einen Fuß vor die Tür, und fünf Minuten später findet man hundert Fotos bei Twitter und fünf Videos bei YouTube. Alle mit 'ner scheiß Handycam von Minderjährigen gemacht, die eigentlich im Bett sein müssten, sich aber lieber besaufen.«

»Die Medien funktionieren einfach viel besser und schneller«, warf Noriko ein. »Heute ist es für ihn fast unmöglich, ein Versteck zu finden.«

Der Hüne lachte. »Wir haben ihm einmal geraten, sich eine Website zuzulegen. Da könnte er um Spenden bitten oder den Leuten die Verwandlung zum Vampir verkaufen.«

»Und warum tut er das nicht?«, fragte Toni, denn trotz aller Ungeheuerlichkeit klang der Vorschlag auf eine verdrehte Weise vernünftig.

Shane und Noriko wechselten vielsagende Blicke. »Weil Vincent ihm den Arsch aufreißen würde!«, rief er schließlich. »Und sollte er es dennoch einmal tun, dann sind wir da, um das Schlimmste zu verhindern.«

Toni schüttelte abermals den Kopf. »Das alles klingt total verrückt.«

»Und dennoch sind wir die einzigen Menschen, die wirklich klar sehen«, lachte Shane und startete den Motor.

Er löste die Handbremse und wollte gerade losfahren, als Noriko ihn am Arm berührte und mit dem Kopf in Richtung Toni deutete.

Er saß im Fond des Minivans, vornübergebeugt und den Kopf in beiden Händen. *Das ist total verrückt!*, dachte er unentwegt. Plötzlich spürte er Shanes Blick auf sich ruhen und sah auf. »Ihr seid verrückt.«

Der rothaarige Mann musterte Toni kritisch, ließ dann aber seine strahlend weißen Zähne in einem breiten Grinsen aufblitzen. »Du siehst aus, als könntest du 'nen Kaffee vertragen.« Er drückte mehrmals einen Knopf am Autoradio, und eine Sekunde später ertönte Musik aus den Lautsprechern. »Sultans of Swing«, lachte er. »Es gibt nichts

Besseres, um zu entspannen, als Dire Straits, findest du nicht?«

Noriko seufzte. »Ja, ja, Dire Straits sind die Größten, Mr MacRath, wir wissen es. Herrgott, du kommst nicht mal aus Glasgow.«

Shane grunzte ihre Bemerkung beiseite. »Aber ich hab lange da gelebt, also Klappe.« Und mit einem Augenzwinkern fügte er hinzu: »Und du solltest nicht in *Seinem* Namen fluchen.«

Im dritten Anlauf gelang es Toni schließlich, seine zittrigen Hände zu beherrschen und sich anzuschnallen.

»Na schön«, seufzte Noriko, »aber du musst uns dennoch nicht immer unter die Nase reiben, wie toll Mark Knopfler doch ist.«

Shane schnaubte verächtlich. »Er ist ein Gott an der Gitarre!«

»Ach, du darfst *Seinen* Namen wohl immer verwenden, was?«, hielt die junge Asiatin dagegen.

Shane kicherte. »Ich bin mir sicher, dass selbst *Er* sich geschmeichelt fühlt, wenn ich Mark Knopflers Gitarrenspiel mit *Ihm* gleichsetze.«

Noriko lachte übertrieben laut. »Eines Tages wirst du es *Ihm* ja selbst sagen können.«

»Könnt ihr endlich den Mund halten?«, schrie Toni plötzlich wütend. »Und mir einfach mal erklären, was hier los ist?«

»Ach ja, Kaffee!«, erinnerte sich Shane und fuhr endlich los.

»Ihr seid doch alle verrückt!«, schrie Toni seine Angst hinaus.

Noriko drehte sich zu ihm herum und sah ihm mitfühlend in die Augen. »Versuch dich zu beruhigen. Wir werden dir alle Fragen beantworten.« Sie machte eine kurze

Pause und blickte betrübt zu Boden. »Es gibt jetzt kein Zurück mehr für dich.«
Toni riss entsetzt die Augen auf. »Was soll das heißen?«
Shane seufzte. »Kannst du jemals vergessen, was du gerade gesehen hast?« Er wartete Tonis Antwort nicht ab. »Das meinte Noriko. Entspann dich, du bist in Sicherheit.«
»In Sicherheit …«, wiederholte Toni. »Das Ding hatte Flügel!«

Sie hielten an einem Imbissstand und Noriko bestellte drei Kaffee zum Mitnehmen. Sobald sie wieder eingestiegen war, steuerte Shane den Parkplatz eines Supermarktes an und stellte den Van unter einem großen Baum ab.

Toni hielt den heißen Kaffee mit beiden Händen. Er blies darauf, um ihn abzukühlen, und betrachtete dabei die sich leicht kräuselnde Crema.

Shane nahm, ohne zu zögern, einen großen Schluck, die Hitze schien ihm nicht das Geringste auszumachen. »Ich kann mir vorstellen, dass das gerade etwas heftig war.«

Toni nickte und starrte weiter auf seinen Kaffee.

»Es ging aber nicht anders«, warf Noriko ein. »Was hätten wir sonst tun sollen? Dir stundenlang erzählen, wer wir sind und was wir tun?«

»Das wäre kein schlechter Anfang gewesen«, sagte Toni trocken.

»Das hättest du niemals geglaubt«, lachte der Hüne.

Toni zuckte mit den Achseln, doch Shane schüttelte entschieden den Kopf.

»Wir hätten nur stundenlang diskutiert, ob es Wesen wie Dracula nun gibt oder nicht. Und am Ende wären wir doch zu ihm gefahren.«

»Wir haben das alle durchgemacht am Anfang«, sagte Noriko mitfühlend. »Aber du gewöhnst dich dran.«

»Woran?«

»An die Wunder.«

»*Wunder*?«, fragte Toni ungläubig. »Wie wäre es mit *Monster*?«

»Sicher. Ein paar fiese Sachen sind auch dabei. Aber dafür gehörst du zu den wenigen Menschen, die die Wahrheit kennen«, versicherte Shane.

Toni schnaubte verächtlich. »Darauf hätte ich verzichten können.« Er schüttelte den Kopf. »Vielleicht hätte ich mir einen seriösen Bankjob suchen sollen.«

Shane lachte laut. »Ich für meinen Teil ... ich bin zu alt, um seriös zu sein.« Er blickte durch das Fenster des Vans und betrachtete den Eingang des Supermarktes. Sieh sie dir an.« Shane deutete mit einem Kopfnicken hinüber. Eine junge Frau kämpfte gerade mit einem voll beladenen Einkaufswagen und ihren zwei Kindern, die sie beide in unterschiedliche Richtungen zerrten. »Willst du so ein Leben führen?«

Toni beobachtete die Frau einen Moment. Sie hatte sichtliche Mühe mit ihren Einkäufen, aber im Umgang mit ihren Kindern schien sie – trotz allen Stresses – liebevoll und glücklich. Zumindest lächelte sie, und Toni glaubte, dass es von Herzen kam. »Sie scheint mir zufrieden zu sein. Was ist an einem solchen Leben auszusetzen?«

»Gar nichts«, erwiderte Shane. »Aber um ihr behütetes Leben zu ermöglichen, muss es Menschen wie uns geben, verstehst du?«

Toni zuckte stumm mit den Schultern. »Und dieser Vincent ...?«

»... ist kompliziert«, warf Noriko ein, bevor Shane etwas sagen konnte.

»Wir zeigen dir lieber erst noch ein paar andere unserer üblichen ... Kontakte«, ergänzte Shane. »Vincent lernst du heute Abend kennen.«

Toni nickte und starrte wieder auf seinen Kaffee.

Der Klingelton von Norikos Handy zerriss die aufkommende Stille. »Es ist Alfred«, sagte sie nach einem Blick auf das leuchtende Display und hielt sich das Telefon ans Ohr. »Ja? ... Ich verstehe ... Bis gleich.« Sie legte auf und bedachte Shane mit einem ernsten Blick. »Vincent will, dass wir sofort zurück ins Nest kommen.«

»Nest? Nennt ihr so die Kirche?«

»Jep.« Shane leerte den Kaffee in einem Zug und zerknüllte den Becher. »Scheint, als wäre die Tour schon beendet!« Er startete den Motor und schaltete den CD-Player ein. Er klickte sich durch die Lieder, bis er »Live a Lie« von Default fand.

Toni mochte den Song. Er betrachtete den rothaarigen Hünen, wie er mit den Fingern im Takt auf das Lenkrad trommelte und den Text lautlos mitsprach. Shane wirkte leicht zu durchschauen und unbekümmert, und Toni fragte sich, ob man diese Aufgabe nur so bewältigen könnte. *Wie auch immer*, dachte er achselzuckend, *seine Musikauswahl gefällt mir.*

Ihm brummte der Kopf, als wenn ein ganzer Bienenschwarm darin tobte. Was er gesehen hatte, konnte – durfte – nicht real sein, dennoch hatte er es erlebt.

»All die Wunder und Schrecken der Vergangenheit«, flüsterte er vor sich hin.

Drei

Mit einem Mal hatte sich der Anblick der kleinen Kirche für Toni völlig verändert. Als er am frühen Nachmittag eingetroffen war, hatte der alte Steinbau klein und verschlafen gewirkt. Die bunten Bleiglasfenster waren schön anzusehen gewesen. Toni hatte sich vorgestellt, wie das Licht wohl zur Ostseite hereinschien, während der Pfarrer den Gottesdienst abhielt.

Jetzt wirkte die Kirche alles andere als klein oder gar gemütlich. Toni konnte seine Gedanken nicht von der Waffenkammer losreißen, die im Keller des Baus lag und mit deren Inhalt man einen mittleren Guerillakrieg hätte ausrüsten können. Die Kirchenfassade war nicht mehr als das – eine Tarnung für einen kleinen Militärkomplex.

Shane parkte den Van hinter der Kirche. »Wir sind da«, sagte er mit ungewohnt ernster Stimme. Toni wollte gerade aussteigen, doch der Hüne hielt ihn zurück. »Egal was wir auch tun werden, vergiss nicht: Hier gibt es keinen Welpenschutz.«

Toni nickte langsam und vergewisserte sich, dass die Pistole noch im Holster steckte.

Sie betraten die Kirche durch eine schmale Seitentür, hinter der sich ein kleines Vorzimmer befand. Hier führte ein offener Durchgang in den Kirchensaal und eine weitere Tür in den anhängenden Gebäudekomplex, der vermutlich die Privaträume von Pfarrer Markwart beherbergte und ein paar zusätzliche Schlafzimmer. Toni vermutete, dass er auch in der Kirche wohnen würde.

Toni folgte den anderen ins Mittelschiff. Dort unterhielt sich Pfarrer Markwart mit dem blonden Mann, den Shane und Noriko Vincent nannten. Toni fühlte sich mit einem Mal beobachtet, obwohl beide Männer ihnen den Rücken zuwandten. Er hatte sich schon am frühen Nachmittag unwohl gefühlt und er wusste, dass das Gefühl nicht von Alfred Markwart ausging, denn mit ihm hatte er eine ganze Stunde verbracht, ohne dass sich seine Nackenhaare aufgerichtet hatten.

Vincent allerdings verunsicherte Toni über alle Maßen. Seine kerzengerade Haltung, seine fließenden Bewegungen ... alles wirkte für sich allein äußerst kontrolliert und zusammengenommen nahezu perfekt.

Das ist es!, erkannte Toni. *Er wirkt geradezu makellos!*

Und diese Perfektion, die durch die völlige Kontrolle seiner Erscheinung entstand, erzeugte wiederum ein Maß an Erhabenheit und Faszination auf die Umwelt, wie der junge Antonio Lucina es noch niemals zuvor erlebt hatte.

»Gott sei mit dir, Alfred«, verabschiedete Vincent den Pfarrer und wandte sich den Paladinen zu. Er musterte Toni aus strahlend blauen Augen, und er hatte das Gefühl, dass der blonde Mann direkt in ihn hineinsah. Bis hinunter in seine Seele.

Ein eisiger Schauer lief ihm über den Rücken, und die Gänsehaut ließ ihm die Haare an den Armen zu Berge stehen.

»Wir konnten ihn nur Vlad vorstellen«, durchbrach Shane die Stille. »Mehr haben wir nicht geschafft.«

Vincent nickte langsam, ohne dabei den Blick von Toni zu lösen. »Wie hat er es aufgefasst?«

Shane lachte. »Nicht schlechter als Noriko oder ich am ersten Tag, denke ich.«

»Haltet ihr ihn für geeignet?«, fragte Vincent weiter.

Toni fühlte Beklemmung in sich aufsteigen und seine

Kehle wurde trocken. *Warum redet er nicht mit mir? Warum starrt er mich unentwegt an?*

»Ich denke, dass er eine gute Ergänzung für das Team wäre«, antwortete Noriko. Toni fiel auf, dass sie Vincent nicht ansehen konnte, ohne rot zu werden.

»Er hat Angst«, stellte Vincent nüchtern fest.

»Er ist gerade dem Vater aller Vampire begegnet«, hielt Shane mit seiner unbekümmerten Art dagegen. »Er hat gekotzt, aber sich nicht in die Hosen gepisst. Ich mag ihn.«

Nun huschte Vincent ein Lächeln über die Lippen, doch es wirkte auf eine Art steif und gekünstelt. »Es gibt wenige Dinge, die Shane MacRath nicht leiden kann.«

»Mir wurde mal gesagt, das sei eine meiner besten Eigenschaften.« Shane setzte einen ernsten Gesichtsausdruck auf, den Toni dem Schotten schon gar nicht mehr zugetraut hatte. »Aber warum hast du uns gerufen? Wir wollten ihm noch die Hexen zeigen.« Er zwinkerte Toni zu. »Genug Monster für einen Tag.«

Vincents Blick verfinsterte sich. »Der Vorfall von letzter Nacht ...«

»Kontrolle und Segnung des Bereichs!«, platzte es aus Shane heraus. »Das hätte ich beinahe vergessen!«

Vincent nickte. »Ich möchte, dass ihr die Station untersucht. Ein so öffentlicher Ort war nicht geplant.«

Shane blickte betreten zu Boden. »Wir waren einfach zu wenige, um ihn richtig einzukreisen.«

Vincent nickte gleichgültig. »Darum wurde Antonio ja zu uns geschickt, nicht wahr?« Er seufzte. »Was geschehen ist, lässt sich nicht mehr ändern. Seid gründlich. Und vorsichtig. Etwas von ihm könnte noch immer dort sein.«

Noriko stutzte. »Wirst du uns denn nicht begleiten?«

Vincent schüttelte den Kopf. »Nein, ich habe heute eine andere ... Verpflichtung.« Er musterte Toni erneut mit diesem durchdringenden Blick. »Dabei werdet ihr ihm erklären, was wir genau tun.«

Toni fühlte einen Kloß in seinem Hals wachsen. Er versuchte sich nichts anmerken zu lassen, aber wenn er seine Begegnung mit Vlad bedachte, konnte eine wie auch immer geartete »Tätigkeit« nur eins bedeuten: mehr fleischgewordene Albträume. *Warum bin ich nicht weggerannt?*, fragte er sich plötzlich. *Nach dem Besuch bei … diesem Ding war die Gelegenheit da. Warum bin ich geblieben?* Er blickte beinah Hilfe suchend umher und betrachtete das Jesuskreuz.

»Und wart ihr schon bei Alfred zur Beichte?«, fragte Vincent und riss Toni damit aus seinen Gedanken.

Noriko schüttelte den Kopf.

»Dann geht zu ihm«, sagte der blonde Mann. Ohne ein weiteres Wort drehte er sich um und verließ die Kirche. Toni sah ihm nach, wie er an den aufgereihten Bänken entlangschritt. Der Mantel wogte bei jedem Schritt sanft hin und her. »Und erklärt ihm, warum er geblieben ist.«

Toni riss erschrocken die Augen auf. »Kann er etwa auch Gedanken lesen?«

Shane lachte. »Nein, keine Sorge. Aber Vince hat einfach schon viel gesehen … Man könnte fast sagen, er hat schon alles gesehen. Er weiß einfach, wie wir Menschen so ticken. Man könnte sagen, er kann Emotionen lesen, keine Gedanken.«

Noriko blickte auf ihre Armbanduhr. »Wir haben noch Zeit. Die Stadt ist jetzt voller Menschen.«

Shane nickte. »Dann können wir auch die Beichte bei Alfred ablegen.« Er wandte sich an Toni. »Hat Alfred dir schon dein Zimmer gezeigt?«

»Nein, wir waren die ganze Zeit nur hier im Kirchensaal.« Erst jetzt kam Toni wieder die Reisetasche mit seinen persönlichen Sachen in den Sinn. Bei seiner Ankunft hatte er sie zwischen den Sitzbänken verstaut und dann völlig vergessen. Er sah sich um, doch die Tasche aus schwarzem Nylon konnte er nirgends entdecken. »Aber anscheinend haben meine Sachen schon Füße bekommen.«

Shane lachte laut. »Alfred ist sehr fürsorglich. Würde mich nicht wundern, wenn er sie dir sogar schon ausgeräumt hätte!«

Toni wollte schon protestieren, bemerkte aber im letzten Moment, dass es sich dabei um einen von Shanes Scherzen gehandelt hatte, und nickte langsam.

»Hier entlang«, sagte Noriko knapp und stand schon in dem kleinen Durchgang, der zur Hintertür führte.

Das Zimmer lag in dem kleinen angrenzenden Gebäudekomplex, ganz wie Toni es vermutet hatte. Es war nicht besonders groß, vielleicht zehn Quadratmeter. Neben einem Bett und einem schmalen Kleiderschrank gab es darin nur noch einen kleinen Schreibtisch mit Hocker, der Toni stark an die Studierzimmer alter Klöster erinnerte.

»Voilà!«, sagte Shane und machte eine ausladende Armbewegung. »Dein neues Zuhause.«

»Keine Sorge«, fügte Noriko hinzu, »du wirst nicht oft hier sein.«

Toni zuckte die Achseln. »Nach heute Mittag finde ich den Gedanken, mich hier zu verkriechen, gar nicht mehr so schlecht.«

Shane klopfte ihm fest auf die Schulter. »Glaub mir, du gewöhnst dich dran. Man gewöhnt sich an alles.«

Sie ließen ihn allein im Zimmer zurück und Toni verschloss aus einem undefinierbaren Impuls heraus die Tür hinter sich. Als könnte er die Schrecken, die er wenige Stunden zuvor gesehen hatte, so wieder aus seinem Leben verbannen. Er ging zu dem kleinen Fenster hinüber und blickte hindurch in einen kleinen Garten, der hinter der Kirche lag. In Rom hatte er häufig seine freien Stunden auf dem Petersplatz verbracht, den Gesprächen der Touristen gelauscht und die letzten Sonnenstrahlen des Tages genossen. Hier gab es jedoch nicht viel zu sehen, also ließ er sich seufzend aufs Bett fallen. »Wo bin ich hier nur reingeraten?«, fragte er laut, als erwartete er, dass die Wände sich auftun und Gott zu ihm sprechen würde. *Warum bin ich nicht davongelaufen?*, wunderte er sich erneut. »Warum?«

Ein Lächeln huschte unvermittelt über sein Gesicht. »Weil ich nun Gewissheit habe!«, sagte er plötzlich laut. Toni setzte sich im Bett auf. »Mein Glaube wurde zur Gewissheit.« *Keine Zweifel mehr*, dachte er ein Stück weit erleichtert, als er sich wieder aufs Bett sinken ließ. Seine Gedanken kreisten um die Kirche, die Waffenkammer im Keller, das Monster, dem er heute begegnet war, und die beiden Paladine, die unterschiedlicher nicht hätten sein können. Und immer tauchte Vincents Gesicht vor seinem inneren Auge auf. Und jedes Mal überkam ihn ein kalter Schauer.

Sein Blick fiel auf das Jesuskreuz, das über dem Kopfende des Bettes an der Wand hing. Es war ein schlichtes Holzbildnis der Kreuzigung, wie Toni sie schon zu Hunderten in Kirchen, Klöstern oder auch einfachen Wohnungen gesehen hatte. Der gekreuzigte Gottessohn schien auf ihn herabzulächeln und Toni fühlte sich mit einem Mal geborgen. Noch nie zuvor hatte er so starken Halt in seinem Glauben gefunden wie jetzt. »Vielleicht stimmt es ja doch«, sagte er leise. »Glauben ist nicht Wissen.« *Aber nun weiß ich*, ergänzte er in Gedanken.

Ein Klopfen an seiner Tür ließ ihn aufhorchen. »Ja?«

»Ich bin's, Shane«, ertönte die Stimme des Hünen. »Bist du fertig?«

Toni stand auf und schloss die Tür auf. »Wolltest du nicht beichten?«, fragte er verdutzt.

Shane lachte laut. »War ich auch. Aber seit dem letzten Mal ist nicht viel Neues passiert.«

»Ah, verstehe«, sagte Toni. »Gehört das zu meinen Aufgaben?«

»Beichten? Natürlich! Oder willst du riskieren, irgendwann ohne Vergebung dazustehen?«

»Natürlich nicht.«

Shane bedachte ihn mit einem breiten Grinsen. »Schätze ich auch. Komm, wir müssen los. Noriko ist bestimmt gleich fertig.«

Sie gingen wieder hinunter in den Kirchensaal. Toni machte sich nicht die Mühe, weitere Fragen zu stellen. Shane und Noriko waren nicht besonders gesprächig, wenn es um ihre Aufgaben ging. Und im Vergleich zu Vincent waren sie noch Plaudertaschen. Nein, der Herr hatte ihm diese Prüfung gestellt, dessen war sich Toni nun sicher. Und er würde einfach vertrauen müssen.

Noriko trat gerade aus dem Beichtstuhl und nickte ihnen zur Begrüßung zu. Shane ging direkt zu der Seitentür, durch die sie die Kirche am späten Nachmittag betreten hatten, und fischte bereits die Schlüssel für den Van aus seiner Manteltasche.

Toni bemerkte, dass der Hüne die Maschinenpistole nicht bei sich trug. Und auch Noriko war unbewaffnet. »Ist es diesmal ungefährlich?«, fragte Toni neugierig, fast schon erleichtert.

Shane lachte. »Vermutlich schon. Aber es könnte auch sein, dass wir der Polizei in die Arme laufen. Und auch wenn wir Waffenscheine haben, die Fragerei ist doch jedes Mal wieder lästig.«

»Hier.« Noriko reichte ihm einen kleinen Schlüssel.

»Bring die Pistole in die Kirche zurück. Alfred wird sich darum kümmern.«

Als Toni wenig später in den Van einstieg, lief bereits das Radio und sie lauschten den Nachrichten.
»... die Polizei fand den Mann in den frühen Morgenstunden in der U-Bahn-Station tot auf...«
Shane drehte die Lautstärke auf null.
»Das war abzusehen.«
Toni runzelte die Stirn. »Was denn?«
»Dass man ihn rasch finden würde«, fuhr der Hüne fort.
»Du weißt, von wem da die Rede war?«
»Wenn du meinst, ob ich den Mann kannte – nein, ich kannte ihn nicht ... aber begegnet bin ich ihm.«
Noriko drehte sich so weit um, wie es der Sitz und der Gurt zuließen. »Du musst uns vertrauen.«
»Das wäre einfacher, wenn ihr mir mehr erzählen würdet«, brummte Toni.
Shane lachte. »Worte machen die Dinge nur komplizierter, als sie sind. Und du könntest dir niemals vorstellen, was wir tun. Glaub mir. Es ist einfacher, wenn wir es dir zeigen und dann deine Fragen beantworten. Aber ein paar Infos am Rande: Wir sind nicht die einzige Gruppe von Paladinen. Allein in Deutschland gibt es noch mindestens zehn weitere Nester. Weltweit – keine Ahnung, vermutlich Hunderte.«
Sie fuhren durch die Innenstadt, passierten die hell erleuchtete Fußgängerzone, in der die Geschäfte mit strahlenden Scheinwerfern die Auslage im Schaufenster in Szene setzten. Es war noch nicht sehr spät, gerade einmal sieben Uhr, doch die Kälte und die Dunkelheit hatten die meisten Menschen schon längst in ihr Zuhause getrieben. Vermutlich saßen viele Menschen gerade mit einer hei-

ßen Schokolade und einer warmen Decke über den Füßen vorm Fernseher oder aßen gemeinsam mit ihren Familien zu Abend.

Shane bog in eine Seitenstraße ein. Toni kannte sich in der Stadt nicht aus, ein Taxifahrer hatte ihn zur Kirche gebracht, denn er war zum ersten Mal hier. Würden sie ihn jetzt aussetzen, er würde den Weg zurück sicher nicht mehr finden.

»Wir werden dich in den nächsten Tagen mit der Stadt vertraut machen«, sagte Noriko, als hätte sie seine Gedanken gelesen.

In einer schmalen Straße setzte Shane den Van schließlich in eine Parklücke. »Okay, ich hab beim Vorbeifahren keine Polizei mehr gesehen. Einer von euch etwa?«

»Ich wusste nicht, dass wir Ausschau nach ihr halten«, entschuldigte sich Toni. Auch Noriko schüttelte den Kopf.

»Gut, dann sollten wir runterkönnen«, sagte Shane. Und wieder war sein Tonfall ungewohnt ernst, sodass sich Toni die Nackenhaare aufrichteten.

Sie stiegen aus und der Hüne übernahm die Führung. Noriko hakte sich spontan bei Toni unter und er warf ihr einen verwirrten Gesichtsausdruck zu.

»So wirken wir weniger formell«, erklärte sie augenzwinkernd.

»Ja«, lachte Shane, »bloß drei Freunde, die zur U-Bahn wollen.«

»Zur U-Bahn«, murmelte Toni, der plötzlich ein mulmiges Gefühl in der Magengegend verspürte.

An der ersten Kreuzung bog Shane links ab, zurück in die größere Bertholdstraße, die sie zuvor mit dem Van entlanggefahren waren. Dann steuerte er zielsicher auf eine breite Treppe zu, die offensichtlich ein Zugang zur U-Bahn war.

»Seid vorsichtig mit dem Absperrband«, wies er sie an

und schlüpfte geschickt durch eine Lücke hindurch. »Und beeilt euch.«

Noriko folgte ihm auf dem Fuß, doch Toni zögerte einen Moment. Die Radiodurchsage hallte in seinen Ohren wider, und er fragte sich, was ihn am Fuß der Treppe wohl erwarten würde.

Der Bahnsteig war verlassen. Offensichtlich waren sie die Einzigen, die sich über die Polizeiabsperrung hinwegsetzten. Shane ging, ohne zu zögern, den Bahnsteig entlang und hielt auf eine rußgeschwärzte Säule zu.

»Was machen wir hier?«, fragte Toni nach einigen Minuten. Shane hatte sich über einen großen Rußfleck gebeugt und besprenkelte ihn mit einer klaren Flüssigkeit.

»Sieh dich genau um, Toni«, wies er ihn an. »Sag, was du siehst. Und dann werden wir dir den Rest erklären.«

Toni nickte und ging neben Shane in die Knie. Er betrachtete den Rußfleck, drehte sich auf dem Absatz um die eigene Achse und beobachtete die Fliesen ganz genau. Hellgrauer Granit, dessen war er sich sicher. Glatt poliert und fein verfugt. Hier hatte jemand viel Sorgfalt walten lassen. Umso störender wirkten einige dunkle Flecke, die sich, einer gepunkteten Linie gleich, durch die Halle bis zur Treppe zogen. Toni stand auf und untersuchte einen von ihnen genauer. Er kratzte ein wenig mit dem Fingernagel daran herum und der Fleck bröckelte allmählich ab.

»Was ist das?«, fragte er die anderen und untersuchte die fast schwarze krümelige Substanz weiter. Er verfolgte die Linie erneut bis zur Säule, wo der dunkle Rußfleck den Bahnsteig verschandelte. Shane stand auf und träufelte ihm ein wenig von der Flüssigkeit in die Hand. Die dunklen Krümel lösten sich auf und färbten das Wasser dunkelrot. »Ist das Blut?«, keuchte Toni.

Noriko nickte, während Shane weiter jeden Blutfleck mit Wasser behandelte.

»Was machst du da?«, fragte Toni. Teilweise aus Interesse, teilweise, um wieder die Beherrschung zu erlangen.

»Ich weihe es«, war Shanes knappe Antwort.

»Was ist hier bloß geschehen?« Toni wischte sich mit einem Papiertaschentuch das Blut von den Händen und betrachtete den Rußfleck. »Es hat gebrannt«, stellte er schließlich fest.

»Wenn du weiterhin so lange brauchst, um das Offensichtliche zu erkennen«, lachte Shane, »dann wird das ein laaaanger Abend.«

Toni schnitt eine Grimasse, überging den Kommentar ansonsten aber. »Also gut, es hat gebrannt. An der Stelle, an der die Blutspur aufhört.« Er riss erschrocken die Augen auf. »Der Mann ist verbrannt?«

»Wurde«, korrigierte Noriko trocken.

Toni stockte. Er verdrängte die grausamen Bilder, die diese simple Wahrheit in ihm aufsteigen ließ, und konzentrierte sich darauf, das Geschehene zu rekonstruieren. »Ein Mann, verwundet, flieht hierher ... Und wird schließlich verbrannt. Ist das richtig?«

Shane war mit der Bewässerung der Blutflecke fertig und gesellte sich wieder zu ihnen. »Goldrichtig.«

»Warum?«

Noriko legte den Kopf zur Seite. »Was hast du heute alles gesehen?«

Toni schluckte. »War der Mann ein Vampir?«

Shane lachte. »Nein, Vlad hat schon seit zwanzig Jahren keinen mehr gebissen!«

»Wart ihr es?«, fragte Toni plötzlich betrübt.

Noriko nickte. »Vincent ist ihm hierhergefolgt. Shane und ich hielten oben die Stellung.«

»Also, ihr habt den Mann verfolgt, von dem sie im Radio sprechen. Und Vincent hat ihn verbrannt?« Er blickte sie fragend an. »Wieso?«

Noriko blickte betrübt zu Boden. »Es war seine einzige Rettung.«

»Rettung? Der Mann wurde verbrannt! Das klingt für mich nicht gerade nach Rettung.«

Shane schüttelte den Kopf. »Nicht für seinen Körper. Es war die einzige Rettung für seine Seele.« Der Hüne seufzte und wandte sich an Noriko. »Ich denke nicht, dass er zurückkehrt. Der Bann war erfolgreich. Wir sollten zurück ins Nest.«

»Moment!«, unterbrach ihn Toni. »Ich verlange ein paar Antworten!«

»Die kriegst du auch«, sagte Shane leise. »Aber im Wagen, wo uns sicher niemand hören kann.«

»Du hast jetzt das Ergebnis unserer Arbeit gesehen«, fügte Noriko an. »Denk daran, es gibt kein Zurück mehr.«

»Das ist doch Wahnsinn!«, hauchte Toni fassungslos.

Wieder im Van verriegelte Shane die Türen und vergewisserte sich, dass alle Fenster geschlossen waren, was bei den herrschenden Temperaturen ohnehin angebracht war. Er blickte Toni fest in die Augen. Und diesmal überspielte kein breites Grinsen den Ernst der Lage. »Wir beschützen die Menschen, verstehst du? Wir schützen die Unwissenden vor solchen Schrecken wie Vlad und die Unglücklichen vor sich selbst.«

»Nein, das kapier ich nicht«, widersprach Toni. »Red endlich Klartext.«

Shane atmete tief durch. »Der Mann gestern Nacht, er war einer der Unglücklichen. Ein Dämon hatte Besitz von ihm ergriffen. Und schon sehr bald wäre er zu einem

Monster geworden; hätte gemordet oder anderen Dämonen den Sprung in die Welt ermöglicht.«

»Dämon?«, wiederholte Toni in zweifelndem Ton.

Shane seufzte. »Ich dachte, darüber wären wir seit deiner Begegnung mit Vlad hinaus? Ja, verdammt, es gibt Vampire, es gibt Hexen, Werwölfe, Geister ... und Dämonen. Vor allem vor Letzteren beschützen wir die ahnungslose Menschheit. Werwölfe, als Beispiel, wollen einfach nur in Ruhe gelassen werden. Ziehen sich zurück und schützen sich und andere vor ihrer Verwandlung. Vampire und Hexen sind da ambivalenter ... aber Dämonen haben nur ein einziges Ziel: die Tore der Hölle zu öffnen.«

Toni wollte gerade etwas erwidern, doch er zögerte, lehnte sich zurück und blickte Shane direkt in die Augen. Der Hüne wollte ihn keinesfalls veralbern, sein Blick war fest und seine Worte klangen aufrichtig. »Ein Dämon. Wieso?«

»Wieso was?«, fragte Shane.

»Wieso hatte der Dämon von dem Mann Besitz ergriffen?«

»Weil sie keine eigene Form annehmen können. Zumindest nicht auf Dauer«, erklärte Shane. »Sie verstecken sich in sterblichen Hüllen. Sie brauchen Wirtskörper.«

»Und wie gelangen sie in einen Wirt?«

Shane zuckte die Achseln und Noriko ergriff das Wort. »Das ist unterschiedlich. Manche werden von hirnlosen Idioten beschworen. Kids, die es cool finden, schwarze Messen abzuhalten und lauter solchen Quatsch. Andere finden eine verzweifelte Seele, einen Menschen, der jede Hoffnung verloren hat und sich an jeden Strohhalm klammert. Wie diesen Obdachlosen. Der Dämon nistet sich langsam in seinen Gedanken ein.«

»Und ihr ... Wir jagen sie? Und müssen sie dann verbrennen?«

Shane nickte. »Wir müssen die Wahrheit schützen. Und die Menschen. Denn vor allem liebt Gott die Menschen.«

»Das klingt alles so verrückt«, stellte Toni erneut fest.

Shane lachte. »Gewöhn dich dran. Normal war gestern. Von heute an gehörst du zu einem kleinen Kreis von Menschen, die die unumstößliche Wahrheit kennen.«

»Und wie geht's jetzt weiter?«

Shane startete den Motor und Noriko wandte sich noch einmal um. »Du wirst ziemlich viel lernen müssen. Und wir müssen für den nächsten Angriff bereit sein.«

Shane lenkte den Van aus der Parklücke, während der CD-Player gerade »Shadow of the day« von Linkin Park anspielte.

*

Vincent ging schweigend an den Gräbern vorbei, bis er an einem bestimmten Grabstein stehen blieb. »Für dich«, flüsterte er und legte eine langstielige Rose auf dem Grabstein ab.

»Du liebst sie noch immer«, erklang eine bekannte Stimme hinter ihm.

Vincent wandte sich nicht um. »Für sie wäre ich zum Menschen geworden.«

Nathaniel trat neben ihn an das Grab heran. »Für sie wäre jeder von uns gestorben«, stimmte er zu.

»Warum hast du sie getötet?«

Nathaniel seufzte schwer, blieb jedoch eine Antwort schuldig.

»Bist du also gekommen, um Buße zu tun?«, hakte Vincent nach. »Willst du dich mir endlich stellen?«

Nathan schüttelte den Kopf. »Ich will nicht mit dir kämpfen, Bruder ... Und du hast mir dein Wort gegeben.«

Vincent wandte ihm den Kopf zu. »Sobald die Turmuhr Mitternacht schlägt ...«

»... da werde ich nicht mehr hier sein«, erwiderte Nathan mit einem Lächeln. »Genieße die Ruhe, Bruder. Der Sturm wird kommen.«

»Bist du deswegen hier? Willst du mich warnen?« Er schnaubte verächtlich. »Gerade dann werde ich hierbleiben. Und ich werde jeden Dämon bannen, den du auf die Erde bringst.«

»Ach ja, dein Auftrag.«

»Es war auch einmal dein Auftrag. Bevor du uns verraten hast.«

»Gott gab uns diese Körper, damit wir unentdeckt auf Erden wandeln können«, sagte Nathan, »aber es war nie unser Auftrag, die Menschen zu töten.«

»Du lässt mir keine Wahl. Oder soll ich ihre Seelen an Luzifer verloren geben?«

»Du spielst ihm in die Hände.«

»Du meinst, ich spiele dir in die Hände, nicht wahr?« Vincent verzog angewidert das Gesicht. »Was hat er dir für deine Hilfe versprochen? Wirst du einer der Fürsten über die Welt, wenn er den Krieg gewinnt?«

»Und wieder irrst du, Bruder«, seufzte Nathan. »Luzifer ist nicht das Problem.«

»Nein, du bist es.«

Sie schwiegen für einen Moment, ehe Nathan ihn mit einer Frage überraschte. »Warum bist du noch hier? Alles ist verloren, unser Auftrag ist fehlgeschlagen ... also, was hält dich hier?«

»Du«, antwortete Vincent, ohne zu zögern. »Du wurdest vielleicht aus dem Himmel verbannt, aber *Er* ließ dir deinen Körper. So sehr liebte *Er* dich.«

»Du quälst dich all die Jahre, nur um diese Hülle zu

zerstören?«, fragte Nathan und tippte sich dabei gegen die Brust. »Wie traurig. Du hast zugelassen, dass meine Verbannung zu deinem Gefängnis wurde, Bruder. Du bist wirklich zu bedauern.«

»Spar dir das.«

»Der selbst ernannte Beschützer der Menschheit, nicht wahr? Das ist es doch, was du glaubst.«

»Engel glauben nicht«, hielt Vincent dagegen. »Engel wissen!«

»Und warum glaubst du dann, dass ich die Menschheit verrate?«

»Weil ich *weiß*, dass du es bereits getan hast ... Du hast Celine verraten.«

Nathan schüttelte seufzend den Kopf. »Du sinnst aus Liebe auf Rache ... wie überaus menschlich.«

»Deine Lügen werden mich nicht blenden, *Gefallener*.«

»Ich werde jetzt gehen, Bruder. Wirst du dein Versprechen halten?«

Vincent nickte. »Heute verfolge ich dich nicht.«

Vier

Tom erschien wie vereinbart um kurz nach acht. Arienne drückte auf den Summer und war wieder ein wenig nervös. *Wenigstens ist es jetzt wirklich aufgeräumt*, dachte sie und versuchte sich zu beruhigen. Tom war seit Langem der erste Fremde, den sie in ihre Wohnung ließ. Und das nun schon zum zweiten Mal. Üblicherweise traf sich Arienne sogar mit ihren engsten Freunden lieber in einem Café. Doch sie war so aufgeregt, dass sie Tom von ihrer Story überzeugt hatte, dass sie ihre Bedenken hinunterschluckte.

Tom betrat die Wohnung, eingehüllt in eine Wolke aus Eau de Toilette und Pizzaduft. Er stellte die Pizza wie selbstverständlich auf dem Küchentresen ab, der die Kochnische vom Wohnzimmer trennte. Er sah auf seine Uhr. »Na ja, nicht perfekt, aber gerade noch pünktlich.«

Arienne holte aus einem Küchenschrank zwei Teller und kramte in einer Schublade nach dem Pizzaschneider. »Willst du ein Stück oder gleich zwei?«, fragte sie ihn, während sie sich selbst bereits das zweite Stück ausschnitt. Der Käse zog sich dabei in langen Fäden, die Arienne mit einem leichten Schwung geschickt um das Pizzastück wickelte.

»Ich nehme erst mal nur eines, danke.« Er nahm den Teller entgegen, griff sich eine Serviette aus dem kleinen Spender im American-Diner-Stil und ging zum Sofa hinüber. »Hast du schon einen Blick in die Berichte geworfen?«, fragte er, bevor er abbiss.

Arienne schluckte ihren Bissen hinunter. »Nein, noch nicht.«

»Schade«, sagte Tom, und sie konnte sein amüsiertes Grinsen förmlich hören. »Ich habe sie in der Redaktion ganz kurz überflogen, aber dabei ist mir eine Sache aufgefallen.«

Arienne wurde hellhörig, nahm ihren Teller und setzte sich gegenüber von Tom in einen bequemen Lehnsessel.

Tom beugte sich verschwörerisch nach vorn. »Wir müssen das noch mit den anderen Berichten abgleichen … Aber die, die ich durchgesehen habe … Ari, an den Brandopfern unter den Toten gab es keinerlei Spuren von Brandbeschleuniger.« Er zog die Augenbrauen vielsagend hoch und lehnte sich triumphierend zurück.

Arienne runzelte die Stirn. »Aber gibt es nicht Stoffe, die man nicht oder nur sehr schwer nachweisen kann?«

Tom lächelte breit. »Ja. Neben einigen anderen, die ich nicht kenne, zum Beispiel Wasserstoffperoxid.«

Arienne nickte langsam, denn sie begann zu verstehen, worauf Tom hinauswollte. *Verdammt, er ist gut!*, schoss es ihr durch den Kopf. »Es bringt uns weniger auf eine Spur des Verursachers, zeigt uns aber, dass die Brände kein Zufall waren.«

Tom schnippte mit den Fingern und versuchte an dem Bissen Pizza vorbei zu sprechen, was zu einem ziemlich verwaschenen Nuscheln führte. »Genau. Ich glaube nicht, dass sich so viele Menschen zufällig mit Bleichmittel oder Ähnlichem übergossen haben.«

»Also, was oder besser wen suchen wir dann?«, stellte sie die Frage in den Raum. »Einen durchgeknallten Chemieprofessor? Einen frustrierten Studenten?«

Tom zuckte die Achseln. »Wir müssen es erst noch mit den anderen Berichten vergleichen. Aber wenn wir richtigliegen, dann waren das nicht die letzten Opfer.«

Arienne riss erschrocken die Augen auf. Sie hatte zwar

immer darauf gepocht, dass es eine Verbindung zwischen den Toten gab, doch die harte Wahrheit verstörte sie. »Ein Serienmörder.«

Tom schob sich das letzte Stückchen Pizzarand in den Mund. »Davon müssen wir wohl ausgehen.«

»Aber wieso Obdachlose?«, wunderte sich Arienne. »Was könnte man dabei gewinnen? Die haben doch nichts. Das wirkt so … so wahllos.«

»Vielleicht ist ja genau das der Schlüssel«, überlegte Tom. »Kein Motiv, bloß die reine Mordgier. So was soll's geben.«

»Ich weiß nicht«, sagte Arienne.

Tom teilte die Autopsieberichte in zwei ungefähr gleich große Stapel. Einen reichte er Arienne. »Lies du die hier durch. Und ich die anderen. Danach tauschen wir. So entgeht uns hoffentlich kein wichtiges Detail.«

Nach etwas mehr als zwei Stunden legte Arienne das letzte Blatt Papier zur Seite. Tom war mit seinem Stapel ein paar Minuten früher fertig gewesen und hatte eine weitere Flasche Wasser – die dritte – aus der Küche geholt.

»Also, was denkst du?«, fragte er, während er ihr ein Glas einschenkte.

»Du hattest recht«, sagte sie. »An keinem der sieben verbrannten Opfer konnte man Brandbeschleuniger nachweisen. Nicht mal an denen, die sturzbetrunken gewesen sind.«

»Gut, aber das bringt uns nicht weiter«, warf Tom ein. »Die Polizei wird deswegen kaum etwas unternehmen.«

»Warum? Das beweist doch, dass zwischen den Opfern eine Gemeinsamkeit besteht!«

Tom schüttelte den Kopf. »Ich glaube nicht, dass die Polizei dieses Detail übersehen hat … Aber sehen wir den

Tatsachen ins Auge, sonst gibt es keine verwertbaren Spuren, keine Hinweise auf ein Verbrechen. Sicherlich ist das alles mehr als merkwürdig ... Ich meine, da verbrennen innerhalb von fünf Jahren sieben Menschen.«

»Eben!«, stimmte Arienne zu. »Das kann doch kein Zufall sein!«

»Das glaube ich auch nicht«, stimmte Tom zu. »Ich denke, dass es hier eine Verbindung gibt. Ich glaube nicht an spontane Selbstentzündung. Diese Menschen wurden umgebracht. Und wenn du mich fragst, sogar ziemlich brutal. Aber der Polizei sind die Hände gebunden. Keine Beweise, nicht einmal Hinweise – wie könnten sie da ermitteln?«

Arienne zuckte die Achseln. »Wahrscheinlich hast du recht ... Aber irgendwie kann das nicht das ganze Geheimnis sein.«

»Was?«, fragte Tom. »Was willst du denn noch?« Er zeichnete mit der Hand die unsichtbare Überschrift in die Luft. »Psychopathischer Brandstifter brutzelt sich durch die Innenstadt! ... oder so ähnlich. Ist das keine schmissige Headline?«

Sie schüttelte den Kopf. »Das ist ziemlich geschmacklos.«

»Ja!«, fiel Tom ihr ins Wort. Und mit einem breiten Grinsen fügte er hinzu: »Ed wird es lieben.« Er sah auf seine Armbanduhr und seufzte. »Genug für heute, denke ich. Du kannst die Berichte behalten. Morgen Abend wieder hier?« Und noch ehe Arienne zustimmen oder ablehnen konnte, schälte Tom sich aus dem Sofa und trottete müde zur Tür. »Schlaf gut.« Dann war er auch schon verschwunden.

Arienne lehnte sich entspannt zurück, öffnete den obersten Knopf ihrer Jeans und atmete tief durch. »Ein Serienmörder«, sprach sie den beunruhigenden Gedanken noch einmal laut aus.

Ein leises Glucksen aus der Heizung, als würde sich eine alte Dame verschlucken und dabei ihr Gebiss verlieren, ließ sie aufhorchen. »Verdammt. Morgen werde ich den Hausmeister anrufen.« Arienne machte sich rasch bettfertig und kuschelte sich unter die wärmenden Decken. Die Heizkörper würden nun langsam ihre Wärme abgeben und bis zum nächsten Morgen wäre die Wohnung wieder völlig ausgekühlt. Wenn die Heizung tagsüber ausfiel, war das nicht weiter tragisch, doch nachts wurde es einfach schon viel zu kalt. Aber eine andere Wohnung konnte sie sich leider nicht leisten.

Sie versuchte das Gewirr in ihrem Kopf gar nicht erst zu sortieren, denn es verursachte bereits pochende Kopfschmerzen. Sie stellte den Wecker noch um zehn Minuten vor. Bei den zu erwartenden arktischen Temperaturen am nächsten Morgen könnte sie den zusätzlichen Zeitdruck gut gebrauchen.

Arienne schloss die Augen und war plötzlich wieder mitten in der kleinen U-Bahn-Toilette, auf deren Fußboden man sie vor einem halben Jahr gefunden hatte. Sie wusste noch, wie sie schluchzend die Tür verriegelt hatte. Sie wollte einfach nur allein sein.

Wollte, dass es endlich aufhörte …

*

Hastig schloss sie die Tür zum Waschraum und lehnte sich schwer mit dem Rücken dagegen. Es war schon wieder geschehen!

»Warum lasst ihr mich nicht in Ruhe?«, schluchzte sie. Arienne ließ sich langsam zu Boden gleiten. Ihre grauen Turnschuhe quietschten dabei laut auf den polierten Fliesen. Sie ertastete den Türgriff über ihrem Kopf und drückte ihn nach oben, um den kleinen Waschraum so abzuschließen.

Sie weinte und dünner Rotz floss aus ihrer Nase über die Lippen und in den Mund.

Beim Sprechen warf er kleine Blasen, die sofort wieder zerplatzten. »Es muss endlich aufhören!«

Sie hämmerte sich mit den Fäusten gegen den Kopf. Mehrmals ließ die Wucht der Schläge ihren Kopf gegen die Tür prallen. Einmal knackte es laut, und sie spürte, dass ihr linkes Jochbein gerade gebrochen war, doch sie schlug weiter.

»Ich kann nicht mehr.« Diesen Satz flüsterte sie immer wieder.

Anfangs hatte sie die Bilder nicht einmal bemerkt, doch mittlerweile wusste sie, dass sie schon immer da gewesen waren. Seit ihre Mutter ihr die Nachricht von Vaters Tod überbracht hatte und sie selbst steif und fest behauptet hatte, dass Papa in ihrem Zimmer sitze und mit ihren Bauklötzen spiele.

Seit jenem Tag war Ariennes Welt nicht mehr dieselbe. Als Kind hatte sie die Bilder nicht begriffen, nicht bemerkt oder rasch wieder vergessen, aber je älter sie wurde, desto schlimmer wurde es.

Gerade hatte sie auf dem Bahnsteig gesehen, wie einer alten Dame das Gesicht weggeschmolzen war und eine grässliche Fratze sie aus dem hohlen Schädel anstarrte. Es hatte bestialisch gestunken und Arienne hatte aufgeschrien und mit dem Finger auf die Alte gezeigt.

Doch die Menschen um sie herum hatten sie nur entgeistert angeglotzt, als wäre sie von einem anderen Stern. Dann war sie davongerannt. Kopflos durch die U-Bahn-Station geirrt, bis sie diese Behindertentoilette gefunden hatte.

»Es muss aufhören«, schluchzte sie wieder.

Ein Glitzern fesselte ihren Blick und ihre Aufmerksamkeit. In der gegenüberliegenden Ecke des Waschraumes lag eine Glasscherbe. Sie war dreieckig, vermutlich mit scharfen Kanten.

Sie glitzerte wie der Goldschatz im Hort des Drachen – das Ende des langen Abenteuers des Helden, der verdiente Lohn. Arienne betrachtete die kleine Scherbe, die mit einem Mal das Versprechen von Ruhe und Zufriedenheit in sich trug.

Sie kroch auf allen vieren darauf zu, ließ dabei jegliche Bedenken wegen der zweifelhaften Bodenhygiene außer Acht. Als sich ihre Finger um das kalte Glas schlossen und sie die scharfen Kanten befühlte, da war es, als griffe sie nach einem Rettungsring, nachdem sie monatelang auf stürmischer See umhergeworfen worden war.

Sie kauerte sich in die Ecke, erleichtert, dass sie endlich am Ziel war.

»Es muss endlich aufhören«, flüsterte sie, während sie den Ärmel ihrer Jacke hochkrempelte.

Den ersten Schnitt zu setzen kostete sie noch einige Überwindung. Sie fürchtete den Schmerz, doch gleichzeitig wusste sie, dass es die einzige Möglichkeit war, ihrem Leid ein Ende zu setzen. Als die Scherbe in ihren Körper eindrang, die Haut zerschnitt und die Adern zerriss, da war es, als würde sich der Druck endlich von ihr lösen. Sie hob die blutverschmierte Scherbe vor ihr Gesicht. Arienne beobachtete, wie sich die rote Flüssigkeit in einem kleinen Tropfen an der unteren Spitze sammelte. Einen kurzen Augenblick konnte er der Schwerkraft Paroli bieten, dann stürzte er ab und klatschte auf den Fliesen auf.

Der zweite Schnitt ging Arienne deutlich leichter von der Hand. Und als sie beide Pulsadern durchtrennt hatte, lehnte sie sich erleichtert gegen die Wand.

Bald würde sie müde werden, die Augen schließen – und endlich ihre Ruhe finden.

Etwas in ihr versetzte sie in Unruhe. Ein kleiner Rest ihres Selbsterhaltungstriebs meldete sich zu Wort und versetzte ihre Beine in nervöse Zuckungen. Ein Teil von ihr wollte leben, wollte die Bilder nicht mehr sehen müssen und ein normales Leben führen. Aber seit ihrer Kindheit rannte sie von einem Therapeuten zum anderen und niemand hatte ihr helfen können.

»Ich kann nicht mehr«, wimmerte sie. Flehte ihre Beine an, sie in Ruhe sterben zu lassen.

Als ihre Beine ihr nicht gehorchen wollten, begann Arienne die Ritzen in den Fugen zu zählen, um sich abzulenken.

Als sie die fünfzehnte ausgemacht hatte, setzte die Müdigkeit ein. Sie stemmte sich dagegen, klammerte sich an ihrem Leben fest. »Hilfe!«, schrie sie unbewusst, während sie weiter die Fugenritzen zählte.

»Siebzehn. Hilfe! ... Achtzehn. So helft mir doch, bitte!«

Arienne war kaum noch bei Bewusstsein, sonst hätte sie über die Absurdität ihres Verhaltens lachen müssen. Sie kämpfte und zählte, kämpfte und zählte.

Bei zweiundzwanzig gab sie endgültig auf.

Und plötzlich hatte sie das Gefühl, eine wärmende Hand auf ihrer Stirn zu spüren. »Ich werde dich beschützen«, flüsterte eine ruhige Stimme ...

*

Die eindringliche Stimme des Nachrichtensprechers weckte sie mit einem Bericht über das Brandopfer in der U-Bahn-Station. Demnach ging die Polizei noch immer von einem Unfall aus.

»Die offizielle Version«, spottete Arienne und griff nach ihrem Pillenfläschchen. *Vielleicht sollte ich mal mit einem von der Polizei reden*, dachte sie. *Vielleicht kann man da doch was machen.*

Beim Zurückschlagen der Decke fühlte sie, wie kalt es in der Wohnung über Nacht geworden war. »Scheiße!«, schrie sie frustriert, als ihr auffiel, dass sie am Vorabend nicht geduscht hatte.

Arienne drehte das Wasser in der Dusche an, in der Hoffnung, dass die Heizung wieder angesprungen war, doch der eisige Wasserstrahl brachte sie jäh auf den Boden der Tatsachen zurück.

»Es ist gut gegen Orangenhaut. Es ist gut gegen Orangenhaut.« Sie betete es sich wie ein Mantra vor und sprang ins kalte Wasser. »Scheiße!«

Haarewaschen – Einseifen – Intimpflege – jetzt musste es verdammt schnell gehen, wenn sie nicht erfrieren wollte.

»Das ist es doch nicht wert«, sagte sie laut, als sie wieder aus der Dusche stieg und sich mit einem weichen Frotteehandtuch abtrocknete. »Und das am Samstagmorgen«, zischelte sie wütend. »Normale Menschen haben da frei.«

Arienne ging den Tag schon einmal in Gedanken durch. *In der Redaktion steht heute nicht viel an. Vielleicht schaffe ich es noch zur Polizei, bevor ich auf den Friedhof gehe.*

In der Küche fand sie noch ein Stück Pizza vom Vortag, das die Mikrowelle rasch wieder in einen genießbaren Zustand brachte. An normalen Samstagen erwartete sie in der Redaktion nicht allzu viel Stress. Der *Wochenblick* erschien immer donnerstags, darum erfragte Arienne samstags das kommende Kinoprogramm sowie den Spielplan des Theaters. Außerdem verfasste sie kurze Artikel zu kulturellen Veranstaltungen am folgenden Wochenende, um der Masse einen möglichst breiten Überblick zu verschaffen. Arienne mochte diese »Minigeschichten«, wie sie es nannte. *Man muss den Menschen mit einer SMS den Besuch eines Museums schmackhaft machen wie in einem Werbetext*, dachte sie immer.

Ein Blick auf die Uhr trieb sie zur Eile an. Ed würde in den nächsten Tagen ihretwegen schon genug Blutdruckmittel schlucken müssen. Sie griff nach einer warmen Jacke und dem Regenschirm. Dann verließ sie die Wohnung.

In der Redaktion war selbst für einen Samstagmorgen erstaunlich wenig Betrieb. Ed saß in seinem Büro, doch er hatte die Tür geschlossen und die Jalousien der Fenster heruntergelassen. Tom war nicht da. Zwei andere Redakteure unterhielten sich entspannt bei einer Tasse Kaffee.

»Sarah?«, sprach Arienne eine Kollegin an. »Hab ich was verpasst, dass es hier so ruhig ist?«

Sarah schüttelte den Kopf. »Nee, aber Klaus hat sich krankgemeldet, und Sabine, Paul und Melanie sind seit gestern in Urlaub.«

»Ed hat tatsächlich drei Redakteuren auf einmal Urlaub genehmigt?«, fragte Arienne verblüfft.

Sarah kicherte. »Ja, er hatte wohl bei der letzten Betriebsfeier ein wenig zu viel intus. Jedenfalls sind Melanie und Paul nur eine Woche weg, Sabine hat ihren gesamten Jahresurlaub genommen. Sie und ihr Mann machen doch diese Kreuzfahrt über Weihnachten und Neujahr.«

»Stimmt«, erinnerte sich Arienne. »Wow, sechs Wochen auf See. Ich bin neidisch!«

»Jedenfalls hat sich Ed deswegen eingeschlossen«, lachte Sarah. »Er sagte, wenn er das Chaos und die unerledigte Arbeit mit ansehen muss, dann bringt er sich um.«

»So schlimm, ja?«

Sarah nickte. »Ich würde ihn heute lieber in Ruhe lassen.«

»Danke. Dann mache ich schnell meine Arbeit und verschwinde.«

»Das ist sicherlich das Beste, Ari«, sagte Sarah mit einem Augenzwinkern. »Schön unter dem Radar fliegen.«

Arienne schaffte es tatsächlich, ihre Arbeit in weniger als zwei Stunden zu erledigen. Zwei Stunden, in denen sich Ed nicht einmal aus seinem Büro herausbewegte. *Hmm, das Redaktionsklima ist gleich viel entspannter, wenn er nicht ständig rummotzt,* dachte sie lächelnd. Und ein Blick in die Runde der Kollegen verriet ihr, dass sie nicht als Einzige so dachte. *Vielleicht wird Tom ja wirklich mal Chefredakteur, wer weiß.*

Sie loggte sich an ihrem Arbeitsplatz aus und schaltete den Bildschirm ab. »So, Kinder, ich mach mich vom Acker. Falls Ed noch mal auftaucht, sagt ihm, dass meine Sachen schon bei Werner zur Korrektur sind, ja?«

Sarah sah kurz von ihrem eigenen Bildschirm auf. »Klar, Liebes, machen wir.«

Arienne überlegte noch einmal kurz, ob sie etwas vergessen hatte, schüttelte dann erleichtert den Kopf und nahm ihre Tasche. »Bis Montag.«

Die Haltestelle der Straßenbahnlinie 3 lag direkt vor dem Westeingang des Friedhofs. Das große gusseiserne Tor, dessen beide Flügel jeweils von einem Kreuz geziert wurden, stand für Besucher Tag und Nacht offen. An der linken Säule hing ein Schaukasten, in dem eine Zeittafel Auskunft über die nächsten Gedenkgottesdienste gab.

Daneben hing ein kurzer Abriss über die Geschichte des Friedhofs und der angrenzenden Kirche. Es war das größte Gotteshaus der Stadt und früher Teil einer Abtei gewesen. Als die Abtei bei einem Feuer zerstört wurde, hatte man sie an einem anderen Ort, außerhalb der rasch wachsenden

Stadt, neu errichtet. Lediglich die Kirche hatte die Flammen unbeschadet überstanden, und die Bürger hatten das als Zeichen Gottes gesehen. So war die Kirche geblieben und der Friedhof der Abtei zum städtischen Friedhof erweitert worden. Mittlerweile gab es natürlich noch sehr viel mehr Friedhöfe in der Stadt, doch dieser hier war noch immer der größte und auch einer der schönsten.

Es ist gut, dass du hier bist, Paps, dachte Arienne mit einem Lächeln. *Einen weniger schönen Ort hättest du nicht verdient.*

Arienne schritt durch das Tor und der lockere Kies knirschte unter ihren Schuhen. Sie ging nach rechts, denn zur Linken führte der Weg zu einer Freifläche, die für zukünftige Gräber reserviert war.

Das Grab ihres Vaters lag im Schatten einer Linde. Ein schlichter Stein aus dunklem Granit trug die Inschriften. Arienne kümmerte sich seit einem Jahr um das kleine Blumenbeet, seit ihre Mutter es nicht mehr selbst konnte. *Sie musste ja mit ihrem neuen Mann ans Meer ziehen*, dachte Arienne missmutig. »Nein, jetzt keine bösen Gedanken.«

Sie säuberte das Beet von ein wenig herabgefallenem Laub, viel mehr gab es im Winter nicht daran zu tun. Dann strich sie wie immer über den Grabstein und versuchte sich das Bild ihres Vaters in Erinnerung zu rufen.

»Hallo, Paps«, begann sie. »Die letzte Woche war wirklich aufregend ... na ja, genauer gesagt, die letzten beiden Tage.« Sie vergewisserte sich, dass sie von niemandem belauscht wurde. Aber der Friedhof war fast menschenleer. Die meisten kamen sonntags nach der Messe. Doch Arienne hasste große Menschenaufläufe. Und so konnte sie mit ihrem Vater sprechen, ohne dass Lieschen Müller zuhörte. »Es gab einen weiteren Mord. Tom und ich – ich konnte ihn überzeugen – haben das Band einer Überwachungskamera gesehen. Und die Autopsieberichte der anderen Opfer.« Sie blickte sich erneut verschwörerisch um. »Paps, wir glauben, dass es sich um einen Serienkiller handelt ... Ich weiß, was du jetzt sagen würdest, und ja, ich bin vorsichtig. Aber das ist eine Riesenstory, Paps. Und ich habe sie entdeckt!«

Sie machte eine längere Pause, während der sie stumm zu Boden blickte. Sie suchte nach den richtigen Worten. »Ich war ... Ich bin ziemlich traurig, Paps. Du weißt ja ... der«, sie machte beim nächsten Wort kleine Gänsefüßchen in die Luft, »›Unfall‹ vor einiger Zeit.« Als würde sie leibhaftig mit ihrem Vater sprechen, wedelte sie nun abwehrend mit den Händen. »Nicht dass du denkst, ich würde wieder so eine Dummheit machen ... aber seit Mama auch noch weggezogen ist, bin ich ziemlich allein. Aber meine Medikamente helfen mir ... Leider sehe ich dich auch nicht mehr ...«

Sie las ein Blatt auf, das während ihres Monologs friedlich auf das Grab gesegelt war, und legte es auf den kleinen Laubhaufen, den sie später auf den Kompost werfen würde.

»Tom hat mich gestern darauf angesprochen. Es fiel mir schwer, darüber zu reden, aber ich hab's getan. Ich denke, dass ich nur so darüber hinwegkommen kann.« Sie atmete tief durch. »Na ja, das wär's für heute. Ich komme nächsten Samstag wieder. Hab dich lieb.«

Ein kühler Wind kam auf und sie drehte ihm den Rücken zu, da er ihr unangenehm ins Gesicht schnitt. Dabei entdeckte sie auf einem benachbarten Grabstein eine Rose, die gerade von eben diesem heruntergeweht wurde. Arienne eilte hin und hob die langstielige rote Blume vom Boden auf, ehe sie weiteren Schaden nehmen konnte. Der Wind hatte sich gelegt und Arienne platzierte die Rose wieder an dem ihr bestimmten Platz.

Sie konnte jedoch nicht widerstehen und warf einen Blick auf die Grabsteininschrift. »Für eine Liebe, die ewig währt. N.«, las sie leise vor. Darunter stand noch eine Jahreszahl: 1563.

»Hmmm ...« *Wer legt denn heute noch Rosen auf ein so altes Grab?*, fragte sie sich achselzuckend. Kein Moos, kein Grünspan verunstaltete den Stein. Und dennoch, etwas störte Arienne am Anblick des dunklen Granits. *Er ist kaum verwittert!*, erkannte sie. *Ein so alter Grabstein müsste doch viel stärker von Wind und Wetter gezeichnet sein.* Sie lächelte, denn die Lösung lag auf der Hand. *Da pflegt eine Familie seit vierhundert Jahren dieses alte Grab.* Sie warf einen Blick zurück auf den Grabstein ihres Vaters. »Vielleicht schaffe ich es ja und man kümmert sich auch so lange um dich.«

»Nur wenn Ihr Vater ein Heiliger war«, erklang eine sonore Stimme hinter ihr.

Arienne wandte sich um und blickte in dunkle, onyxfarbene Augen, die wie zwei Perlen in einem Gesicht aus Porzellan saßen. Seidiges, schwarzes Haar umrahmte die feinen Züge, doch sie zeigten keine Regung. Beinahe unwirklich ausdruckslos fixierte sie der Mann mit seinem Blick. »Entschuldigung«, begann sie, »was haben Sie gesagt?«

»Die Kirche pflegt dieses Grab«, fuhr der Mann fort und trat an den Grabstein heran. Er legte seine rechte Hand sanft, fast zärtlich auf den behauenen Granit und strich langsam darüber.

Der Wind frischte erneut auf und Arienne zog den Mantel enger um sich. Dieser Mann hatte etwas Faszinierendes und zugleich Verstörendes an sich. Sie blickte nervös auf ihre Uhr und dankte Gott im Stillen dafür, dass es Zeit war, zu gehen. Tom würde schon bald wieder vor ihrer Tür stehen, um das weitere Vorgehen zu besprechen.

Sie raffte eilig den kleinen Laubhaufen vom Boden auf und warf ihn auf den Kompost neben den Gießkannen. Dann verließ sie den Friedhof schnellen Schrittes, ohne sich noch einmal umzublicken, durch das Tor und erwischte gerade noch die Straßenbahn. Andernfalls hätte sie weitere zwanzig Minuten in der Kälte zubringen müssen. Erleichtert ließ sie sich auf dem letzten freien Sitzplatz nieder, gab ihn aber direkt wieder für eine alte Dame frei, die sich wackelig auf einen Gehstock stützte.

»Vielen Dank«, keuchte die Alte lächelnd. »Sie sind ein gutes Kind.«

»Kind?«, schlüpfte es Arienne über die Lippen.

»Na, ein Kind Gottes, wie wir alle«, erklärte die Alte fröhlich und mit erhobenen Händen.

Arienne nickte freundlich. Einige der anderen Fahrgäste tauschten vielsagende Blicke aus, die sich offenbar auf den Geisteszustand der Alten bezogen, doch Arienne versuchte sich nichts anmerken zu lassen.

Zu Hause schaltete sie als Erstes den Wasserkocher an und packte zwei Beutel Chai in die Kanne. Sie suchte die Telefonnummer des Hausmeisters raus. Nach dem dritten Klingeln hob er ab. »Ja?«

Arienne verzog angewidert das Gesicht. *Können die Leute sich nicht mit ihrem Namen melden?*, dachte sie, beeilte sich aber zu sagen: »Hier ist Schuster aus dem zweiten Stock in der Justusgasse sieben. Ich wollte nur sagen, dass die Heizung mal wieder spinnt. Können Sie sich die bitte ansehen?«

»Im ganzen Haus oder nur bei Ihnen?«, blökte der Hausmeister missgelaunt zurück.

»Ich kann nur für meine Wohnung sprechen«, schoss Arienne nicht weniger unfreundlich zurück. »Vielleicht ist es auch das Aggregat im Keller ... Aber das finden Sie sicher schnell heraus, wenn Sie kommen und es sich ansehen, nicht wahr?«

Er murmelte noch einige unverständliche Worte und etwas von »Montagvormittag«. Arienne gab sich damit zufrieden und legte auf, als der Wasserkocher durch ein leises Piepen signalisierte, dass sie endlich ihren Tee aufbrühen konnte.

Während sie die beiden Teebeutel in der Kanne schwenkte, warf sie einen Blick aus dem Fenster. Draußen wurde es bereits finster und ein wolkenloser Himmel versprach eine klirrend kalte Nacht. Die Straßenlaternen erwachten zum Leben. Alle bis auf eine, die nach mehrmaligen Fehlzündungen des Gases den Dienst komplett versagte.

So geht sie dahin, die große Lichterkette der Stadt.

Das Türklingeln riss sie aus ihren Gedanken. Tom war wieder pünktlich. »Ich hab Pasta dabei«, meldete er durch die Gegensprechanlage.

Arienne drückte kopfschüttelnd den Summer. *Er will mich anscheinend bemuttern.*

Tom atmete schwer, als er die Wohnung betrat, obwohl Ariennes Wohnung nur im zweiten Stock lag. Aber Tom hatte die fünfzig bereits überschritten, und seine Schwäche für ungesundes Essen hatte seinem Körper einiges abverlangt ... oder vielmehr auferlegt. Er stellte zwei weiße Plastiktüten auf den Küchentresen. »Ich wusste nicht, was du magst, da hab ich einfach mal ein paar Klassiker mitgebracht«, schnaufte er.

Tom griff auch sogleich in die linke der beiden Tüten und zog eine silberne Aluminiumschale heraus, deren Inhalt von einem Pappdeckel gesichert wurde. Als er den Deckel abhob, zogen sich klebrige Käsefäden in die Länge. »Lasagne«, sagte er zufrieden, und Arienne konnte nicht leugnen, dass er sie in diesem kurzen Moment an einen sehr berühmten orangefarbenen Comic-Kater erinnerte.

»Was hast du sonst noch, Garfield?«, lachte sie.

Tom überging den Scherz und deutete auf die rechte Tüte. »Einmal Spaghetti Carbonara und einmal Napoli. Und in der anderen ist noch mal Lasagne.«

Arienne nickte und entschied sich ebenfalls für die Lasagne, schon allein, weil es das wärmste der drei Gerichte war und ihr der kalte Wind vom Friedhof noch immer in den Knochen steckte. Sie hätte es natürlich auch einfach in die Mikrowelle stellen können, doch sie hatte das Gefühl, dass die Sachen darin immer leicht zäh wurden, und so nutzte sie das Gerät nur, wenn es sich nicht vermeiden ließ.

Kaum hatte sie die Lasagne auf einen Teller geschaufelt, griff Tom nach dem obersten Autopsiebericht und ließ sich stöhnend aufs Sofa fallen. »Hast du sie dir noch einmal durchgesehen?«, fragte er.

Arienne konnte ihm den gelangweilten Tonfall nicht übel nehmen. Auch sie verspürte wenig Lust, die trockenen Berichte erneut durchzuwälzen. »Nein, noch nicht.«

»Gut«, sagte Tom zu ihrer Überraschung. »Das bringt auch nichts.«

»Wie meinst du das?«

Er schob sich gerade eine Gabel in den Mund, auf der er eine kritische Masse an Lasagne balancierte. Während er kaute, gestikulierte er mit der freien Hand, dass Arienne ihm noch einen Moment Zeit geben solle. »Ich meine«, sagte er schließlich mit halb vollem Mund, »dass wir aus den Berichten auch nicht schlauer werden.« Mit lautem Schlucken bahnte der Happen, der fast aus der halben Lasagne bestanden hatte, sich seinen Weg in Toms Eingeweide. »Es gibt zwar Brandbeschleuniger, die man nicht nachweisen kann, aber das ist für eine Story zu wenig. Und vor allem – wir können es nicht beweisen.«

Arienne seufzte. »Also haben wir nichts? Aber was ist mit der Videoaufzeichnung?«

Tom nickte. »Richtig. Wir haben nicht nichts. Wir haben einen Verdacht ... Aber das reicht noch nicht.«
»Hat Ed dir in den Arsch getreten?«, fragte sie.
»Nein, der weiß noch nichts von unserer Arbeit.« Er blickte sie prüfend an. »Zumindest nicht von mir.«
»Ich habe ihn heute gar nicht gesehen.«
»Gut.« Tom kicherte. »Das ist auch besser für seinen Blutdruck.« Er stellte den leeren Teller auf dem kleinen Couchtisch ab. »Was ich sagen will, ist, dass wir nicht im Trüben, sondern im Stockfinsteren fischen. Wir haben einfach keine Spur.«
»Und jetzt?«
»Jetzt warten wir«, sagte Tom beinahe gelassen.
»Worauf denn?«
»Auf das nächste Opfer. Wenn wir richtigliegen, dann handelt es sich um einen Serienkiller. Und der wird früher oder später erneut töten.«
»Aber ... aber wenn wir ihn vorher fänden?« Ihre Stimme klang ein wenig verzweifelt, doch das war ihr egal. »Wir können doch nicht zulassen, dass er noch einen unschuldigen Menschen umbringt.«
Tom seufzte leise. »Ich fürchte, wir haben keine andere Wahl.«
»Scheiße. Und dann?«
»Dann hoffen wir, dass er einen ähnlichen Fehler, wie den mit der Kamera, macht. Und dass wir ihn auch entdecken.«
»Also tun wir nichts?«
»Wir können nur die Karten ausspielen, die wir haben«, bestätigte Tom mit einem Nicken. »Und vielleicht finden wir dann doch eine Verbindung zwischen den Opfern. Etwas, was wir im Moment einfach nicht sehen – noch nicht sehen können.«

Arienne grinste. »Du klingst schon fast wie ein Kommissar. Hast du vielleicht den Beruf verfehlt?«

Tom schnitt eine Grimasse. »Ha, ha.« Er deutete auf die Autopsieberichte. »Die bringen uns einfach nicht weiter. Wir wissen nicht, warum der Killer tötet. Und wir können auch nicht sagen, wen er oder sie als Nächstes umbringen wird.«

Arienne ließ die Schultern hängen. »Also war alles umsonst?«

Tom schüttelte lächelnd den Kopf. »Nein, denn wir wissen jetzt, dass wir wirklich hinter einer Story und nicht hinter einem Gespenst herjagen.«

Sie unterhielten sich den Rest des Abends noch ein wenig und sahen gemeinsam fern. Tom erzählte ihr, wie er vor vierzig Jahren nach einem Praktikum direkt bei der Zeitung geblieben war. Arienne genoss seine Gesellschaft mehr und mehr. Wenn man ihn genauer kannte, dann war er überhaupt nicht seltsam oder unfreundlich. Tom war großzügig und witzig. Vor allem seine Geschichten über Ed und dessen erste Gehversuche als Chefredakteur trieben ihr Tränen in die Augen.

»Du musst dir das vorstellen«, erzählte Tom. »Da steht er in seinem knittrigen Anzug, die Hosen eine Nummer zu klein und versucht uns mit zittriger Stimme zu erklären, wie man eine Wochenzeitung mit Inhalt füllt.«

»Was ist inzwischen passiert?«, fragte Arienne interessiert.

Tom zuckt die Achseln. »Es sind wohl die Jahre. Ed ist älter geworden, genau wie wir alle.«

»Ab wann hat er angefangen, sich nur noch Ed zu nennen?«

Tom lachte. »Das war nach einem Urlaub in den Staaten … Zumindest behauptet Ed, dass es nur ein Urlaub war.

Ich glaube vielmehr, dass er sich dort drüben bei ein paar Zeitungen beworben hat – völliger Schwachsinn. Jedenfalls war ihm Eduard ab da wohl nicht mehr schmissig genug.«

Diesmal zuckte Arienne die Achseln. »Vielleicht wollte er sich weiterentwickeln, das ist doch nicht verkehrt?«

Mag schon sein«, brummte Tom. »Aber Ed ist komisch. War er schon immer ... Jedenfalls, nach dem Urlaub war er eine Weile ziemlich schlecht drauf. Vermutlich war das so ein letztes Aufbäumen während der Midlife-Crisis.«

»Er scheint sich jetzt aber damit abgefunden zu haben«, überlegte Arienne.

»Er hat ja keine Wahl«, stellte Tom mit einem Augenzwinkern fest. »So wie ich nicht mehr Auslandskorrespondent fürs Fernsehen werden kann.«

»Wer weiß? Du musst eben ein Land finden, in das außer dir niemand will. Oder dessen Sprache niemand beherrscht.«

»O ja, das wäre klasse. Und dann hänge ich bei irgendwelchen nackten Buschvölkern rum«, prustete Tom.

»Das Bild bekomme ich vielleicht nie mehr aus meinem Kopf«, jaulte Arienne lachend auf.

»Dann lass ich dich jetzt damit alleine«, sagte Tom grinsend und stand auf. Sein Blick schweifte über die leer gegessenen Nudelschalen. Nur die Napoli waren noch übrig. »Die kannst du prima morgen früh essen.«

Arienne nickte pflichtbewusst. »Werde ich machen.«

Tom zog sich den Mantel und ein Paar Handschuhe an. »Wir sehen uns Montag in der Redaktion. Mehr können wir im Moment nicht tun.«

»Einverstanden«, stimmte Arienne zu. »Aber kein Wort zu Ed ... sonst landen wir vielleicht wirklich am Amazonas.«

Tom lachte und verließ die Wohnung.

Arienne zappte sich noch durch ein paar Fernsehkanäle, entschied sich aber schon bald zu Bett zu gehen. Die Heizung hatte sich entschlossen, noch einmal ihren Dienst zu verrichten, was ihre Wohnung durchaus gemütlich machte.

Fünf

»Cem, du siehst nicht gut aus.« Günther blickte kaum von seinem Käsebrot auf. »Hast du dir 'ne Erkältung eingefangen?«

Cem hustete trocken und schüttelte den Kopf. »Ich weiß nicht. Fieber hab ich nicht.«

Günther schien das nicht zu beruhigen. »Du solltest dich ins Bett legen, ehe du noch das halbe Revier ansteckst.«

»Ach was.« Er machte eine wegwerfende Handbewegung. »Ich hab mir in der beschissenen U-Bahn-Station nur 'nen Zug geholt.«

Günther kicherte. »Der war gut.«

»Ha, ha.« Cem verdrehte die Augen. Er krümmte sich in einem erneuten Hustenanfall, bevor er eine geistreiche Erwiderung finden konnte.

»Scheiße, Cem, du gehörst ins Bett!«, sagte Günther beharrlich. »In der Verfassung hilfst du niemandem.«

Cem wollte protestieren, doch schließlich sah er es ein. »Gut. Ich fahre heim. Wenn ihr niemanden findet, der für mich einspringt, dann ruft mich an.«

»Ja, ja«, sagte Günther.

Er schleppte sich aus der Kantine, wohl wissend, dass ihn niemand anrufen würde. Er hatte sich bis zu diesem Morgen absolut gesund gefühlt. Aber seit einigen Stunden plagte ihn ein trockener Husten. Und das Atmen fiel ihm seltsam schwer.

Zu Hause schaffte Cem es kaum aus dem Auto und dann hoch in den vierten Stock, wo seine Wohnung lag. Keuchend schloss er die Tür hinter sich und ließ den Mantel an Ort und Stelle fallen. Er schleppte sich ins Schlafzimmer und fiel der Länge nach aufs Bett.

Als Cem wieder die Augen öffnete, war es draußen bereits stockfinster. Er ließ seine Zunge einige Male im Mund kreisen, um den bitteren Geschmack zu identifizieren. Es schmeckte, als hätte er sich im Schlaf erbrochen. Er schaltete das Licht an und vergewisserte sich, ob tatsächlich Erbrochenes auf seinem Kopfkissen war, doch außer einem kleinen Speichelfleck konnte er nichts weiter feststellen.

Trockener Husten quälte sich die Atemröhre empor und drohte seinen Hals zu zerreißen. Cem fasste sich mit beiden Händen an die Stirn. Pochende Kopfschmerzen raubten ihm fast die Sicht, so schwer fiel es ihm, sich zu konzentrieren.

Mit zittrigen Knien wankte er in die Küche. Dort bewahrte er in einem kleinen Schränkchen seine Medikamente auf. Er drückte zwei Paracetamol aus dem Blister und schluckte sie. Eine blieb ihm im Hals stecken und der bittere Geschmack brachte ihn zum Würgen. Er hielt den Mund unter den Wasserhahn und drehte die Kaltwasserleitung auf. Schlussendlich glitt die Tablette in seinen Magen und er fühlte sich direkt ein wenig besser. Was natürlich absoluter Schwachsinn war. Manchmal glaubte Cem, dass er auch ausschließlich mit Placebos glücklich wäre.

Er kontrollierte seine Körpertemperatur mit einem Griff an die Stirn. »Kein Fieber«, krächzte er. Seine schwache Stimme machte ihn stutzig.

Im Cerankochfeld konnte er sein Spiegelbild erkennen. Dicke Augenringe hingen wie Regenwolken in seinem Gesicht. Seine Haut war blass, nahezu farblos. Erschrocken wich er einen Schritt zurück.

Er spürte eine erneute Hustenwelle anbranden und wappnete sich dagegen. Der trockene Husten wandelte sich zu einem schleimigen Auswurf, den er ins Spülbecken spuckte.

Schwarzer Rotz, von einer Konsistenz wie flüssiger Teer, zerlief in dem spiegelnden Aluminiumbecken und kroch langsam zum Abfluss. Fast so, als handelte es sich dabei um einen lebendigen Organismus, der nach einem Fluchtweg aus dem silbernen Gefängnis suchte.

Cem stellte das Wasser an und schaufelte sich mit den Händen einen Schwall davon in den Mund. Er spülte und spuckte. Spülte und spuckte. Doch der bittere Geschmack des Schleims wollte nicht verschwinden.

Die schnellen Bewegungen ließen seine Kopfschmerzen fürchterlich zunehmen, also schleppte er sich wieder ins Bett. Er würde morgen einen Arzt aufsuchen.

Ein Blick auf die Uhr zeigte kurz nach fünf. Cem brauchte einen Moment, bis er begriff, dass es fünf Uhr des Folgetages war. *Ich habe fast einen kompletten Tag lang geschlafen?*, dachte er fassungslos. In der Wohnung war es stockfinster. Die Rollläden waren hochgezogen, doch draußen war die Sonne bereits untergegangen. *Ich habe einen ganzen Tag geschlafen, ohne aufs Klo zu müssen?*, wunderte er sich weiter.

Cem setzte sich auf die Bettkante. Der Hustenreiz war verschwunden. Ebenso seine Kopfschmerzen. Er wollte aufstehen, sank unter lautem Stöhnen aber zurück aufs Bett. Sein Körper war ein einziger gewaltiger Muskelkater. *Anscheinend bin ich unter die Schlafwandler gegangen.*

Unter größter Anstrengung gelang es ihm aufzustehen, ohne vor Schmerzen zu schreien. Er schlurfte ins Bad, wobei jeder einzelne Schritt einem Kampf auf Leben und Tod glich. Dort entleerte er seine Blase, was, gemessen an der Zeit, die er geschlafen hatte, erstaunlich schnell ging.

Morgen gehe ich zum Arzt, dachte Cem, während er vor der Kloschüssel stand. *Jetzt ist da ja niemand mehr.*

In der Hoffnung, eine heiße Dusche würde seine Verspannungen lösen, stellte er das Wasser an. »Für morgen werde ich mir den Wecker stellen«, sagte er laut. Cem lebte schon lange allein, darum führte er hin und wieder Selbstgespräche. Eine Stimme zu hören tat ihm gut, auch wenn es bloß die eigene war.

»Eine heiße Dusche?«, fragte er mit kehliger Stimme. »Das gefällt mir.«

Cem erschrak. Er hatte die Worte nicht ausgesprochen, auch wenn sie aus seinem Mund gekommen waren.

Er wand sich in einem plötzlichen Krampf. Die Haut an seinem Körper schien zum Zerreißen gespannt und er musste sich übergeben. Teerartiges Erbrochenes klatschte in die Duschwanne und ein schwefliger Gestank stach in seiner Nase.

Sechs

Toni hatte in der letzten Nacht kaum Schlaf gefunden. Zu sehr war er ins Studium der »Spielregeln«, wie Shane das Büchlein nannte, vertieft. Und die Schrecknisse, die dort auf wenigen Seiten und in trockener wissenschaftlicher Sprache formuliert waren, raubten ihm die Ruhe ... Ja, sie sorgten sogar dafür, dass Antonio Lucina sich fürchtete, die Augen zu schließen.

Da wurde mit der gleichen Nüchternheit, mit der man unter Bekannten vom Wetter sprach, über parasitäre Höllenwesen gesprochen. Manche übernahmen den Körper des Wirts komplett, andere konnten nur die Gedanken des Opfers beeinflussen, ähnlich einer psychischen Störung. Weiterhin standen dort auch alle Informationen zur Abwehr solcher Kreaturen. Das war nicht ungewöhnlich, wenn man einen historischen Text betrachtete, doch hier stand es fein säuberlich übertragen in die Neuzeit. Panzerbrechende Munition, um lebendige Wasserspeier zu töten, Silbergeschosse gegen Werwölfe. Hexen wurde als Sanktion die Zunge entfernt, da sie so keine weiteren Anrufungen mehr vornehmen konnten. Vampire tötete man am effektivsten mit Tageslicht. Und Dämonen ... man musste den Wirtskörper zerstören, um die Essenz mit geweihtem Wasser zu bannen.

Am meisten verwunderte ihn jedoch, darin etwas über gefallene Engel zu entdecken. Die Passage überraschte ihn so sehr, dass er sie laut vorlas: »Ein Engel wird von Gott erschaffen und strahlt dessen Licht aus. Normalerweise körperlos, werden die himmlischen Streiter manches Mal ausgesandt, um eine Aufgabe zu erfüllen. Dann schenkt Gott ihnen eine menschliche Hülle, damit sie unter den Unwissenden wandeln können. Ist ein Engel auch unsterblich, so kann sein Körper dennoch gebrochen werden (vergleiche auch die Bannung eines Dämons, Absatz eins folgende). Weiterhin gilt es zu beachten, dass ein Engel sich auch in Menschengestalt mit göttlicher Kraft bewegen kann. Dies macht gefallene Engel zu besonders gefährlichen Subjekten. Jede Begegnung mit einem Gefallenen ist sofort zu melden.« Kopfschüttelnd klappte er das Buch zu.

Toni konnte die Dinge noch immer schwer glauben, die er da las, doch nach seinen letzten Erlebnissen hatte er die verstörende Gewissheit, dass es die Wahrheit war, auch wenn sein Geist sich noch so vehement dagegen sträubte. Noch immer wartete ein Teil von ihm darauf, aufzuwachen und in Rom in seinem Bett zu liegen.

Doch er war nicht in Rom. Und er war nicht länger der Schweizergarde unterstellt. *Wie kann man in Rom von diesen Dingen wissen und nichts unternehmen?*, nagte es unentwegt an ihm.

Als die Kirchenglocke zum Gottesdienst rief, war Toni mehr als erleichtert. Endlich etwas, was er kannte, was für ihn greifbar war.

Die kleine Kirche bot nicht viel Platz für Menschen der Gemeinde, doch sie stand in einem abgelegenen Wohnviertel und war mehr ein Relikt vergangener Tage. Die große katholische Kirche am Friedhof war der Sammelpunkt der Gläubigen.

Toni erspähte Shane und Noriko in der letzten Bank und setzte sich neben sie.

»Es ist allein Alfred zu verdanken, dass in dieser Kirche noch ein Gottesdienst gefeiert wird«, flüsterte Shane ihm zur Begrüßung zu. »Der Bischof würde uns lieber komplett in eine Festung verwandeln. Aber Alfred sagt, dass gerade hier die Nähe Gottes spürbar sein muss ... Und ich denke, er hat verdammt noch mal recht.«

»Shane«, seufzte Noriko, »kannst du bitte wenigstens hier *nicht* fluchen?«

Shane warf ihr sein unverwüstliches Lächeln entgegen. »Denkst du wirklich, dass es *Ihm* so wichtig ist, wie ich rede?«

Noriko dachte kurz über ihre Antwort nach. »Nein, sicher nicht, aber mir ist es wichtig.«

Toni konnte nicht umhin, leise zu kichern. »Wo ist Vincent?«, fragte er nach einem kurzen Rundblick.

Shane setzte ein verschwörerisches Lächeln auf. »Glaub mir, keiner von uns leistet mehr Dienst am Herrn als Vincent. Er braucht das hier nicht, um seine Seele zu retten.«

Toni fiel keine spontane Erwiderung ein, also ließ er es dabei bewenden.

Die Glocke läutete erneut und Pfarrer Markwart betrat den Saal durch die hintere Tür zum Nebengebäude. Er hatte keinen Messdiener, was Toni äußerst ungewöhnlich fand, doch gemessen an den Kuriositäten, die ihm in den letzten Tagen unter die Augen gekommen waren, war dies eine Nichtigkeit.

Nach den üblichen Prozeduren stellte sich Alfred vor seine Schäfchen und begann seine Predigt.

»Immer wieder höre ich, dass die Menschen ihren Glauben an Gott verloren hätten«, begann Alfred, nachdem er eine Stelle aus dem Evangelium gelesen hatte. »Ich aber blicke auf volle Bänke und in leuchtende Augen. Augen, die mehr erfahren wollen. Augen, die glauben wollen.«

Oder Augen, die das Böse erblickten, dachte Toni. Shane lächelte noch immer, doch Noriko saß reglos auf der Bank, die Augen starr auf das Jesuskreuz über dem Altar gerichtet. *Es scheint sie nicht kaltzulassen ... nicht so wie Shane*, überlegte Toni.

»Aber ist man ein gläubiger Mensch, bloß weil man sich sonntagmorgens in die Kirche schleppt?«, stellte Alfred die entscheidende Frage. »Oder ist man nur bequem? Glaubt der Mensch aus Liebe oder weil er das Fegefeuer fürchtet?«

Toni blickte auf und erkannte, dass der Pfarrer ihn direkt ansah.

Alfred fuhr fort: »Wir alle beten täglich die gleichen Floskeln herunter. ›Mein Gott‹ und ›verdammt‹ sind geläufige Begriffe des alltäglichen Sprachgebrauchs.« Er machte eine Pause. »Doch sind wir uns ihrer Bedeutung tatsächlich bewusst?«

Die Reaktionen der Kirchgänger reichten von interessiertem Kopfnicken bis zu völligem Desinteresse, wie Toni bemerkte.

Doch Alfred ließ sich davon nicht beirren und kam nun zum Kern seiner Predigt. »Und dann, wenn uns das Schicksal einmal übel mitspielt, dann rufen wir laut ›Herr, hilf mir!‹. Dann beten wir vielleicht sogar einmal wieder. Und hoffen, dass Er uns erhört. Aber warum sollte Gott uns erhören? Warum sollte Er jemandem Gehör schenken, der Ihn nur dann braucht, wenn er vor einem anscheinend unlösbaren Problem steht?«

Toni nickte unbewusst. Shanes Gedanken waren durch das unverwüstliche Lächeln nicht zu erraten, doch Noriko gehörte eindeutig zur Fraktion der Kopfnicker.

»Wir erwarten Gottes Hilfe, wenn wir nicht mehr weiterwissen. Aber wenn es nach Plan läuft, dann vergessen wir Ihn rasch wieder«, fuhr Alfred mit seiner Predigt fort. Er legte ein versöhnliches Lächeln auf. »Es ist in Ordnung. Denn so hat der Herr uns gemacht. Er hat keine perfekten Wesen geschaffen. Nur perfekte Absichten. Wir vergessen, wir verleugnen, wir hoffen und wir fluchen. Wir sind so, wie Gott und Seine himmlischen Wesen niemals sein können. Wir sind nicht perfekt. Wir sind Menschen. Nur Menschen.«

Toni nickte langsam. Und auch Noriko schien etwas beruhigter zu sein.

»Also tragt die Liebe des Herrn im Herzen. So wie Sein Sohn sie für uns im Herzen trug«, schloss Alfred seine Predigt. »Und vertraut auf den Herrn, denn Er wird euch niemals verlassen. Er hört euch zu, wann immer ihr mit Ihm sprechen wollt.«

Die Messe nahm ihren Verlauf. Als die Kirchgänger, eine Mischung aus Rentnern und Hausfrauen, langsam Richtung Ausgang drängten, fasste Shane Toni am Arm. »Warte.« Erst als sie völlig allein waren, standen sie auf und gingen zur zweiten Seitentür, die in die unterirdische Waffenkammer führte.

Diesmal war es Noriko, die den Netzhautscan durchführen ließ. Toni konnte sich an den Anblick der verschiedenen Schusswaffen einfach nicht gewöhnen und er ließ seinen Blick ziellos umherschweifen. Eine mittelalterliche Kettenrüstung samt Flamberge erregte seine Aufmerksamkeit. »Ist das die Notfallausrüstung?«

Shane folgte seinem Blick und lachte kurz. »Nein, eher ein Andenken an die Anfänge unserer Organisation.«

Toni zögerte einen Moment. »Aber ... ihr seid nicht so alt, oder?«

»Na, sieht man das nicht?«, frotzelte der Hüne. »Vor allem Noriko hat sich gut gehalten, findest du nicht?«

»Ha, ha«, schoss die zierliche Frau zurück. »Die Rüstung gehört Vincent.«

»Ein Geschenk?«

Shane zuckte die Achseln. »Ich weiß nicht, wie er sie damals bekommen hat, aber es ist seine.«

»Und ich habe sie lange Zeit benutzt«, ertönte die durchdringende Stimme des blonden Mannes plötzlich hinter ihm.

Toni erstarrte vor Schreck. Er wagte fast nicht, sich umzudrehen.

»Ich hoffe, er ist bereit«, sagte Vincent an Shane und Noriko gerichtet.

»Für die Jagd?«, fragte der Hüne leicht überrascht.

Vincent nickte und drehte sich bereits zum Gehen um. »Heute Nacht. Ich kann ihn schon spüren.«

Shane zuckte die Achseln. »Ein Großer?«

Vincent gab keine Antwort mehr.

»Du hast ihn gehört«, lachte Shane. »Heute Nacht wird's ernst. Ich sagte dir ja schon: Hier gibt es keinen Welpenschutz.«

»Ja, ja«, erwiderte Toni seufzend. »Ich bekomme meine Antworten später, nicht wahr?«

»Anblicke wie der von Vlad werden jetzt eher die Regel denn die Ausnahme, klar?«, fügte Shane hinzu. »Wenn du das nicht abkannst, dann sag Vince Bescheid, und er kümmert sich um dich.«

»So wie du das sagst, klingt das nicht nach etwas, was ich anstreben sollte.«

Noriko schüttelte ernst den Kopf. »Nein, solltest du nicht.«

Shane baute sich vor Toni auf. »Also, ein letztes Mal. Das hier wird mit Sicherheit die verrückteste und schrecklichste Sache in deinem Leben, glaube mir. Aber es wird dir die Augen für so manches Wunder öffnen, das verspreche ich dir. Du musst jetzt endgültig entscheiden, ob du das schaffst.« Er machte eine kurze Pause. »Also, kriegst du das hin?«

Toni dachte kurz über seine äußerst bescheidenen Wahlmöglichkeiten nach. Warum auch immer man ihn aus Rom hierhergeschickt hatte, es gab für ihn kein Zurück mehr.

»Ich pack das«, versicherte er Shane.

»Hast du die Spielregeln gelesen?«

»Ja, aber das klingt alles so verrückt.«

»Das ist es ja auch«, warf Noriko ein. »Doch manchmal steckt im größten Wahnsinn die einzige Wahrheit.«

»Oh, wie tiefsinnig«, lachte Shane.

Noriko verdrehte stumm die Augen.

»Hast ja recht«, lenkte der Hüne ein und wandte sich dann wieder Toni zu. »Wir werden schon bald aufbrechen, also hau dich lieber noch mal 'ne Stunde hin. Es wird 'ne lange Nacht. Noriko und ich bereiten die Ausrüstung für heute Abend vor.«

Toni wandte sich schon zum Gehen, als er bei der Tür noch einmal innehielt. »Alfred hat eine seltsame Art zu predigen, findet ihr nicht?«

Shane schmetterte ihm sein übliches Lachen entgegen. »Das ist wohl unsere ... Schuld. Alfred hat einfach zu viel von der Wahrheit gesehen.«

»Ist er schon lange der Pfarrer dieser Kirche?«

Noriko nickte. »Seit fast dreißig Jahren, glaube ich.«

»Das ist wirklich eine ungewöhnlich lange Zeit«, sagte Toni langsam.

»Na ja, ich denke, das hängt mit der Jobbeschreibung zusammen«, lachte Shane. »Auf die Stelle hier herrscht kein Andrang.«

»Falls ihr mich sucht, ich bin auf meinem Zimmer«, sagte Toni und ließ die beiden Paladine in der Waffenkammer zurück.

Er stieg gedankenverloren die Treppe zum Mittelschiff der Kirche empor. Kurz vor der geöffneten Tür hielt er inne, weil eine Unterhaltung seine Aufmerksamkeit erregte. Den Stimmen nach zu urteilen unterhielt sich Pfarrer Alfred mit Vincent. Toni wollte sich bereits bemerkbar machen, doch seine Neugier hielt ihn zurück. Stattdessen trat er einen weiteren Schritt zurück und lauschte.

»... dass es schade ist, wenn ausgerechnet Ihr beim Gottesdienst fehlt«, beendete Alfred gerade seinen Satz.

Vincent schien davon unbeeindruckt, jedenfalls konnte Toni an dessen Stimmlage nicht erkennen, ob er die Sorge des Pfarrers teilte oder sich über ihn amüsierte. Vincents Stimme war erstaunlich emotionslos, stellte Toni fest. »Und was sollte mir eine Teilnahme am Gottesdienst bringen?«, fragte Vincent.

Alfred druckste ein wenig herum. »Nun, wenn nicht einmal Ihr zum Gebet erscheint, dann herrschen wahrlich finstere Zeiten.«

Nun lachte Vincent, doch es war kein fröhliches Lachen, so wie Shane es andauernd herausschmetterte. Es war ein trockener Laut, ebenso gefühllos wie seine Stimme. »Also geht es dir nur darum? Ich soll mit meiner Anwesenheit dein Gewissen beruhigen? Zeitverschwendung.«

Alfred atmete tief durch. Anscheinend sammelte er all seinen Mut für den nächsten Satz. »Nein, es geht um Euer Gewissen«, sagte er. »Und der Gottesdienst ist niemals Zeitverschwendung. Gerade Ihr solltet das wissen.«

»Und gerade du solltest wissen, dass niemand einen größeren Dienst an unserem Herrn leistet als ich.«

Alfred seufzte tief. »Und dennoch habe ich Euch seit längerer Zeit bei keiner Andacht mehr gesehen ...«

»Erwartest du auch, dass ich zur Beichte gehe?«, fragte Vincent mit vor Sarkasmus triefender Stimme.

»Nein, aber das Wort Gottes zu hören ...«

»Ich bin das Wort Gottes!«, fiel er Alfred ins Wort. »Und

jetzt genug davon! Ich muss mich auf die heutige Jagd vorbereiten.«

»Natürlich«, sagte Alfred leise, doch seine Stimme verlor sich unter dem lauten Klacken von Vincents Absätzen.

Toni sank gegen die kühle Steinwand der Wendeltreppe. Er wartete noch einen Moment, dann trat er aus dem Treppenhaus in das Mittelschiff der Kirche. Alfred stand starr vor dem Altar und betrachtete das hölzerne Jesuskreuz.

»Alfred?«, Toni näherte sich ihm nur langsam, als würde er jeden Moment eine Katastrophe erwarten.

Alfred schreckte hoch und wandte sich ihm zu. »Ah, Antonio, wie kann ich dir helfen?«

Toni zuckte die Achseln. »Ich weiß nicht. Es ist alles so ...«

»Verstörend?«, fragte Alfred.

Toni nickte. »Das trifft es ziemlich gut.« Er setzte sich in die erste Holzbank, den Blick zum Altar gerichtet. »Warum hat man mich nicht schon in Rom auf das vorbereitet, was mich hier erwarten würde?«

Alfred setzte sich neben ihn und legte ihm eine Hand auf die Schulter. Sein Talar duftete angenehm nach Weihrauch. »Wie hätte man dich hierauf vorbereiten können?«, fragte er freundlich. Seine schlechte Laune schien verflogen, hinweggewischt von dem Gefühl, dass eines seiner Schäfchen seiner bedurfte. »Selbst die frömmsten Christen würden an den simplen Wahrheiten zweifeln, über die du bald Zeugnis ablegen wirst.«

»Aber wieso macht es mir dann solche Angst?«

»Weil es fürchterliche Dinge sind«, erwiderte Alfred nüchtern.

Toni überlegte einen Moment. »Sind die ganzen Dinge aus dem kleinen Handbuch wahr?«

»Über die Existenz von Dämonen?«, fragte Alfred. »Ja,

sind sie. Luzifer hat nach seinem Sturz nichts unversucht gelassen, um Gottes Schöpfung zu pervertieren.«

»Dann jagen wir also tatsächlich Dämonen«, flüsterte Toni. Ein Teil von ihm hatte sich bis zuletzt an die Möglichkeit geklammert, dass er sich alles auf eine verrückte Art einbildete, doch es gab nun kein Zurück mehr. Er fasste sich ein Herz, denn mit dem nächsten Satz würde er der Realität endgültig ins Auge blicken. »Wie besiegt man ein Höllenwesen?«

»Alle Antworten stehen in dem Handbuch.«

Toni legte den Kopf schräg. »Das ist genauso nichtssagend wie Shanes Antworten.«

Alfred lachte leise. »Also schön. Hier ist, was ich weiß: Wenn ein Dämon Besitz von einem Menschen ergreift, dann muss man ihn rasch aus dem Körper vertreiben. Gelingt dies nicht, muss man den Wirtskörper zerstören und hoffen, dass der Dämon nicht in einen anderen Körper springt.«

Toni riss erschrocken die Augen auf. »Was? Er springt in einen anderen Körper?«

»Keine Sorge«, beruhigte Alfred ihn. »Vincent wird das niemals zulassen.«

»Oh, ja!« Toni verdrehte die Augen. »Vincent ist noch so ein Buch mit sieben Siegeln für mich.«

»Und glaube mir, du solltest sie nicht alle auf einmal öffnen«, warnte Alfred.

Toni spürte Zorn in sich aufsteigen. »Immer werde ich vertröstet!« Er atmete tief ein und entließ die angestaute Luft mit einem tiefen Seufzer. Und mit ihm seine Wut. »In Ordnung, ich werde noch weiter mitspielen.«

Alfred lächelte zufrieden. »Ich bin froh, dass du dich so entschieden hast. Shane und Noriko können deine Hilfe gut gebrauchen.«

Toni schnaubte verächtlich. »Klar, deshalb weihen sie mich auch so nett in alle Einzelheiten ein.«

Alfred bekreuzigte sich. »Sie wollen dich schützen, glaube ich.«

»Eine seltsame Art Schutz«, sagte Toni missmutig. »Auf der einen Seite geht es um Leben und Tod, auf der anderen Seite lassen sie mich im Dunkeln tappen.«

Alfred dachte einen Moment nach, dann seufzte er leise. »Ihr werdet heute Nacht einen Dämon jagen. Vincent hat ihn aufgespürt«, erklärte Alfred.

Toni machte große Ohren. Er hatte nach der Lektüre der »Spielregeln« zwar bereits eine ungute Vermutung gehegt, doch nun war die Katze aus dem Sack. »Und wie?«

»Er spürt ihre Gegenwart«, sagte Alfred.

»Nein, ich meine, wie jagen wir sie?«, fragte Toni mit zittriger Stimme.

Alfred legte ihm beruhigend die Hand auf die Schulter. »Darüber weiß ich leider – oder Gott sei Dank – nicht genug, um es dir zu erklären.«

»Gemessen an der Waffenkammer wird es keine Bibelstunde.«

Alfred senkte betrübt den Blick. »Nein. Es ist sehr gefährlich.«

Toni seufzte erneut.

»Du solltest dich vielleicht noch ein wenig ausruhen, den Kopf frei kriegen«, empfahl Alfred.

»Du meinst, ich sollte versuchen nicht daran zu denken, dass ich heute Nacht womöglich von einer Höllenkreatur getötet werde?«

»Ja«, sagte Alfred ernst und stand auf. »Ich werde für euch beten.«

Toni war zu perplex, um etwas zu erwidern, er starrte dem ungewöhnlichen Pfarrer nur stumm hinterher.

Schließlich richtete er seinen Blick wieder auf das Jesuskreuz. »Hilf mir heute Nacht«, bat er inständig. Dann ging er auf sein Zimmer.

Es klopfte laut an der Tür. »Toni, bist du wach?«, drang Shanes Stimme gedämpft durch das Holz.

Toni schreckte aus dem Schlaf hoch und setzte sich auf die Bettkante. Er hatte also tatsächlich noch ein wenig Schlaf gefunden, obwohl seine Gedanken unentwegt um ihre bevorstehende Aufgabe kreisten und die Frage, wie ein Dämon wohl aussehen mochte. Draußen war es bereits dunkel, darum schaltete er das Licht an. Kaltweiß erstrahlte es von den Wänden. *Ich werde mir eine neue Birne besorgen*, ging es ihm durch den Kopf. Er klatschte in die Hände, stand auf und ging zur Tür.

Shane erwartete ihn breit grinsend. »Komm, Vincent und Noriko warten schon.« Er reichte ihm einen schwarzen Mantel. »Muss ja nicht jeder gleich deine Waffe sehen.«

Erst jetzt bemerkte Toni, dass er schon den ganzen Tag die Pistole in einem Schulterholster trug. Er deutete mit einem Kopfnicken darauf. »Wird das reichen?«

»Für einen Dämon?«, lachte Shane. »Wohl kaum, aber für den Wirtskörper allemal.«

Toni schauderte es beim Gedanken an die Konsequenz, die sich aus diesen Worten ergab. Er zog den Mantel an, schritt schweigend an Shane vorbei und sie gingen gemeinsam hinunter ins Mittelschiff der Kirche, wo Noriko und Vincent bereits auf sie warteten.

»Also«, sagte Shane in seiner gewohnt unbekümmerten Art, »wo müssen wir hin?«

Vincent schloss kurz die Augen und sagte dann: »Osten. Ein Haus am Stadtrand.«

Während sie zum Van gingen, hielt Noriko Toni am Arm fest. »Halte dich lieber ein wenig zurück«, flüsterte sie ihm ins Ohr.

Noriko und Shane nahmen vorne im Van Platz. Toni zögerte einen Moment, setzte sich dann aber neben den blonden Mann in den Fond des Vans. Vincent musterte ihn mit dem durchdringenden Blick, der seine blauen Augen wie eisige Dolche erscheinen ließ, und Toni hatte alle Mühe, dem Blick mit Würde standzuhalten.

Shane beendete die drückende Stille, als er den Zündschlüssel herumdrehte und der Dieselmotor nach kurzem Stottern ansprang. »Ah, das hätte ich fast vergessen«, sagte Shane und warf Toni ein kleines, rundes Etwas zu. »Wir wollen ja in Verbindung bleiben.«

Toni betrachtete den Gegenstand genauer und erkannte, dass es sich um ein kleines Ohrmikrofon handelte.

»Keine Sorge, die Batterie hält ein paar Stunden«, versicherte Noriko. »Und man gewöhnt sich recht schnell an die ganzen Stimmen im Kopf.« Ihr Blick fiel auf Vincent, der teilnahmslos zum Fenster hinausstarrte. Toni glaubte in Norikos Augen einen Anflug von Sehnsucht zu erkennen, doch als die junge Frau bemerkte, dass er sie beobachtete, drehte sie sich rasch nach vorne.

Shane legte eine CD ins Autoradio ein, und wenig später schallte »Vox Populi« von 30 Seconds to Mars aus den Boxen.

»O Mann, immer der gleiche Song, wenn wir losfahren«, stöhnte Noriko. »Und immer dieser Emo-Rock.«

»Na und?«, lachte Shane. »Wir ziehen doch auch in eine Art Krieg. Ich finde, es passt ganz gut.«

»Aber muss es denn immer das gleiche sein?«

»Sieh es als unser Ritual. Eine Art Eröffnungsgesang des Gottesdienstes.

»Selbst Alfred wechselt die Lieder hin und wieder durch«, hielt Noriko weiter dagegen. »Lass uns wenigstens abstimmen!«, bat sie.

Toni zuckte die Achseln. »Ich finde es nicht schlecht. Und ich höre es zum ersten Mal.«

»Zwei zu eins«, lachte Shane.

Toni fiel auf, dass Vincent bei der ganzen Unterhaltung außen vor blieb. Er beteiligte sich nicht, äußerte keine Meinung – aber was noch viel gravierender war: *Niemand spricht ihn an!*, dachte Toni. *Als wäre er gar nicht wirklich hier. Als wäre es verboten, ihn nur anzusehen.*

Noriko stöhnte laut auf. »Also muss ich jetzt noch länger diesen Mist hören, bloß weil Toni musikalisch ahnungslos ist?«

Shane zuckte grinsend die Achseln. »So sieht's aus, nicht wahr?«

»Ihr braucht meinetwegen nicht zu streiten«, versuchte Toni zu schlichten.

»Lass sie«, sagte Vincent leise. »Sie brauchen das, um ihre Angst zu bewältigen.«

Und was soll ich tun, um meine Angst zu bewältigen?, dachte Toni.

»Ich kann dir deine Angst nicht nehmen«, antwortete Vincent. Erneut war es, als hätte er Tonis Gedanken gelesen. »Du musst auf Gott vertrauen.« Plötzlich wurde seine Stimme lauter. »Fahr hier rechts rein«, befahl er Shane.

»Wird gemacht, Boss.«

Shane bremste den Wagen beinahe auf Schrittgeschwindigkeit herunter und der Van zockelte die Straße entlang. Sie fuhren durch eine Sozialbausiedlung. Zumindest nahm Toni das an, denn die Hochhäuser reihten sich dicht an dicht und waren in teilweise desolatem Zustand. *Die eine Hälfte baufällig, die andere leer stehend*, dachte er.

»Ich hasse es, wenn wir in Häuser reinmüssen«, fluchte Shane, und Noriko nickte zustimmend. »Da können einen leicht die Nachbarn hören.«

Vincent zuckte die Achseln. »Wir haben keine Wahl.«

»Ja, aber ... können wir nicht warten, bis er das Haus verlässt?«

Vincent schüttelte den Kopf. »Nein, er könnte im ganzen Haus zu viel Schaden anrichten.«

Sie hielten vor einem der ansehnlicheren Häuser. Die künstliche Straßenbeleuchtung tauchte die Szene in ein warmes Licht. Die Straße wirkte beinahe friedlich. Ein eisiger Schauer lief Toni über den Rücken, als er an die Pistole unter seinem Mantel dachte.

Vincent hob seine Hand. »Eure Sünden vergebe ich euch. Und auch eure zukünftigen Handlungen sollen euch den Weg ins Himmelreich nicht verstellen. Amen.«

Hat er uns gerade eine Art Absolution erteilt?, schoss es Toni durch den Kopf. Es gab keinen Zweifel, weshalb sie hier waren.

»Wir werden heute jemanden töten, nicht wahr?«, fragte er leise.

Shane hielt inne. Der Hüne stellte sogar das gewohnte Fingertrommeln auf dem Lenkrad ein. Noriko blickte stur geradeaus.

Vincent drehte ihm nicht den Kopf zu, sondern fixierte noch immer das Hochhaus. »Nein, wir erlösen eine Seele.« Vincent wartete nicht auf eine erneute Erwiderung. »Es geht los.« Er drängte Toni quasi zur Tür hinaus, Shane und Noriko folgten ihnen. Auf der Straße blickten sich die beiden verschwörerisch um. Es war noch früh am Nachmittag, auch wenn es schon dunkel war.

Toni wusste, was ihnen Sorgen bereitete: Zeugen.

Vincent ging voran. Noriko überholte Toni erneut und

flüsterte ihm ins Ohr: »Bleib dicht hinter uns. Und was auch immer wir da oben finden, halte dich von ihm fern. Niemand berührt es, mit Ausnahme von Vincent.«

»*Es*?«, fragte Toni, doch Shane hatte gerade mit einem Dietrich die Haustür geöffnet und für weitere Erklärungen blieb keine Zeit.

Vincent lotste sie zielsicher zu einer Wohnungstür im vierten Stock. Er gab Shane ein Zeichen, und der Hüne ging vor der Tür in die Hocke, während er mit dem Dietrich am Schloss arbeitete. Noriko ging hinter ihm in Stellung. Zu Tonis Entsetzen entsicherte sie bereits ihre Waffe und schraubte mit mechanischer Effizienz einen Schalldämpfer auf den Lauf.

Toni war völlig perplex, griff nach seiner eigenen Waffe und suchte das Holster nach einem Schalldämpfer ab, griff in eine Nebentasche, in der er vielleicht stecken könnte, doch er fand keinen. Das brauchte er auch nicht, denn Noriko hielt ihm bereits einen zweiten hin. »Ich dachte mir, dass du ihn vergessen würdest«, flüsterte sie ihm zu. Toni nahm ihn entgegen und schraubte ihn langsam auf den Lauf seiner Pistole. Er erzeugte dabei ein schabendes Geräusch, das ihm in diesem Moment unendlich laut erschien.

Shane nickte ihnen zu. Auf Vincents Zeichen hin drückte er die Tür leise auf. Toni erwartete, im nächsten Moment von einem Vampir, einem Dämon oder einem anderen *Es* angegriffen zu werden, doch vor ihnen eröffnete sich lediglich ein weitläufiger Raum. In einer Ecke brannte eine kleine Lampe, die gerade einmal genug Licht spendete, damit Toni erkennen konnte, dass es sich um eine große Wohnküche handelte. Zwei Türen gingen von dem Raum ab. *Vermutlich zu Bad und Schlafzimmer*, dachte Toni.

Shane schlich durch die Tür. Vincent folgte ihm, wobei der blonde Mann offenbar keine Probleme dabei hatte, nicht das leiseste Geräusch zu erzeugen. Noriko bildete mit Toni die Nachhut. Als Toni durch die Tür hindurchgeschlüpft war, schloss Noriko sie vorsichtig wieder. Zu Tonis blankem Entsetzen rastete sie die Türkette ein.

Was immer wir hier jagen, dachte Toni, *weder Es noch wir werden rasch entkommen können.*

Shane machte seine Maschinenpistole bereit und deutete auf eine der hinteren Türen. Durch den Türschlitz konnte man deutlich erkennen, dass im dahinterliegenden Zimmer Licht brannte.

»*Es* ist hier«, flüsterte Vincent. »Bleibt hinter mir.«

Shane griff in seine linke Manteltasche und zog ein kleines Fläschchen mit einer klaren Flüssigkeit darin heraus. »Dann wird es Zeit für ein Vollbad«, wisperte er, und Toni konnte sein breites Grinsen am Tonfall erahnen.

Der Blick in die Küche war durch ein Wandstück versperrt, das der Wohnung zu einer Art schmalem Flur verhalf. Toni umklammerte unwillkürlich den Griff seiner Pistole fester und entsicherte die Waffe.

Vincent steuerte zielstrebig auf die rechte der beiden Türen zu, hinter der er das Ziel vermutete. Shane folgte ihm.

Ein tierisches Knurren ließ Toni zusammenzucken. Vincent wirbelte herum, ebenso Shane, doch der Hüne war eine Sekunde zu langsam. Im Halbdunkel konnte Toni nicht genug erkennen, es ging einfach zu schnell. Shane wurde von dem menschengroßen Wesen gepackt und gegen die Wand geschleudert.

Das Fläschchen wurde ihm aus der Hand geschlagen, knallte gegen die Wand und ging zu Bruch. Sein Inhalt ergoss sich über den Teppich.

Der Hüne wehrte sich gegen den Angriff. Knurrend und fauchend versuchte das Wesen nach ihm zu schnappen, doch Shane konnte dem hervorschießenden Kiefer jedes Mal knapp entgehen.

»Knallt *es* ab!«, brüllte Shane und wehrte eine erneute Bissattacke ab. »Knallt *es* ab!«

Toni zielte auf den massigen Körper und drückte ab. Die Pistole gab kaum mehr als ein leises Klicken von sich. Die Kugel schlug in die Seite des Wesens ein und riss es herum.

Shane nutzte den Moment der Ablenkung und brachte seine Maschinenpistole unter den Bauch des Monsters. Er zog den Abzug durch und ein leise klickendes Stakkato war der einzige Hinweis auf die Schüsse. Umso grotesker war ihre Wirkung, denn eine ganze Salve von Geschossen zerfetzte den Unterleib des Angreifers.

Das Monster jaulte auf und sprang zwei Meter zurück. Nun konnte Toni zum ersten Mal erkennen, womit sie es zu tun hatten. Die Statur wirkte menschlich, und doch verzerrt. Ledrige Fetzen hingen von Armen und Beinen hinab. Toni würgte, als er das offen liegende Fleisch darunter ausmachte. Der Schädel wirkte deformiert, der Kiefer viel zu groß und im schwachen Lichtschein zählte er mehr blinkende Reißzähne, als einem Hai in einem ganzen Leben wachsen konnten.

»Was ist das?«, entfuhr es ihm.

Noriko trat neben ihn und verpasste dem Ding noch ein paar Kugeln, die es weiter zurücktrieben. »Frag nicht – schieß!«, wies sie ihn an.

Toni brauchte keine weitere Aufforderung. Er richtete die Pistole auf das Monster und drückte ab, bis das Magazin leer war.

Auch Noriko und Shane hatten ihre ersten Ladungen verschossen und dem Monster Dutzende Wunden zugefügt. Die weiße Wand erstrahlte in einem bizarren Muster aus roten Spritzern, wie ein modernes Kunstwerk.

Jeder Mensch wäre nach dem ersten Treffer tot zu Boden gegangen, wusste Toni. Doch das Monster stand noch immer aufrecht, ungeachtet der Tatsache, dass seine inneren Organe von dem Kugelhagel regelrecht zerfetzt sein mussten, und verzog die aufgeplatzten Lippen zu etwas, das an ein Lächeln erinnerte. »Nutzloses Vieh!«, krächzte es ihnen entgegen.

Dann fiel sein Blick auf Vincent und das Lächeln erstarb.

Der blonde Mann war einen Schritt vorgetreten, stellte sich zwischen das Monster und die Paladine.

»Engel!«, fauchte das Monster und ging kampfbereit in die Knie.

»Du bist hier nicht willkommen, Dämon«, sagte Vincent ruhig.

»Und was willst du tun? Euer kostbares Weihwasser ist verschüttet.« Er schüttelte sich in einem kehligen Lachen. »Nun wirst du dir schon die Hände schmutzig machen müssen.«

Vincent machte einen Satz nach vorn, der ihn direkt vor den Dämon brachte. Er sah dem Höllenmonster fest in die Augen. »Ich schicke dich zurück.« Seine Rechte schnellte vor, traf die Brust des Dämons mit der flachen Hand und schleuderte ihn nach hinten.

Das Monster krachte in die Wand. Steinsplitter stoben beim Aufprall in sämtliche Richtungen davon. Für einen Wimpernschlag hing der Dämon in der Wand fest, einen Meter über dem Boden. Dann presste er die Beine gegen die Wand und stieß sich ab.

Er krachte mitten in Vincent, der ihn jedoch anscheinend mühelos auffing. Er presste dem Dämon die Hand ins Gesicht, hielt sein klaffendes Maul so geschlossen und riss zweimal kräftig am Schädel des Monsters. Ein lautes

Knacken tönte durch den Raum. Vincent griff mit der freien Hand hinter den Dämon und hob ihn vom Boden hoch. In einer fließenden Bewegung, die in ihrer Anmut zu einem Balletttänzer gepasst hätte, rammte Vincent den Dämon in den Fußboden.

»Noriko, dein Kreuz«, gab er einen kurzen Befehl. Unter seinen Armen wehrte sich der Dämon nach Leibeskräften. Vincent nahm seine Hand vom Kiefer des Monsters und packte es an der Kehle. »Letzte Worte?«, fragte er, als Noriko ihm das kleine Silberkreuz reichte, das sie normalerweise um den Hals trug.

Der Blick des Dämons wechselte von dem Schmuckstück zu Vincent und er kicherte. »Dein Tand wird dir nicht ewig helfen, Engel. Du wirst schwach, das fühle ich.«

»Stark genug für dich.«

Wieder lachte der Dämon ihn aus. »Du wirst verlieren. Der Gefallene wird siegen. Und das wird unser aller Ende sein.«

Vincents Augen verengten sich zu schmalen Schlitzen. »Nathaniel? Was hat er vor?«

»Das müsstest du doch am besten wissen, Engel.«

»Sag Luzifer, dass ich nicht aufhören werde, ihn und seine Brut zu jagen.«

Der Dämon kicherte hysterisch. »Das Licht hat dich verblendet.«

Vincent schnaubte verächtlich. »Das Licht wird dir den Weg weisen.« Lautes Zischen und der Gestank verbrannten Fleisches erfüllten die Wohnung, als er dem Monster das Jesuskreuz auf die Stirn presste. »Möge deine Seele Frieden finden.«

Der Dämon wand sich vor Schmerzen und versuchte zu schreien, doch Vincent quetschte ihm die Luftröhre ab.

»Im Namen des Herrn, verlasse diesen Körper!«, spie

Vincent ihm ins Gesicht und drückte das Kreuz noch tiefer in die Stirn.

Toni traute seinen Augen kaum, als der Körper des Dämons sich veränderte. Muskeln und Gliedmaßen bildeten sich zurück, die Klauen fielen von den Fingern ab. Zähne verschwanden und der Schädel nahm wieder eine menschliche Form an. Toni würgte und stützte sich an der Wand ab. Noriko griff ihm unter die Arme, forderte ihn aber mit einem Kopfnicken auf, dem Spektakel aufmerksam zu folgen.

Nach ein paar Minuten war der Todeskampf vorbei und unter Vincent lag ein Mensch. Er blickte entsetzt in Vincents Augen, wollte etwas sagen, doch sein zerstörter Körper ließ nicht die kleinste Silbe zu, bis er starb.

»Amen«, sagte Vincent und ließ von dem Toten ab.

Noriko durchsuchte gerade die Küchenschränke. »Typischer Single-Haushalt«, sagte sie. »Wenn wir Glück haben, hatte er mit niemandem Kontakt.«

Shane steckte ein volles Magazin in seine Maschinenpistole und überprüfte seine Kleidung. »Da hatte ich noch mal Glück.«

Toni trat langsam an die Leiche heran. Er starrte wie gebannt auf das Gesicht des Toten. Es war nicht länger bedrohlich oder fremdartig. Dort lag ein Mensch. Toni konnte kaum die Augen von ihm nehmen.

»Vor wenigen Tagen war er noch wie du und ich«, sagte Noriko. »Scherzte mit seinen Kollegen, machte Pläne, wohin er als Nächstes in Urlaub fahren würde.«

»Was ist mit ihm passiert?«, hauchte Toni.

Vincent drehte sich halb zu ihm um. »Er wurde besessen.«

»Warum?«

Der blonde Mann zuckte die Achseln. »Vielleicht war er

insgeheim ein böser Mensch. Vielleicht war es auch bloßer Zufall und seine Seele war zu schwach.«

Toni schüttelte fassungslos den Kopf. Es wirkte alles so surreal. Die Wohnung glich von einem Moment auf den nächsten einem Schlachtfeld. Ein zerstörter Couchtisch, eine durchlöcherte Wand und ein aufgerissener Fußboden waren stumme Zeugen der Verwüstung.

»Das kann doch nicht wahr sein?«, keuchte Toni.

»Mehr Wahrheit als hier wirst du nirgends finden«, lachte Shane, der offensichtlich keine Probleme beim Verarbeiten der Situation hatte. »Noriko, checken wir noch die anderen Räume?«

Die junge Frau nickte und beide durchleuchteten das Schlafzimmer und das Bad. »Sauber«, sagte sie. »Kein Anzeichen für Besuch oder eine Partnerin. Aber der Koran auf dem Bett.«

»Der Koran?«, fragte Toni verwundert. »Heißt das, er war Moslem?«

»Denkst du, ein Dämon fragt dich nach deiner Konfession?«, lachte Shane. »Glaub mir, das ist ihm scheißegal. Er frisst deine Seele, wenn er kann. Egal ob Jude, Moslem, Christ oder sonst was. Ist doch eh alles dasselbe.«

Toni schüttelte wiederholt den Kopf. »Und was machen wir nun mit ihm?«

Shane zuckte die Achseln, doch Vincent hatte eine passende Antwort. »Ich habe seine Seele gerettet. Alles andere ist unwichtig.«

»Wir lassen ihn hier liegen?«

»Früher oder später wird ihn jemand finden«, sagte Noriko leise.

In ihrer Stimme glaubte Toni einen Anflug von Bedauern zu erkennen. *Vielleicht hat sie sich noch einen Rest Menschlichkeit bewahrt*, dachte er.

Vincent wandte sich bereits zum Gehen. »Wir haben keine Zeit.«

»Er ist doch kein Müllsack, den man vergessen hat!«, protestierte Toni, doch Vincent blickte ihm fest in die Augen.

»Doch, das ist er. So wie jeder Körper, sobald die Seele ihn verlassen hat. Ich habe diesem Menschen gerade die Ewigkeit an Gottes Seite ermöglicht. Sein Körper ist unwichtig.«

Sie trieben Toni mehr oder weniger vor sich her, als sie die Wohnung verließen. Shane zog ihn regelrecht zum Van zurück. Toni ließ es geschehen, starrte Hilfe suchend zum Himmel empor. *Gott*, dachte er. *Wenn du da oben bist, dann zeige mir den richtigen Weg.* Für einen Moment geschah nichts, doch dann öffnete sich ein Spalt in der Wolkendecke, und im Mondschein glaubte Toni eine Gestalt zu erkennen, die auf dem gegenüberliegenden Hausdach saß und sie beobachtete. Er war jedoch zu perplex, um die anderen darauf aufmerksam zu machen, und außerdem hatte ein ganz anderer Gedanke von jedem seiner Sinne Besitz ergriffen.

Als die Schiebetür sich schloss, musterte er den blonden Mann eindringlich von der Seite. *Was hat der Dämon zu ihm gesagt?*, rief er sich die Worte in Erinnerung. »Engel«, flüsterte er.

Vincent verzog die Lippen zu einem schmalen Lächeln.

Sieben

Sie musste ihre Augen nicht öffnen, um zu wissen, dass er da war. Und ihre Augen hätten ihr in der vollkommenen Finsternis ihres Schlafzimmers ohnehin keinen Dienst erwiesen. Es war, als flirrte die Luft wie an einem heißen Tag. Ihre Nackenhaare richteten sich auf, als würde sie ins Maul einer wilden Bestie blicken, und ein seltsames Gefühl der Ruhe überkam sie. Dass sie all diese Empfindungen auf einmal spürte, verriet ihr, dass sie einen ganz bestimmten Besucher in ihrem Schlafzimmer hatte.

Samira richtete sich langsam auf. »Was willst du?«, fragte sie in die Dunkelheit hinein.

»Reden«, sagte eine warme Stimme.

Samira atmete erleichtert auf. »Nathaniel?« Sie griff neben sich und schaltete die kleine Nachttischlampe ein. Die Energiesparbirne brauchte eine Sekunde bis zur Zündung, dann hüllte sie den kleinen Raum in gedämpftes Licht.

Nathaniel stand am Fußende des Betts, mit dem Rücken zum Fenster. Die Rollläden waren heruntergelassen wie in jedem Raum der Wohnung. Und Samira war sich sicher, dass sie die Wohnungstür gut verschlossen hatte. Doch ebenso wusste sie, dass nichts von alledem Nathaniel aufhielt.

Der Engel stand einfach nur da, das schwarze Haar zu einem dünnen Pferdeschwanz gebunden, den Kragen des dunklen Mantels hochgeschlagen und die Arme vor der Brust verschränkt. Seine Züge zeigten ein müdes Lächeln, der einzige Gesichtsausdruck, den sie neben ausdruckslosem Starren jemals bei ihm gesehen hatte.

»Ich hätte nicht gedacht, dass ich dich jemals wiedersehe«, gestand sie. »Hat Vincent dich noch nicht gefunden?«

Nathan zuckte die Achseln, wobei er sich eigentlich kaum bewegte. Es war mehr die Andeutung einer Bewegung, die Idee davon, die in Samiras Kopf seine Gebärde lebendig wirken ließ. Er versuchte sich so menschlich wie möglich zu geben, doch er konnte niemals so ungelenk sein wie ein bloßer Mensch, das wusste sie. Alles an ihm war perfekt, und je länger sie ihm in die schwarzen Augen blickte, die wie kleine Onyxperlen glänzten, desto mehr und mehr vergaß sie die Zeit um sich herum.

Samira schüttelte heftig den Kopf. »Also, warum bist du hier?«

»Es werden mehr«, sagte Nathan.

Sie wusste, dass er mit nahezu monotoner Stimme sprach, dennoch konnte sie die himmlischen Chöre in sich spüren. Seine Stimme durchdrang jede Zelle ihres Körpers und versetzte sie in Schwingung. Ein Wort von ihm konnte sie in die höchsten Sphären heben oder für immer in den Abgrund stürzen. »Dämonen?«

»Ja.«

»Will Luzifer die Welt der Sterblichen angreifen?«

Wieder zuckte Nathan die Achseln. »Ich weiß es nicht. Darum bin ich hier.«

»Ich kann für dich nicht in die Hölle blicken ... nicht noch einmal«, sagte Samira traurig. »Noch ein Blick in Luzifers Reich und meine Seele ist verloren, das weißt du!«

Nathan nickte. »Ich will auch nicht, dass du hinabblickst.«

Samira riss erschrocken die Augen auf. »Du willst es selbst tun?«

Nathan nickte. »Ich brauche Antworten.«

»Aber ... aber ist es dir nicht von Gott verboten?«

»Gott hat mich verstoßen.« Selbst jetzt legte Nathan das

schmale Lächeln nicht ab. »Für das Leben, das ich genommen habe.«

Samira nickte. »Celine war ... kostbar.«

Nathan schüttelte den Kopf. »Nein, was sie beschützte, war kostbar. Celine war eine Heilige.«

Samira blickte ihn neugierig an. »Du hast mir nie erzählt, wie es geschehen ist.«

Nathan nickte. »Und es spielt auch keine Rolle.«

»Für mich schon«, beharrte Samira. »Ich möchte wissen, wer von euch beiden recht hat.«

Nathan schüttelte den Kopf. »Genau diese Frage hat zu dem Dilemma geführt, in dem wir stecken.«

»Wenn du es mir nicht erzählst, werde ich dir nicht helfen.« Sie verschränkte ebenfalls die Arme vor der Brust. »Für die Hilfe allein könnte ich schon verdammt werden.«

Nathan seufzte – noch immer das milde Lächeln im Gesicht, das Samira mehr und mehr verstörte. »Also gut. Celine war die Hüterin des Paradieses. Eine Erleuchtete durch und durch. Ihr haben wir den Setzling übergeben, Vincent und ich. Und sie sollte das Paradies wieder zu euch Sterblichen bringen. Aber Luzifer versuchte mit aller Macht, es zu verhindern. Dämonen überrannten das Haus, in dem sich Celine versteckte. Und hätte Luzifer den Setzling in die Finger bekommen, alles wäre verloren gewesen.« Er machte eine Pause, und zum ersten Mal, seit sie ihn kannte, schien ein Anflug von Bedauern über sein Gesicht zu ziehen. »Ich habe sie verbrannt. Die Dämonen, das Haus, Celine, den Setzling – alles.«

Samira schluckte schwer. Ihre Kehle war ausgetrocknet und ihr fehlten die Worte.

Er blickte ihr in die Augen. Und wenn seine Lippen auch schon wieder jenes Lächeln umspielte, in seinen Augen konnte sie die tiefe Trauer sehen. »Darum bin ich hier.«

»Du hast sie geliebt!«, sagte Samira plötzlich.

Nathan nickte. »Wir haben sie beide geliebt.«

»Aber warum hast du sie nicht gerettet?«

»Das habe ich versucht, doch ich konnte sie nicht erreichen«, sagte Nathan. »Ich konnte nur verhindern, dass Luzifer sie bekommt.«

»Ich verstehe«, sagte Samira. Es ergab tatsächlich einen gewissen Sinn. »Und deshalb macht Vincent Jagd auf dich?«

Nathan nickte. »Unter anderem.«

Samira schlug die Bettdecke zurück und stand auf. »Mir ist nicht ganz wohl bei der Sache, aber ich helfe dir.«

»Danke. Ich muss wissen, was Luzifer plant. In letzter Zeit werden seine Angriffe zahlreicher. Das kann kein Zufall sein.«

Sie führte den Engel ins Wohnzimmer. Dort schob sie den Couchtisch beiseite und rollte den Teppich auf. Darunter war ein Pentagramm in den Dielenboden geritzt. Aus einem kleinen Holzschränkchen holte Samira fünf dicke Kerzen, die sie auf den Eckpunkten des Pentagramms postierte.

»Stell dich in die Mitte«, wies sie Nathan an.

Er sah ihr in die Augen. »Nur ein kurzer Blick, Hexe, das ist alles, was ich will.«

Sie zuckte die Achseln. »Ich garantiere für nichts.« Dann drückte sie ihm ein kleines Säckchen in die Hand. »Streu das in die Flammen und atme den Rauch ein.«

Nathan nickte. »Lass mich allein.«

Samira zog sich in ihr Schlafzimmer zurück. »Ich gebe dir fünf Minuten, dann hole ich dich zurück.« Sie schloss die Tür fest hinter sich ab. Was auch immer gleich in ihrem Wohnzimmer geschehen würde, sie wollte es nicht wissen.

Samira hatte bereits einen Blick in die Hölle geworfen,

und dabei ihre Seele aufs Spiel gesetzt. Sie wusste, dass sie ihre Begegnung mit Luzifers Welt früher oder später einholen würde, doch für den Moment bewahrte sie sich die Hoffnung auf die Erlösung nach dem Tod.

Die fünf Minuten erschienen ihr beinahe wie eine Ewigkeit. Und wie viel länger mussten sie erst für Nathaniel sein. *Oder ist ein Engel vor den Schrecken der Hölle gefeit?*, fragte sie sich. Doch dann fiel ihr wieder ein, dass Luzifer selbst ja einst ein Engel gewesen war. Und selbst das hatte ihn nicht davor bewahrt, dem Schrecken zu verfallen.

Samira öffnete die Tür einen Spaltbreit und spähte hindurch. Nathan stand reglos in der Mitte des Pentagramms, Schatten umspielten seine Erscheinung, als würde er von wilden Krähen umkreist.

Samira stieß die Tür beherzt auf und griff nach einem Flakon mit Zerstäuber. Früher war darin einmal teures Parfüm gewesen, nun etwas viel Wertvolleres: die Tränen einer Madonnenstatue.

In einer kleinen Kirche in Spanien hatte sie einst die Statue gefunden. An ihr war im Grunde nichts Besonderes, doch von Zeit zu Zeit begann die Madonna zu weinen. Samira kannte den Trick, es gab Steine, die tagsüber Wasser aus der Luft sogen und es nachts wieder absonderten. Doch an dieser Statue hatte man keinen Schwindel feststellen können. Und bevor der Vatikan sie konfiszieren konnte, hatte sie sich einen Flakon mit den Madonnentränen gefüllt.

Nun sprühte sie das Wasser in die Kerzenflammen und löschte sie.

Dann wartete sie einen Moment. *Wird er den Weg zurückfinden?*, fragte sie sich. *Hat er überhaupt eine Seele, die den Weg zurückfinden könnte?*

Plötzlich riss Nathan die Augen weit auf und starrte sie an.

Und zum zweiten Mal in dieser Nacht sah sie einen neuen Gesichtsausdruck an ihm.

Entsetzen.

Acht

Während der Heimfahrt sprach niemand von ihnen ein Wort. Tonis Blick haftete an Vincent. Immer wieder öffnete er den Mund, wollte eine der vielen brennenden Fragen formulieren, doch die Wörter kamen ihm einfach nicht über die Lippen.

Shane parkte den Van hinter der Kirche. Sie marschierten schweigend durch den kleinen Garten, den Alfred hingebungsvoll pflegte. Obwohl Toni sich sicher war, dass sie aus keinem der erleuchteten Fenster rundherum beobachtet wurden, blickte er sich mehrmals nervös um.

Alfred begrüßte sie am Seiteneingang, als hätte er die ganze Zeit dort auf sie gewartet. »Der Herr sei mit euch«, sagte er leise, und Toni fröstelte bei dem Gedanken, dass sie heute Nacht tatsächlich Gotteswerk verrichtet hatten.

»Nimm ihnen die Beichte ab«, sagte Vincent tonlos. Sein Gesicht glich wieder einer Maske, starr und ausdruckslos. Dann ließ er sie allein zurück und verschwand über die Treppe nach oben.

»Wer möchte seine Seele zuerst erleichtern?«, fragte Alfred mit traurigem Unterton.

»Ich finde, Toni sollte den Anfang machen«, sagte Shane nach kurzem Bedenken. »Er hat auch zuerst geschossen.«

Alfred nickte und wandte sich bereits dem Beichtstuhl zu, als Toni ihn zurückhielt. »Halt. Ich will ein paar Erklärungen.«

Shane schüttelte den Kopf. »Hast du es noch immer nicht begriffen?«

»Wir ... Ich habe heute einen Mann getötet«, hielt Toni dagegen. »Ihr schuldet mir verdammt noch mal eine Erklärung!«

Shane seufzte, doch Noriko nickte zustimmend. »Einverstanden. Keine Ausflüchte mehr. Stell jede Frage, die dir auf dem Herzen liegt.«

»Wir sollten uns vielleicht setzen«, schlug Alfred vor. »Die Beichte kann ich euch auch in meinem Wohnzimmer abnehmen. Kommt.« Er ging zur Treppe und blickte sie auffordernd an.

Shane klopfte Toni auf die Schulter. »Kannst du es noch die fünfzehn Treppenstufen aushalten?«

»Sei bitte *ein Mal* ernst«, erwiderte Toni genervt.

Shanes Lächeln erstarb für einen kurzen Moment, nur um dann noch strahlender zurückzukehren. »Ich bin immer ernst, Antonio. Aber das Leben ist einfach zu kurz, um immer mürrisch zu sein.«

Alfreds Wohnbereich lag im ersten Stockwerk, die Schlafräume der Paladine befanden sich einen Stock höher. Eine Tür trennte Alfreds Wohnung vom Treppenhaus, sodass er sich wirklich völlig zurückziehen konnte. Hinter der Tür lag ein schmaler Flur wie auch im zweiten Stock. Nur gingen von ihm nicht mehrere kleine Zimmer, ein Bad und ein Gemeinschaftsraum ab, sondern lediglich Alfreds Schlafzimmer, eine Küche, ein Bad und ein geräumiges Wohnzimmer. Das Wohnzimmer wurde von einer Couchgarnitur dominiert, die in dunklem Grün und Eichenholz an den Schick eines längst vergangenen Jahrzehnts erinnerte. Aber die Möbel waren gut in Schuss, offensichtlich behandelte Alfred die Möbel so pfleglich wie seinen Garten.

Alfred setzte sich in einen bequem anmutenden Ohrensessel und bedeutete ihnen, sich auf die beiden Sofas zu verteilen. Bevor Toni seine erste Frage stellen konnte, sprang Alfred jedoch wieder auf, murmelte etwas von »Tee« und verschwand in der Küche. Dort hantierte er mit dem Geschirr, Schranktüren wurden geöffnet und geschlossen, Löffel klapperten, als er sie in die Tassen stellte – und schließlich konnte man deutlich den Wasserkocher hören.

Wenig später tauchte Alfred mit einem Tablett wieder auf. Er verteilte vier Tassen, ein Schälchen mit braunem Zucker und ein Schüsselchen, in dem Beutel mit verschiedenen Teesorten lagen, auf dem Tisch. »Greift zu«, sagte er lächelnd. Es war offensichtlich, dass er nicht häufig Gäste empfing und ihr Gespräch eine willkommene Abwechslung zu seiner übrigen Abendgestaltung darstellte. Er selbst griff nach einem Beutelchen Chai und tauchte ihn ins heiße Wasser.

Toni tat es ihm gleich. Für einige Augenblicke waren sie alle mit ihren Teetassen beschäftigt, rührten darin herum, bis der Zucker sich aufgelöst hatte. Shane fügte seinem Tee noch einen Schuss Sahne hinzu, wobei Toni insgeheim eher einen Schuss Whiskey erwartet hätte.

»Nun«, sagte Alfred, stellte seine Tasse wieder auf den Tisch und lehnte sich zurück. »Wo sollen wir anfangen?«

Toni dachte einen Moment über den Abend nach, dann fasste er sich ein Herz. »War dieser Mann ein Dämon?«

Shane schüttelte den Kopf. »Er selbst nicht. Er war ein Mensch wie du und ich. Aber er war definitiv von einem Dämon besessen.«

»Aber warum mussten wir ihn dann töten? Hätten wir nicht einen Exorzismus vollziehen können?«

Noriko schüttelte traurig den Kopf und Alfred antwortete für sie. »Das sind Märchen aus dem Fernsehen. Die Wahrheit ist leider, dass ein Dämon die Seele des Wirts langsam zerstört, sobald er von ihm Besitz ergreift. Und ist es einmal so weit, dass er sich im Körper des Wirts manifestieren kann, dann ist von der Seele des unglücklichen Opfers fast nichts mehr übrig.«

Toni schwieg.

»Wir können bloß noch seine Seele retten«, ergänzte Shane. »Oder das, was von ihr übrig ist.«

»Und ihn dabei töten«, stellte Toni fest.

Noriko nickte. »Aber es geht schließlich um sein ewiges Leben«, sagte sie. »Wir können nicht seinen kurzen Besuch in der Welt der Sterblichen über die Ewigkeit an Gottes Seite stellen.«

»Es ist eine schwere Aufgabe«, sagte Alfred. »Eine, die das höchste Maß an Hingabe für unseren Herrn verlangt. Und das größtmögliche Vertrauen in seinen Plan.«

»Und wie sieht der aus?«, fragte Toni.

Alfred lächelte. »Eines Tages wird die Menschheit bereit dafür sein. Und wenn der Tag kommt, dann wird Gott uns das Paradies auf Erden erneut gewähren.«

»Das kann doch nicht Gottes Plan sein!«, hauchte Toni und sank niedergeschlagen in die Sofakissen.

»Natürlich sind die Dämonen nicht Gottes Plan oder sein Werk«, widersprach Alfred.

»Ja, Luzifer hat mit der ganzen Scheiße angefangen«, pflichtete Shane bei. »Wir versuchen nur zu retten, was wir können.«

Toni legte die Stirn in die rechte Handfläche und schüttelte den Kopf. »Das ist alles so verrückt. Der arme Kerl heute war vermutlich noch nicht einmal Christ.«

Shane lachte. »Ich sagte dir doch schon, dass es darum nicht geht. Ob Moslem, Jude oder Christ, wir alle beten zum selben Gott.«

Toni runzelte die Stirn.

Alfred sprang Shane zur Seite. »Antonio, warum, glaubst

du, basieren die drei großen monotheistischen Religionen denn wohl auf dem Alten Testament?«

»Ich dachte, dabei geht es nur um die Auslegung der alten Texte?«

»Und diese Auslegung wurde den Menschen durch Propheten gezeigt«, stimmte Alfred zu.

»Wie?« Toni konnte dem Gedanken nicht ganz folgen.

Noriko stellte ihre Teetasse auf den Tisch und lächelte Toni freundlich an. »Verstehst du es denn nicht? Die Gemeinsamkeiten der großen Religionen sind so zahlreich. Im Grunde geht es immer nur um ein respektvolles Miteinander, Mitgefühl, Nächstenliebe. Was denkst du wohl, warum das so ist?«

»Weil es das ist, wonach sich die Menschen seit Jahrhunderten sehnen?«, fragte Toni.

Shane lachte. »Klar, deswegen schlachten sie sich auch so gerne gegenseitig ab. Nein, Mann, Gott will das für uns! Es ist sein Wunsch, dass wir friedlich miteinander umgehen. Erst dann werden wir des Paradieses würdig sein.«

Toni runzelte die Stirn. »Und Jesus? Ist er wirklich Gottes Sohn?«

Alfred zuckte lächelnd die Achseln. »Das kann heute niemand sicher sagen. Fakt ist nur, dass Gott den Menschen immer wieder Propheten schickte, Männer und Frauen, die die Menschen leiten sollten. Abraham, Moses, Mohammed, Jesus – sie alle folgen Gottes Plan.«

»Aber warum dann die unterschiedlichen Religionen?«, hakte Toni nach, wobei die Worte allmählich einen Sinn ergaben.

»Weil jede Zeit ihre eigenen Gesetze hat«, erklärte Noriko. »In jeder Epoche musste Gott auf eine bestimmte Weise an die Menschen herantreten.«

»Nimm beispielsweise die Antike«, warf Shane ein. »Damals war die Gesellschaft für einen Monotheismus noch nicht bereit, also schickte Gott eine Gruppe von Dienern. Die Germanen gaben ihnen Namen, die Griechen und die Römer wieder andere. Aber im Kern waren es immer dieselben Heiligen.«

»Du spinnst!«, platzte es aus Toni heraus. »Heidnische Religionen?«

Alfred hob beschwichtigend die Hände. »Ganz und gar nicht. Wir versuchen dir nur den Zusammenhang zu zeigen.«

»Und das soll ich wirklich glauben?«

»Es ist die Wahrheit«, versicherte Noriko.

Toni atmete tief durch. »Und wenn es stimmt, wo sind Gottes Boten heute? Warum tritt er heute nicht mehr an uns heran? Hat er uns aufgegeben?«

»Ganz und gar nicht«, widersprach Alfred. »Es wird nur heute immer schwerer, Gottes Diener zu erkennen. Ein Erleuchteter ahnt manchmal überhaupt nicht, dass er von Gott berührt wurde. Aber es gibt auch heute noch Menschen, die Gottes Plan im Herzen tragen«, versicherte Alfred. »Aber es stimmt, seine Stimme wird leiser oder die Nebengeräusche lauter, ich weiß es nicht. Die Menschen halten sich heute für so aufgeklärt, dass sie denken, ein Leben ohne Gott führen zu können. Doch sie irren sich.«

Toni nickte langsam, sortierte seine sich überschlagenden Gedanken. »Ist der Dalai Lama etwa einer dieser Propheten?«

Shane prustete vor Lachen. »Ganz falsche Adresse, Mann!«

Toni blickte ihn verwirrt an. Noriko und Alfred kicherten leise. »Was ist? Hab ich was Falsches gesagt? Der Mann scheint Gottes Wort in sich zu tragen.«

Shane blickte sich in der Runde um und vergewisserte

sich, dass er die Antwort geben durfte. »Sagen wir mal so: Vor langer Zeit hat der Dalai Lama für die andere Mannschaft gespielt.«

Toni schüttelte fragend den Kopf. »Welche Mannschaft?«

»Na ja, es gibt uns«, begann Shane, »die wir versuchen Gottes Schöpfung zu verteidigen, und dann gibt's Luzifer und seine Jungs. Die Gegenmannschaft eben.«

Toni wollte schon zustimmend nicken, als ihm die Bedeutung klar wurde. »Warte! Der Dalai Lama? Aber er wirkt so friedlich?«

»Ist er ja auch«, sagte Noriko. »Er hat vor langer Zeit die Seiten gewechselt.«

»Das geht? Wie?«

»Indem man sich einfach entschließt, nicht länger für Luzifer zu kämpfen«, erklärte Alfred. »Seitdem lebt er in Tibet auf heiligem Boden im Asyl.«

»Stell es dir wie Schutzhaft vor«, lachte Shane.

»Aber er wird doch wiedergeboren?«, wunderte sich Toni.

»Na ja, eigentlich ergreift er nur von einem neuen Wirtskörper Besitz«, klärte Noriko ihn auf. »Wenn sein Wirtskörper stirbt, dann muss er rasch einen neuen finden. Deshalb suchen sie dann mit Hochdruck nach dem Goldenen Kind. In Wahrheit handelt es sich dabei um ein Gefäß. Es gibt Menschen, die werden ohne Seele geboren. Sie sind das perfekte Gefäß für den Dalai Lama, da er sie nicht gewaltsam übernehmen muss. Er ist also eigentlich ein friedliches Wesen.«

»Und vielleicht ist er sogar einer der Propheten, die wir suchen«, sagte Alfred mit verklärtem Blick.

»Ein Dämon?«, fragte Shane skeptisch.

Alfred zuckte die Achseln. »Warum nicht? Wie heißt es so schön? Gottes Wege sind unergründlich.«

Shane hob seine Tasse wie zu einem Trinkspruch. »Ich hoffe sogar, dass du recht hast. Dann könnten wir unseren Job an den Nagel hängen.«

Toni atmete tief durch. »Ist Vincent ein Engel? Der Dämon hat ihn so genannt.«

»Ja«, antwortete Alfred in ernstem Ton. »Er ist einer der vielen Diener unseres Herrn, die auf die Erde geschickt wurden, um den Kampf mit Luzifers Lakaien aufzunehmen.«

Toni wollte schon etwas erwidern, wollte sagen, wie verrückt das alles klang. Aber im Angesicht der Ereignisse der letzten Woche konnte er es nicht. Es klang verrückt, aber er wusste, dass es der Wahrheit entsprach.

Ein Detail des heutigen Abends kehrte in sein Bewusstsein zurück. »Als wir das Haus verließen, da glaubte ich, auf dem Dach des gegenüberliegenden Hauses eine Gestalt zu sehen.«

»Nathaniel«, sagte Alfred düster.

»Nathaniel? Wer ist das?«, hakte Toni nach.

»Ein Engel wie Vincent«, sagte Shane mit ungewohnt ernstem Ton.

»Warum hat er uns nicht geholfen?«

Shane und Alfred sahen sich schweigend an. Es war Noriko, die als Erste eine Erklärung fand. »So wie Dämonen sich für Gott entscheiden können, so können Engel sich von ihm abwenden wie einst Luzifer.«

»Dieser Nathaniel …?«

»Spielt für die Gegenmannschaft, ja«, vollendete Shane den Satz. »Und er ist verflucht gut, glaub mir das.«

»Was hat er vor? Ich meine, warum tut er das?«

Alfred seufzte tief. »Vincent ist überzeugt davon, dass Nathan die Tore der Hölle öffnen will, um Luzifer auf die Erde zu holen und Gott für immer aus dem Gedächtnis der Menschen zu verbannen.«

»Wahrscheinlich ist er der Grund dafür, dass es in letzter Zeit so viele Dämonen gibt«, fügte Noriko hinzu. »Er sucht etwas und anscheinend kommt er seinem Ziel näher.«

»Wie können wir ihn aufhalten?«, fragte Toni.

Shane zuckte die Achseln. »Wir können da gar nichts tun. Du hast doch gesehen, wie Vincent den Dämon gebannt hat. Nur er kann es mit Nathan aufnehmen. Aber Gott stehe uns bei, falls er ihm nicht gewachsen sein sollte.«

»Und wie geht's jetzt weiter?«, fragte Toni müde.

»Alfred wird uns jetzt die Beichte abnehmen und unsere Seelen erleichtern. Und morgen Abend fahren wir wieder in die Wohnung. Genauso wie neulich in die U-Bahn-Station.« Noriko lächelte ihn warmherzig an, was gemessen an ihrem sonst so ernsten Gesichtsausdruck schrecklich fehl am Platz wirkte.

Als wäre sie eine ganz andere Person, dachte Toni. *Eine gutmütige junge Frau, die sich hinter der harten Maske der Unerbittlichkeit verbirgt.*

»Also, was tun wir genau?«, fragte Toni. »Richten wir Ungläubige und Monster? Beschützen wir die Menschheit? Verteidigen wir den Himmel?«

Alfred lächelte ihn gutmütig an. »Wir bewahren Gottes Versprechen an die Menschheit.«

»Welches Versprechen?«

Wieder lächelte Alfred, und Toni konnte deutlich sehen, dass es aus tiefstem Herzen kam. »Den Garten Eden.«

Neun

Als Arienne am Montagmorgen in die Redaktion kam, deutete der allgemeine Tumult bereits an, dass es kein gewöhnlicher Tag werden würde.

Tom fing sie ab, noch bevor sie sich an ihren Schreibtisch setzen konnte. »Es gab einen weiteren Mord«, sagte er und deutete auf ihren Mantel. »Lass den an, wir fahren gleich hin.«

»Weiß Ed davon?«

»Natürlich, was glaubst du, wer uns hinschickt?« Tom lachte, als er den wahren Grund ihrer Frage erkannte. »Er weiß nicht, dass wir für unsere Story daran interessiert sind. Er hält es bloß für einen weiteren Toten, über den wir berichten.«

Tom fuhr einen alten Kombi mit verschlissenen Ledersitzen. Die Holzarmaturen waren verblichen, doch vor fünfzehn Jahren hatten sie sicherlich edel geglänzt. Der Fußraum war übersät mit Krümeln und Sesamkörnern. Tom schien häufiger in dem Wagen zu essen. Arienne vergewisserte sich durch einen kurzen Blick auf die Rückbank, dass er nicht auch darin wohnte. Ein Haufen leerer Plastikflaschen starrte ihr entgegen.

»Die solltest du mal wegbringen, da ist Pfand drauf«, platzte es aus ihr heraus.

Tom schüttelte lachend den Kopf. »Noch nicht, ich sammle noch ein wenig.«

Arienne rollte die Augen. »Bist du einer von denen, die erst gehen, wenn es sich ›richtig lohnt‹?«

»Nein, ich bin nur faul«, lachte Tom. »Ich brauche das

Pfandgeld nicht so dringend, also warte ich, bis es so viel ist, dass ich die Flaschen nicht mehr ignorieren kann.«

»Und dann machst du alles in einem Aufwasch«, vollendete Arienne den Gedanken.

Tom lachte und schaltete das Autoradio an. Arienne registrierte mit einem Schmunzeln, dass es noch Kassetten abspielte und keine CDs. Das Band sprang an und setzte seine Arbeit mitten im Song »Hurt« von Johnny Cash fort. Der Wagen glitt zu der leise gespielten Musik dahin, Tom war ein ruhiger Autofahrer. *Wieder eine Überraschung*, dachte Arienne, die ihn eher als cholerischen Verkehrsteilnehmer eingeschätzt hatte.

»Jetzt heißt's Daumen drücken«, sagte Tom, als sie eine Weile unterwegs waren. »Wenn der Killer endlich einen Fehler gemacht hat, dann finden wir vielleicht eine Spur.«

»Und haben endlich eine Story, die wir Ed präsentieren können«, pflichtete Arienne bei.

Tom nickte und bog in eine Seitenstraße ein.

Arienne betrachtete die heruntergekommenen Wohnblöcke und schüttelte traurig den Kopf.

»Dagegen ist dein Wohnhaus ein richtiges Schmuckstück«, sagte Tom ernst. »Es ist eine verdammte Schande, dass die Stadt ein Viertel derart verfallen lässt.«

»So viele Menschen auf engem Raum«, sagte Arienne. »Denkst du, jemand hat etwas gesehen?«

Tom zuckte die Achseln. »Möglich. Auch wenn die Menschen hier eher für sich sein wollen. Hier leben viele gestrandete Gestalten. Und die interessieren sich meist nur für sich selbst.«

»Da magst du recht haben.« Als sie um die nächste Ecke bogen, sah Arienne bereits ihr Ziel. Die Polizeiwagen, das viele gelbe Absperrband und der Krankenwagen waren auch schwer zu übersehen. Sie beobachtete die umliegenden Häuserfronten. Toms Einschätzung war erstaunlich treffend. Weder auf der Straße noch an den Fenstern konnte sie viele Schaulustige ausmachen.

Er hielt zwanzig Meter vor der Absperrung. Ein kalter Wind pfiff durch die schmale Straße und biss Arienne ins Gesicht. Sie zog ihren Mantel noch ein wenig enger zusammen und verbarg Mund und Nase unter ihrem Schal.

»Denkst du, man lässt uns so einfach durch?«

Tom grinste breit. »Wir können ja drum wetten.«

Sie schüttelte den Kopf. »Lieber nicht.«

Tatsächlich ließ man sie ohne viel Fragen passieren. Als Tom seinen Namen nannte, konnte der Streifenpolizist nicht viel damit anfangen, aber schon bald entdeckte der alte Journalist einen Uniformierten, der ihm noch einen Gefallen schuldete, und man führte sie in die Wohnung des Opfers.

Der Gerichtsmediziner war auch gerade erst eingetroffen und stellte den offensichtlichen Tod eines Mannes fest. Arienne blickte sich unauffällig in der Wohnung um. Vor allem die Stellen, an denen die Spurensicherung mit kleinen nummerierten Schildchen ihre Beweise markiert hatte.

Eine zerbrochene Flasche, ein paar Flecken im Teppich, Patronenhülsen; von letzteren lagen erstaunlich viele verstreut im Raum, Arienne schätzte mindestens über vierzig.

»Sind wir hier in einen Bandenkrieg geraten?«, flüsterte sie Tom zu.

Der deutete auf die Leiche, sein Gesicht kreidebleich. »Wohl eher in eine Hinrichtung.«

Arienne folgte seinem Finger und warf einen ersten Blick auf das Opfer. Der Körper war von unzähligen Einschüssen fast bis zur Unkenntlichkeit verstümmelt worden. An der Wand hinter ihm klebten Blut und Eingeweidefetzen, die die Kugeln bei ihrem Austritt aus dem Körper gerissen hatten.

Sie musste all ihren Willen aufbringen, damit sie sich nicht übergab. Mit auf den Mund gepresster Hand trat sie einen Schritt näher, um so einen Blick auf das Gesicht des Opfers zu erhaschen. Sie wappnete sich für den schlimmsten Anblick ihres Lebens und riss die Augen auf.

Überrascht wich sie einen Schritt zurück. Das Gesicht des Mannes war nahezu unversehrt. Keine Einschusslöcher, keine Schnittverletzungen, nur ein kleiner schwarzer Fleck auf der Stirn. Arienne wagte sich wieder etwas näher heran und betrachtete den Fleck genauer.

Es war eine Verbrennung in Form eines Kreuzes.

»Hast du das gesehen?«, fragte sie Tom und stieß ihm den Ellenbogen leicht in die Seite.

Tom nickte stumm und deutete auf das Gesicht des Mannes. »Ich kenne ihn irgendwoher. Aber ich komm nicht drauf.«

Arienne legte den Kopf schief, um das Gesicht aus einem besseren Winkel zu betrachten. »Du hast recht«, sagte sie. »Mir kommt er auch bekannt vor.«

Die Polizisten um sie herum unterhielten sich mit gedämpften Stimmen. Man konnte ihnen Verwirrung und tiefe Betroffenheit deutlich ansehen.

»Er ist am Freitag früher gegangen, weil er sich nicht gut gefühlt hat«, sagte einer. »Ich wollte gestern nach ihm sehen, hab's aber nicht geschafft. Und jetzt ...« Er brach mitten im Satz ab und blickte traurig zu Boden.

Ein Kollege legte ihm tröstend die Hand auf die Schulter. »Mach dich nicht fertig, Günther. Wir finden das Schwein, das Cem das angetan hat. Verlass dich drauf.«

Plötzlich traf es Arienne wie ein Blitz!

Sie zog Tom mit sich in die offene Küche, sodass sie außer Hörweite waren. »Tom, das ist einer der Polizisten vom letzten Tatort«, flüsterte sie aufgeregt. »Ich stand neben ihm, als er sich mit einem Kollegen über den toten Obdachlosen unterhalten hat.«

Tom runzelte die Stirn. »Bist du sicher?«

»Hundert Prozent.«

Er nickte. »Das erklärt das enorme Aufgebot an Polizei.« Er deutete mit einem Kopfnicken auf die Leiche. »Hast du ein paar Bilder gemacht?«

Arienne blickte ihn fragend an. »Ist das denn erlaubt?«

Tom schnitt eine Grimasse. »Bist du eine Reporterin oder nicht?« Sie gingen noch einmal zu dem toten Polizisten zurück. »Und vergiss nicht die markierten Stellen der Spurensicherung«, flüsterte Tom ihr noch ins Ohr.

Arienne machte ein paar verwackelte Bilder mit ihrer Handykamera. Im Vorbeigehen drehte sie einen kurzen Videoclip in der Hoffnung, daraus ein paar brauchbare Standbilder herausfiltern zu können. Dann schoss sie noch ein Bild der zerbrochenen Flasche, die sich eher als kleiner Flakon herausstellte. Schließlich gab Tom ihr ein Zeichen, dass sie ihre Zeit am Tatort überstrapaziert hatten. Einige der Polizisten beäugten sie mehr als misstrauisch.

Im Treppenhaus versuchte Arienne ihre Gedanken zu ordnen. »Warum mussten wir jetzt so schnell verschwinden?«, fragte sie.

»Nicht jetzt«, schoss Tom zurück. »In den Wagen, los!« Er klang seltsam nervös.

Nachdem sie eingestiegen waren, verriegelte Tom die Türen. Er gab sich sichtlich Mühe, in gemäßigtem Tempo zu fahren, als er den Wagen wendete. Arienne fürchtete, er könnte jeden Moment einen Herzinfarkt erleiden.

»Was ist denn los?«, fragte sie ihn, als sie an der Kreuzung abgebogen und außer Sicht der Polizisten waren.

Tom fuhr den Wagen rechts ran. »Ari, denk nach! Der Tote war ein Polizist!«

»Ja und?«

»Und er war am letzten Tatort!« Tom wurde zusehends ungeduldiger.

»Ich verstehe nicht …«, setzte Arienne an, doch Tom schnitt ihr das Wort ab.

»Herrgott, Ari. Der Killer könnte selbst Polizist sein, verstehst du nicht? Der Tote von heute findet bei der Leiche von letzter Woche einen Hinweis auf den Täter. Der Täter entpuppt sich als Kollege. Er will ihn zur Rede stellen oder der Täter ahnt etwas – zack haben wir einen toten Polizisten.«

Arienne runzelte die Stirn. »Findest du das nicht ein wenig konstruiert?«

Tom zuckte die Achseln. »Ich weiß es nicht, aber der Kerl da oben wurde hingerichtet.« Er machte eine kurze Pause. »Zeig mir mal die Bilder.«

Arienne zückte ihr Handy und sie gingen die Schnappschüsse gemeinsam durch.

»Da, siehst du?«, rief Tom und deutete auf das Bild. »Die Brandwunde auf seiner Stirn.«

»Ein Kreuz.«

»Nicht irgendein Kreuz«, beharrte Tom. »Es ist ein stilisiertes Jesuskreuz!«

»Also ein religiös inspirierter Mord?«, fragte Arienne.

Tom kratzte sich am Kopf. »Das Opfer war wahrscheinlich Moslem … Was wissen wir über die Konfession der anderen Toten?«

»Du denkst, dass ein … Polizist … ein religiös-fanatischer Mörder ist?«, sagte Arienne ungläubig.

Tom schwieg für einen Moment, sich noch immer am Kopf kratzend. »Klingt ziemlich weit hergeholt.«

Arienne zog die Augenbrauen hoch. »Das ist gar kein Ausdruck.«

»Aber es würde auch erklären, warum es am Tatort selten verwertbare Spuren gab. Zumindest bis heute. Als Polizist würde der Killer natürlich besser über die Abläufe der Ermittlung Bescheid wissen. Er könnte Beweise manipulieren oder sie bei der Spurensicherung einfach ignorieren.«

Arienne nickte zögerlich. »Da hast du sicherlich recht. Aber irgendwas passt da nicht zusammen, finde ich.«

»Was denn?«

»Die Auswahl der Opfer ist zu willkürlich. Und sollte es wirklich ein Polizist sein, dann müsste er doch wissen, dass ein solcher Zufall nicht unbemerkt bleiben würde. Zwei Tote in so kurzer Zeit und dann haben sie auch noch eine Verbindung. Das wäre zu dilettantisch.«

»Es ist, wie ich sagte«, begann Tom, »irgendwann macht jeder einen Fehler.« Er machte eine kurze Pause und atmete tief durch. »Wir müssen noch mal in die Wohnung, das ist ja wohl klar.«

Arienne nickte zögerlich. »Vielleicht finden wir in seinen Sachen einen Hinweis auf den Mörder, was deine Theorie stützen würde.«

»Also, heute Abend. Ich hol dich ab«, sagte er, während der Wagen in ihre Straße einbog.

»Müssen wir nicht in die Redaktion? Was ist mit Ed?«, fragte sie entgeistert.

Tom nahm eine Hand vom Lenkrad und machte eine beschwichtigende Geste. »Um den kümmere ich mich, keine Sorge. Vor allem jetzt, wo wir wirklich etwas in der Hand haben, wird er uns unterstützen … Also, so gegen acht. Zieh dunkle, aber nicht zu auffällige Klamotten an, ja?«

Arienne runzelte besorgt die Stirn. »Irgendwie glaube ich, du machst das nicht zum ersten Mal.«

Tom setzte ein entwaffnendes Lächeln auf. »Na ja, ich

habe es schon eine ganze Weile nicht mehr gemacht. Hoffen wir, dass ich nicht aus der Übung bin.« Der Wagen hielt am Bürgersteig vor ihrer Haustür an. Tom nahm den Gang raus, zog die Handbremse an und entließ seinen Atem in einem tiefen Seufzer. »Diese ganze Sache wird immer verworrener.«

Arienne wiegte den Kopf hin und her. »Ich glaube wirklich nicht, dass ein Polizist der Mörder ist.«

»Also einfach nur ein religiöser Spinner?«, spielte Tom auf das in die Stirn des Toten eingebrannte Jesuskreuz an.

Sie zuckte die Achseln. »Möglich.«

*

Tom klingelte um kurz nach acht an Ariennes Haustür. Sie atmete tief durch, zog einen dunklen Mantel an und verließ die Wohnung. Tom war ähnlich dunkel gekleidet und begrüßte sie mit breitem Grinsen. »Wir sehen ja so was von unauffällig aus.«

»Soll ich mich wieder umziehen?«, fragte sie verdutzt.

Tom schüttelte beschwichtigend den Kopf. »Nein, nein. Das passt schon so. Mit ein wenig Glück wird uns eh kaum jemand sehen.«

Sie stiegen in sein Auto ein und fuhren zur Wohnung des toten Polizisten.

»Hast du schon den Autopsiebericht?«, fragte Arienne, um die Zeit zu vertreiben.

»Nein, leider noch nicht«, antwortete Tom. »Aber ich hab schon mal nachgefragt. Der Gerichtsmediziner will es nicht beschreien, aber vermutlich wurde Cem Hauser das Brandzeichen erst nach den Schusswunden verpasst.«

»Moment«, unterbrach sie ihn. »Sein Name war wirklich Cem Hauser?«

Tom zuckte die Achseln. »Deutscher Vater, türkische Mutter, wo ist das Problem?«

»Kein Problem«, sagte Arienne, »aber normalerweise ist das doch andersrum.«

»Wie auch immer«, sagte Tom gleichgültig, »wenn der Gerichtsmediziner recht hat, dann hat dieser Cem noch eine Weile gelebt, *nachdem* man ihn durchsiebt hatte.«

»Ergibt das Sinn?«

»Ich bin kein Arzt«, sagte Tom. »Aber für mich klingt es seltsam.«

Sie passierten den Wohnkomplex. Tom wendete den Wagen an der nächsten Einfahrt und parkte dem Haus gegenüber am Straßenrand.

Tom griff hinter sich auf den Rücksitz und hievte eine kleine Tasche nach vorn. Dann stieg er aus. »Komm. Bringen wir's hinter uns.«

Ein mulmiges Gefühl machte sich in Ariennes Magengegend breit, als sie sich der Eingangstür näherten. Tom kramte in der Tasche herum und förderte schon kurz darauf etwas zutage, was Ähnlichkeiten mit einem Akkuschrauber hatte.

»Okay«, sagte er. »Daumen drücken, dass niemand zu genau hinhört.«

Noch bevor Arienne etwas erwidern konnte, steckte Tom einen dünnen Metallstift in das Gerät und schob ihn ins Türschloss. Er drückte einen Knopf und der elektrische Dietrich ratterte leise. Kurze Zeit später ertönte ein vertrautes Klicken aus dem Schloss und die Haustür öffnete sich.

Einen Moment verharrten sie still in der geöffneten Tür und lauschten in die Dunkelheit des Treppenhauses hinein. Alles blieb ruhig.

»Gut«, sagte Tom zufrieden, verstaute den elektrischen

Dietrich wieder in der kleinen Tasche und schaltete das Treppenhauslicht ein.

Arienne blickte ihn fragend an. Das Licht einzuschalten erschien ihr als nicht sehr unauffällig.

»Tom flüsterte ihr ins Ohr: »Wer ist auffälliger, jemand der ganz normal die Treppen hinaufgeht, oder jemand, der sich im Dunkeln hochschleicht?«

Sie nickte und dann gingen sie zügig zur Wohnung des toten Polizisten.

Vor der Wohnungstür warf Tom einen Blick auf die Papiersiegel, mit denen die Polizei die Tür markiert hatte. Tom nahm seine Digitalkamera und machte von jedem Siegel ein Bild.

»Was bringt das?«, fragte Arienne.

Tom zeigte ihr mit schelmischem Grinsen einen kleinen Stapel mit den gleichen Papiersiegeln, die auch an der Tür klebten. »Ein Netz von Gefälligkeiten, Ari«, predigte er wieder. »Später können wir alles wieder in den Originalzustand versetzen.« Dann schlitzte er sie mit einem Teppichmesser sauber auf. Der elektrische Dietrich öffnete ihnen auch diese Tür problemlos.

»So, wir wären drin. Was suchen wir?« Tom schaltete das Licht ein.

Arienne riss erschrocken die Augen auf. »Fingerabdrücke!«, zischte sie leise.

Tom machte eine wegwerfende Handbewegung. »Die Spurensicherung hat hier alles abgenommen, was sie brauchen. Die kommen nicht wieder, glaub mir.« Er ging in die Mitte des Wohnzimmers und deutete auf den fast menschengroßen Blutfleck. »Was für ein Gemetzel«, hauchte er.

Arienne versuchte sich an den Morgen zu erinnern, als die ganzen Polizisten durch die Wohnung getobt waren.

Sie deutete auf eine Stelle des Teppichs. »Hier lagen Glasscherben. Wie von einem Parfümfläschchen.«

Tom nickte. »Ja, das ist mir auch aufgefallen ... Vielleicht hatte er Streit mit seiner Freundin?«

Arienne schüttelte den Kopf. »Ich glaube eher an einen Kampf«, sagte sie. »Und dabei ging diese Flasche zu Bruch.«

»Möglicherweise war darin der ominöse Brandbeschleuniger, den wir vermuten?« Er betrachtete die Einschusslöcher in der Wand genauer. »Meine Fresse, als hätte man ihn hingerichtet.«

»Was?«

»Die bloße Menge an Einschusslöchern«, staunte Tom kopfschüttelnd. »Ich seh mir mal das Schlafzimmer an.«

Arienne nickte und ging ins Bad. Dort fand sie nichts Ungewöhnliches. Wobei sie auch nicht wusste, wonach sie suchte. Nichts sprang ihr ins Auge, es war das gewöhnliche Bad eines Junggesellen. Sie ging wieder ins Wohnzimmer zurück.

»Ari!«, rief Tom aus dem Schlafzimmer. »Komm her!«

Sie huschte ins Schlafzimmer. Tom stand am Fenster und blickte auf die Straße hinunter. Dort stiegen gerade drei Personen aus einem dunklen Minivan aus.

»Ich wette, die kommen gleich rauf.«

Arienne zuckte die Achseln. »Na und? Die wohnen vielleicht auch hier?«

Tom schüttelte den Kopf. »Dann würden sie die Tiefgarage des Komplexes benutzen. Für heute Nacht ist Schnee angekündigt.«

»Und wenn sie nur einen Freund besuchen?«

Tom wiegte den Kopf hin und her, ohne den Blick von den drei Gestalten zu nehmen. Sie alle trugen dunkle Mäntel, die den Rest ihrer Kleidung verbargen. »Die sehen mir nicht nach der üblichen Bevölkerung der Gegend hier aus.«

Er stürmte aus dem Schlafzimmer, wobei er noch rasch die Schubladen aus der Kommode riss. Sie fielen geräuschvoll zu Boden und barsten auseinander. Ihr Inhalt ergoss sich über den Schlafzimmerboden. Dann rannte Tom zur Wohnungstür und machte sie einen Spaltbreit auf.

Arienne eilte ihm nach und wollte gerade etwas sagen, als er sie wild gestikulierend um Ruhe bat.

Es ratterte kurz, dann wurde die Haustür geöffnet. Tom drückte die Wohnungstür leise ins Schloss. »Scheiße.« Er blickte sich nervös im Zimmer um und zückte sein Handy. Er wählte eine Nummer.

»Rufst du die Polizei?«, fragte Arienne, als ihr Handy plötzlich klingelte.

»Geh ran!«, zischte Tom. »Und ja nicht auflegen!« Er schaltete das Display seines Handys ab, legte es auf den Wohnzimmerschrank und schob es an die Wand, sodass es außer Sichtweite war. Dann packte er Arienne am Arm und zerrte sie aus der Wohnung. Im Treppenhaus brannte Licht. Offensichtlich befolgten die drei Gestalten ebenfalls seinen Rat, was die Unauffälligkeit der Beleuchtung betraf. Tom und Arienne nahmen die Treppe nach oben. Dabei versuchten sie so geräuschlos wie möglich zu sein, was bei der Marmortreppe nicht sonderlich schwer war. Im nächsten Stock kauerten sie sich in eine dunkle Ecke, und Tom bedeutete Arienne, absolute Stille zu bewahren.

Plötzlich hörten sie leise Schritte die Treppe heraufkommen, die im Stockwerk unter ihnen verstummten. Als die drei Gestalten an der Wohnungstür ankamen, stieß einer von ihnen einen leisen Fluch aus.

»Jemand war hier«, zischte eine Frauenstimme.

»Scheiße«, antwortete eine tiefe Männerstimme. »Hoffen wir, da hat nur jemand nach Wertsachen gesucht.«

Wenig später wurde die Tür geschlossen.

»Jetzt«, flüsterte Tom tonlos. Er und Arienne standen auf und schlichen sich die Treppe hinab. »Kannst du das Telefonat aufnehmen?«, fragte er zwei Stockwerke tiefer.

Arienne nickte, drückte ein paar Tasten an ihrem Telefon und hielt es ihm grinsend entgegen. »Du bist wirklich ein gerissener alter Hund«, sagte sie lobend.

»Ja, komm, ist gut. Lass uns schnell zum Auto gehen.«

Sie setzten sich in Toms Wagen und lauschten der Unterhaltung der drei Fremden. Zumindest versuchten sie es, doch der Ton war zu leise und sie konnten kaum etwas verstehen.

»Kein Problem«, sagte Arienne. »Das können wir am Computer nachbearbeiten.«

»Okay«, sagte Tom. »Wir warten, bis sie fertig sind, dann folgen wir ihnen.«

Arienne schüttelte den Kopf. »Das halte ich für zu gefährlich. Wenn sie uns bemerken, sind wir vielleicht die nächsten Leichen.«

Tom nickte. »Dann eben nur das Gespräch. Und das Nummernschild.« Er zückte seine Digitalkamera.

Gerade als er aus dem Wagen aussteigen wollte, hielt Arienne ihn zurück. »Warte! Hast du zufällig Klebeband bei dir?«

»Im Handschuhfach.«

Arienne wühlte in dem unaufgeräumten Fach herum, bis sie eine kleine Rolle braunes Paketklebeband gefunden hatte. Sie riss mehrere Streifen ab und klebte sie an ihr Handy. »Mach das unter deren Wagen fest«, wies sie Tom an. »Und beeil dich.«

»Was soll das bringen?«, fragte er verdutzt.

»Tu es!«, befahl sie. »Ich erklär's dir gleich. Und jetzt beeil dich endlich!«

Tom wollte endlich aussteigen, als Arienne ihn erneut zurückhielt. »Halt!«

»Was denn noch?«, fragte er genervt.

»Das Fenster!«, warnte Arienne. »Die könnten dich sehen.«

»Scheiße, du hast recht.« Er dachte kurz nach. »Okay, sobald im Treppenhaus wieder das Licht angeht, renne ich zu dem Wagen rüber und klebe dein Handy unter der Stoßstange fest.«

»In Ordnung.«

Wenig später ging das Licht im Treppenhaus an. Tom reagierte und führte seinen Plan aus. Dann huschte er über die Straße wieder zurück. Gerade als er die Wagentür schloss, wurde die Haustür geöffnet.

»Und jetzt?«, fragte Arienne von plötzlicher Panik ergriffen. »Die haben vielleicht gesehen, wie wir ins Auto eingestiegen sind. Und dann fragen sie sich, warum wir nicht losgefahren sind.«

»Scheiße, du hast recht.« Tom blickte ihr entschuldigend in die Augen. »Bitte schlag mich nicht. Das ist rein professionell.« Dann warf er sich auf sie, presste seine Lippen auf ihre und tat so, als würde er sich mit den Händen gerade einen Weg unter ihr Oberteil bahnen.

Arienne wollte vor Schreck aufschreien, doch Toms Lippen versiegelten ihren Mund. Ihr Herz raste vor Panik, als sie über Toms Kopf hinweg die drei Fremden sah. Einer, ein großer Mann, starrte misstrauisch zu ihnen herüber.

Arienne schluckte ihre Angst hinunter und spielte das Spiel mit. *Wenn sie glauben, dass wir bloß ein notgeiles Paar sind*, dachte sie, *lassen sie uns vielleicht in Ruhe.*

»Na, die machen sich anscheinend mehr als bloß warme Gedanken!«, lachte der Hüne.

Schließlich stiegen die drei Fremden in den Van ein und fuhren davon. Erst als sie um die Ecke gebogen waren, ließ Tom von Arienne ab.

Er zog sich von ihr zurück, senkte beschämt den Kopf und sagte kleinlaut. »Ich wusste keine andere Möglichkeit, damit wir unauffällig erscheinen.«

Arienne atmete tief durch. »Das war ziemlich überraschend. Und auch wenn es gut funktioniert hat ... Das bleibt eine einmalige Sache. Und wehe du prahlst damit!«

Tom lächelte erleichtert. »Werd ich nicht«, versprach er. »Wobei du echt 'ne gute Geschichte hergeben würdest. Viel besser als Bettina aus der Buchhaltung.«

Arienne hob überrascht die Augenbrauen. »Du hattest was mit Betty?«

»Ich hab sie letztes Jahr nach der Weihnachtsfeier nach Hause gefahren. Sie hatte ziemlich einen im Tee.«

»Und das hast du ausgenutzt, war ja klar.«

Tom schüttelte den Kopf. »Nein, so war es nicht. Sie hat sich mir eher ziemlich direkt an den Hals geworfen.«

»Wie auch immer«, sagte Arienne achselzuckend. Das ganze Thema war ihr unangenehm, da sie Tom bis zu diesem Kuss irgendwie nicht als sexuelles Wesen wahrgenommen hatte. Nun sah sie nicht bloß den alternden Redakteur in ihm, sondern auch ein Stückchen eines alternden Playboys, was dem positiven Bild von ihm einen unschönen Fleck verpasste.

»Und wie finden wir jetzt die und dein Handy wieder?«, fragte Tom. »Dabei fällt mir ein, dass ich meins noch aus der Wohnung holen sollte.«

»Ich komme mit.«

Vor der Wohnung erwartete sie die erste Überraschung. Die Wohnungstür war mit frischen Polizeisiegeln versehen. Tom fluchte leise vor sich hin, während er die Siegel erneut auftrennte. Nachdem sie in die Wohnung eingetreten waren und die Tür wieder geschlossen hatten, machte er seinem Ärger Luft.

»Scheiße! Ganz große Scheiße ist das ... Das heißt, dass wir es wohl wirklich mit ein paar durchgeknallten Bullen zu tun haben.«

»Wegen der Siegel? Bekommt man die nur bei der Polizei?«, fragte Arienne.

»Na, im Supermarkt kannst du sie jedenfalls nicht kaufen«, erwiderte Tom mürrisch.

»Und wo hast du deine her?«, hakte sie nach.

Tom winkte ab. »Ach, da schuldete mir einer vom Revier einen Gefallen.«

Sie legte den Kopf schief und hob die Augenbrauen. »Und denkst du nicht, dass das auch für die drei Gestalten gelten könnte?«

Tom zuckte mit den Schultern. »Ich weiß es nicht«, gestand er. »Aber egal, wer die sind, sie sind keine Amateure ... und sie haben womöglich gute Verbindungen.«

Arienne nickte und blickte sich in der Wohnung um. »Sieht unverändert aus«, sagte sie leise.

Tom fischte sein Handy wieder vom Schrank und blickte sich ebenfalls erstaunt um. »Was wollten die hier?«, wunderte er sich.

Tom hielt sich das Handy ans Ohr. »Anscheinend fahren sie noch«, sagte er. »Ich höre nur lautes Rauschen.«

Arienne blickte sich im Schlafzimmer um. »Die haben nichts angerührt«, teilte sie wenig später ihre Einschätzung mit.

»Vielleicht hatten sie was Kleines übersehen und mussten noch mal dafür zurückkommen? Die Spur, die wir jetzt nicht haben?«, überlegte Tom. Er wedelte mit seinem Handy vor ihrem Gesicht herum. »Na ja, wir werden es wissen, wenn wir die Aufnahme auf deinem Handy abhören ... Wie wollen wir das eigentlich wiederfinden?«

Arienne lächelte gelassen. »Dafür brauche ich bloß mein Notebook. Da gibt's eine kleine Anwendung, die dein Handy vor Diebstahl oder Verlust schützen soll.«

»Du kannst auf deinem Notebook sehen, wo dein Handy ist?«

Sie nickte. »Als würde ich ein Navi benutzen.«

»Okay, betrachte mich als erstaunt«, gab er zu Protokoll. »Aber ... hätten wir das über das Nummernschild nicht leichter herausgefunden?«

Arienne zuckte die Achseln. »Da hätten wir erfahren, auf wen der Wagen zugelassen ist. Nicht aber, wo sie ihn parken.«

Ein breites Lächeln erschien nun auf Toms Gesicht. »Du lernst wirklich schnell, Mädchen!« Und mit einem Augenzwinkern fügte er hinzu: »Hoffen wir nur, dass sie ihn nicht im Fluss versenken.«

»Dann solltest du mich lieber schnell zu meinem Notebook bringen«, sagte sie ernst.

Während der ganzen Heimfahrt lauschte Arienne dem Rauschen aus Toms Handy. »Egal wohin sie fahren, es liegt nicht unbedingt in der Nähe«, stellte sie fest.

»Vermutlich fahren sie raus zu den Kiesgruben und lassen den Van in einen der Seen rollen«, unkte Tom.

»Bleib bitte positiv«, bat Arienne.

Tom hielt vor ihrem Wohnhaus.

Arienne sprang aus dem Wagen. »Ich lasse die Tür auf«, rief sie ihm zu und eilte die Treppe hinauf. Oben angekommen rannte sie zu ihrem Notebook und schaltete es ein. Es dauerte nur einige Sekunden, bis der Bildschirm aufleuchtete und die Internetverbindung hergestellt war. Sofort startete Arienne das Ortungsprogramm für ihr Handy.

»Es ist nicht im Fluss«, seufzte sie erleichtert, als das Programm ein Signal empfing. Allmählich zoomte das Bild in die Landkarte. Erst ein Globus, dann die Gegend und schließlich das Straßennetz der Stadt.

Tom erschien keuchend in der offenen Wohnungstür. »Ich nehme mir ein Glas Wasser, ja?«

»Bedien dich«, sagte sie geistesabwesend. Ihre ganze Konzentration war auf das Notebook gerichtet. »Ich habe die Adresse gleich«, verkündete sie stolz.

»Mein Handy ist stumm«, sagte Tom schnaufend. »Sie haben vor einer Weile angehalten.«

»Sehr gut.« Sie drehte kurz den Kopf und bedachte Tom mit einem besorgten Blick. »Kommst du klar?«

Tom winkte ab. »Ja, ja. Ich weiß auch nicht. Ich fühle mich einfach ein bisschen schlapp. Zu viel Aufregung, schätze ich.«

»Zu viel Junkfood«, lachte Arienne und wandte sich wieder dem Bildschirm zu. »Okay, ich hab's!« Sie ließ sich die Route berechnen. »Das ist gar nicht weit von hier. Zwanzig Minuten vielleicht.«

Tom leerte das Glas Wasser in einem Zug. »Sehr schön, dann los, bevor sie es sich anders überlegen und ...«

»... und den Wagen im Fluss versenken, ja, ja«, beendete Arienne den Satz.

»Wieso überrascht mich das nicht?«, fragte Tom, als sie an der Stelle ankamen, die ihnen das Programm ausgespuckt hatte, und sie nicht weit entfernt von einer Kirche parkten.

»Da hinten steht der Van!« Arienne deutete auf eine Reihe geparkter Autos. Sie befanden sich hinter der Kirche, dennoch hatte auch Arienne das mulmige Gefühl, dass der Wagen zu dem Gotteshaus gehörte.

Gotteshaus!, dachte sie verächtlich. *Welcher Gott befiehlt denn solche Hinrichtungen?*

Tom stellte den Motor ab. Vor wenigen Minuten hatte es zu schneien begonnen. Dicke Flocken schwebten vom Himmel herab und bestäubten Autos und Hausdächer wie mit Puderzucker. Der Van war noch schneefrei, was eine Verwechslung ausschloss. »Der Wagen ist noch warm«, sagte Tom. »Warte hier. Sollte man mich erwischen, dann hau ab, verstanden?«

Sie nickte und rutschte auf den Fahrersitz, als Tom ausstieg und sich langsam dem Van näherte. In den Wohnräumen, die der Kirche angeschlossen waren, brannte noch Licht. Tom huschte über die Straße und bückte sich hinter der Stoßstange. Kurz darauf kehrte er mit zufriedenem Grinsen zurück.

Arienne beobachtete nervös das Gebäude und lauschte in die Nacht. Doch sie konnte nichts Verdächtiges hören. Und auch sonst deutete nichts darauf hin, dass man Tom entdeckt hatte. Sie rutschte wieder auf den Beifahrersitz und ließ ihn einsteigen.

Er überreichte ihr das Handy. »Jetzt bin ich wirklich gespannt.« Tom startete den Motor des alten Kombis und sie fuhren zu Ariennes Wohnung zurück.

Tom ließ sich erschöpft auf die Couch fallen und das alte Möbelstück ächzte gequält unter seinem Gewicht.

Arienne verband ihr Handy mit ihrem Computer und überspielte die Aufnahme des Telefonats. Beim ersten Abspielen konnten sie kaum etwas verstehen, doch als Arienne ein wenig an den verschiedenen Lautstärkereglern herumprobierte, wurde der Klang ein bisschen besser.

»Jetzt bin ich wirklich gespannt!«, sagte Tom und setzte sich aufrecht hin. Seine Erschöpfung schien wie weggeblasen.

Arienne legte den Zeigefinger auf die geschürzten Lippen und drückte auf Play.

Für kurze Zeit war alles still. Dann hörten sie, wie die Wohnungstür geöffnet wurde. Schritte auf dem Teppich, dann wurde die Tür wieder geschlossen.

»Und das müssen wir jedes Mal machen?«, fragte eine Männerstimme. Sie gehörte nicht dem Hünen, der sie so argwöhnisch im Auto betrachtet hatte, das konnte man erkennen.

»Ja, Toni«, antwortete eine Frau. »Oder wir riskieren, dass er wiederkommt.«

»Aber ich dachte, Vincent würde ihn vernichten?«, fragte der Mann, den sie Toni nannten.

»Das tut er auch«, warf der Hüne ein. »Aber dennoch könnte er bereits ein paar Kumpels eingeladen haben, verstehst du?«

Während sie sprachen, bewegten sie sich durch die Wohnung, was man an der schwankenden Lautstärke ihrer Stimmen erkennen konnte.

»Sie suchen vielleicht etwas«, sagte Tom.

»Oder sie kontrollieren etwas«, überlegte Arienne.

Der Hüne ergriff erneut das Wort: »Und sollte uns mal einer entwischen, dann wäre das ziemlich schlimm, wie du dir denken kannst.«

»Wie äußert sich das? Der arme Kerl sah schrecklich aus, das passiert doch nicht einfach so über Nacht, oder doch?«

Die Frau antwortete ihm. »Nein, es dauert meist ein paar Tage. Je nachdem, wie stark das Opfer ist.«

»Und dann?« Offensichtlich wusste Toni nicht viel über das, was er da tat.

Der Hüne seufzte. »Das ist bei jedem Menschen unterschiedlich. Manche sind bloß müde, andere kotzen sich buchstäblich die Seele aus dem Leib. Wieder andere bemerken gar nichts. Kopfschmerzen, eine Erkältung, Fieber – man kann nie genau sagen, wie es geschieht. Luzifers Pack ist da sehr gerissen.«

»Und wer garantiert uns dann, dass er nicht einen von uns besetzt hat?«

Der Hüne brach in Gelächter aus. »Keine Sorge, Vincent würde das sofort bemerken … und sich deiner armen Seele annehmen.« Er machte eine kurze Pause. »He, Noriko, hast du was Verdächtiges gefunden?«

»Nein«, antwortete die Frau. »Kein Hinweis auf weitere Übergriffe. Aber das Schlafzimmer ist durchwühlt worden.«

»Also ein hilfsbereiter Nachbar, der die Nachlassverwaltung angetreten hat. Zurück ins Nest«, sagte der Hüne. »Bald gehen wir zur Hexe, vielleicht weiß die was.«

Arienne gratulierte Tom mit einem Kopfnicken. »Gute Idee, das mit den Schubladen.«

Mittlerweile war es offensichtlich, dass der Hüne die Gruppe anführte und Toni eher ein Anfänger war.

»Mach dir keine Sorgen, du wirst es noch begreifen«, sagte der Hüne in versöhnlichem Ton. »Und dann wirst du erkennen, dass wir wahre Wunder vollbringen.«

Die Wohnungstür wurde wieder geschlossen.

Sie warteten noch einen Moment, aber nichts weiter geschah.

Arienne spulte die Aufnahme vor, auf der Suche nach weiteren Gesprächsfetzen, aber es gab keine. Nur das Rauschen der Autofahrt war dumpf zu hören. Sie schaltete den Mediaplayer des Notebooks ab und lehnte sich in ihrem Sessel zurück.

Tom rieb sich müde die Augen. »Also, womit haben wir es nun zu tun?«

»Das sind sicher keine Polizisten«, stellte Arienne fest.

Tom stand auf und ging langsam auf und ab. »Was haben wir? Mehrere Tote, die meist verbrannt waren. Einen toten Polizisten, der wie ein Sieb durchlöchert wurde, mit einer Brandwunde auf der Stirn. Einer Brandwunde in Form eines Kreuzes.«

Arienne schrieb seine Gedanken auf und fügte ihre hinzu. »Wir haben drei Gestalten, die an den Ort des Verbrechens zurückkehren, offensichtlich, um ihn zu kontrollieren.«

Tom deutete mit dem Zeigefinger auf sie. »Kontrolle, ja, das denke ich mittlerweile auch. Gut.« Er schritt weiter durch den Raum. »Sie fahren zurück zum Nest, was auch immer das ist. Vermutlich ihr Quartier.«

»Was bedeutet, dass es kein verrückter Spinner ist, der aus reiner Lust tötet«, sagte Arienne.

»Genau. Das sind Spinner mit einem Plan.« Tom setzte sich wieder aufs Sofa. »Die sind schlimmer.«

»Religiöse Fanatiker?«

Er zuckte mit den Schultern. »Möglich. Sie sprachen von Luzifer ...«

»Also eine Gruppe von selbst ernannten Exorzisten?«

»Es könnte sogar noch schlimmer sein«, sagte Tom. »Ihr Wagen stand bei einer kleinen Kirche ...«

Arienne sprang auf. »Moment«, sagte sie und warf die Hände in die Luft. »Bevor wir weitermachen, müssen wir kurz durchatmen und uns vor Augen führen, wie verrückt das klingt.«

»Einverstanden.«

Sie fuhr fort. »Also, nach deiner Theorie mit den schießwütigen Bullen kommst du jetzt hiermit an? Dass die Kirche heimlich ein paar Mörder herumschickt und Leute verbrennen lässt?«

Tom zuckte erneut mit den Schultern. »Ich weiß nicht, was ich sagen soll, aber so sieht es für mich aus.« Er hielt sich die Hand vor den Mund und hustete trocken. »Du hast sie doch selbst gehört«, beharrte er dann. »Die sprachen von Luzifer, von einer Hexe und von Wundern!«

Arienne schüttelte den Kopf. »Das klingt alles so verrückt!«

»Ich weiß. Aber wir können es leicht überprüfen. Wenn sie zu dieser Hexe gehen, werden wir sie beobachten.«

»Willst du sie beschatten?«

»Natürlich!«, rief er eindringlich. Er wollte aufspringen, doch ein weiterer Hustenanfall bremste seinen Schwung. »Wir beobachten ihr Auto. Oder wir benutzen noch mal deinen Trick mit dem Handy. Aber wir lassen sie nicht aus den Augen.«

»Tom!« Arienne blickte ihn eindringlich an. »Diese Leute sind gefährlich. Wenn auch nur die Hälfte deiner Vermutungen stimmt, dann sind sie sogar extrem gefährlich. Denkst du nicht, wir sollten die Polizei einschalten?«

»Du kannst gerne zu den Bullen gehen, wenn du ihnen erklären willst, wie du zu der Annahme kommst, dass die Kirche einen geheimen Exorzistenklub gegründet hat und in unserer Stadt Ketzer und Heiden hinrichtet ... oder wie auch immer sie ihre Ziele sonst auswählen.«

Er wartete ihre Antwort mit hochgezogenen Augenbrauen ab, doch Arienne fiel keine spontane Erwiderung ein. »Ich weiß, es klingt zu verrückt.«

»Und mit ein paar Vermutungen müssen wir da auch nicht antanzen.« Er seufzte. »Ari, die stecken uns in die Klapse, aber ohne mit der Wimper zu zucken.« Er stand auf, streckte sich und rieb sich die müden Augen. »Ich werde nach Hause fahren. Ich weiß zwar nicht, wann sie zu dieser Hexe wollen, aber ich brauche Schlaf.«

Als er gerade an der Tür angekommen war, hielt Arienne ihn zurück. »Weißt du? Ich wünschte, du hättest mit dem schießwütigen Bullen richtiggelegen.«

Tom lächelte. »Ich auch, Ari. Ich auch.« Er seufzte. »Also, ich komme morgen früh vorbei. Dann werden wir eine waschechte Observation starten.«

Arienne ließ sich seufzend auf den Sessel fallen. »Wo sind wir da nur reingeraten?«, fragte sie leise.

Sie erhielt keine Antwort, lediglich ein leises Surren, das einen erneuten Ausfall der Heizung ankündigte, was sie wieder zu einer abendlichen Dusche zwang. Sie stand auf und ließ auf dem Weg ins Bad die Rollläden herunter. Dabei warf sie noch einen Blick auf die Straße. Der Schnee blieb tatsächlich liegen. Die ganze Stadt wurde langsam unter dem weißen Zauber begraben.

Bei dem Gedanken an die vielen Mordopfer kam Arienne jedoch ein anderer Gedanke: *Die Stadt verschwindet unter einem großen Leichentuch.*

Sie eilte ins Badezimmer. Rasch streifte sie ihre Klamotten ab und stellte sich unter den Wasserstrahl. Die wohlige Wärme prasselte auf sie nieder und half ihr, sich zu beruhigen. Arienne fühlte, wie das Adrenalin noch immer durch ihre Adern pumpte, hörte das Rauschen in ihren Ohren. Der Einbruch in die Wohnung war eine Sache für sich, dabei aber auch beinahe noch den mutmaßlichen Killern in die Arme zu laufen, war für sie ein wenig zu viel Spannung für einen Abend gewesen. Durch die Dusche würde sie hoffentlich den Kopf frei bekommen, um in Ruhe zu schlafen, denn sie wusste, dass sie Schlaf ganz besonders nötig hatte.

Pünktlich, als das warme Wasser zur Neige ging, kam

Arienne aus der Dusche. Sie föhnte sich die Haare. Es war zwar eine schreckliche Energieverschwendung, aber es würde über Nacht einfach zu kalt sein, die Haare an der Luft trocknen zu lassen.

Die Anspannung der letzten Stunden fiel nun vollends von ihr ab und sie kroch müde unter die Bettdecke. Ihre Lider wurden schwerer und schwerer und schon bald glitt Arienne in einen Traum hinab.

*

Sie stand im Windfang eines Hauses. Links von ihr führte eine Treppe aus großen Steinfliesen ins obere Stockwerk, geradeaus würde sie durch die Tür eine große und dunkle Diele betreten. Von dort ging es links in die Küche und geradeaus ins Wohnzimmer. Alle drei Räume waren miteinander verbunden und man hätte Stunden damit verbringen können, im Kreis zu rennen.

Sie wusste diese Dinge, weil sie als Kind genau so einige Stunden verbracht hatte.

Sie war in ihrem alten Elternhaus!

Arienne hörte im oberen Stockwerk ein Geräusch, es war helles Lachen. Ein Kinderlachen. Neugierig, aber dennoch vorsichtig schlich sie die Treppe hinauf. Sie fühlte, dass sie träumte, doch der Schlaf war noch zu fest, um daraus erwachen zu können.

Oben erstreckte sich ein langer Gang, zu dessen beiden Seiten weitere Türen in die restlichen Zimmer führten. Arienne steuerte zielsicher ihr altes Kinderzimmer an.

In der Tür blieb sie stehen. Auf dem Boden saß sie selbst, aber als kleines Kind. Sie war vielleicht vier Jahre alt.

Die Kleine schaute zu ihr auf: »Schön, dass du mich besuchst.« Dann widmete sie sich wieder ihren Bauklötzen.

Arienne wollte etwas erwidern, doch ihr blieben die Worte im Halse stecken. Diese Bauklötze hatte ihr Vater für sie angefertigt, fiel ihr wieder ein. Er hatte sie ihr zum dritten Geburtstag geschenkt. Sie waren in leuchtenden Farben lackiert und in beinahe allen nur erdenklichen Formen vorhanden. Der ganze Sack voller Bauklötze war damals größer gewesen als Arienne selbst.

Immer mehr Erinnerungen kehrten zu Arienne zurück. Dies war der Tag! Der Tag, an dem ihr Vater gestorben war. Als die Türklingel läutete, erkannte sie, dass es sogar jener bestimmte Augenblick war.

Das Bild veränderte sich ein wenig. Die kleine Arienne schien mit einem Mal von warmem Licht umhüllt zu sein. Der ganze Raum wirkte lichtdurchflutet. Arienne schirmte die Augen mit den Händen ab, versuchte weiterhin etwas zu erkennen, aber es war einfach zu grell.

»Ich hatte gehofft, dich einmal wiederzusehen«, fuhr die Kleine ungerührt fort. »Vater sagte mir, dass du früher oder später wieder zu uns zurückkommen würdest.« Sie blickte wieder von den Bauklötzen auf. »Setz dich doch zu uns.«

»Uns?«

Die Kleine nickte. »Zu Papa und mir.«

Arienne wollte erwidern, dass ihr Vater tot sei und die Kleine von nun an eine Halbwaise. Doch etwas hielt sie zurück. Das Licht hielt sie zurück.

»Hab Vertrauen, Prinzessin«, hörte sie plötzlich die tiefe und warme Stimme ihres Vaters. »Ich werde immer über dich wachen, das verspreche ich.«

Arienne kannte die Worte. Mit einem Mal erinnerte sie sich daran, dass ihr Vater sie an jenem Tag ausgesprochen hatte. Es war tatsächlich fast so, als wäre er im Raum.

»Papa«, schluchzte sie. »Warum hast du uns verlassen?«

Das Licht breitete sich aus, umhüllte sie und linderte ihren Schmerz. »Aber ich bin immer bei dir, mein Schatz. Ich war bei dir, als du geboren wurdest, ich habe dich beschützt, als sie dir von meinem Tod erzählten. Und als du aufgeben wolltest, da habe ich dich gerettet.«

Arienne fühlte, dass sie schreien wollte. Sie wollte weglaufen, doch ihre Beine versagten den Dienst.

Die Szene verschwamm vor ihren Augen, veränderte sich zu etwas völlig Neuem. Sie war plötzlich in ihrer alten Grundschule. Schüler aller Altersklassen drängten sich durch die Flure, doch sie stand abseits an der Wand. Sie umklammerte ihre Schultasche mit beiden Händen und unterdrückte leise ein Schluchzen.

Eine Lehrerin wurde auf sie aufmerksam und beugte sich zu ihr hinunter. »Kleine, was hast du denn?«

Arienne deutete auf ein verglastes Atrium, in dem der Hausmeister gerade das Unkraut jätete. »Da ist ein Monster.«

Die Lehrerin folgte mit den Augen der Richtung ihres ausgestreckten Fingers und sagte dann mit gespielter Furcht. »Dann sollten wir dem lieben Herrn Maier aber schnell Bescheid sagen, nicht wahr?«

Arienne schüttelte den Kopf. »Er ist das Monster.«

Die Lehrerin blickte sie verwirrt an, doch die erwachsene Arienne, die die Szene genau beobachtete, blickte weiter ins Atrium. Sie erinnerte sich noch genau an diesen Tag. Damals hatte man sie zum ersten Mal zu einem Kinderpsychologen geschickt.

Herr Maier drehte sich zur Scheibe und grinste Arienne breit ins Gesicht.

Sie runzelte verwirrt die Stirn, denn in ihrer Erinnerung hatte der Mann sich nicht noch einmal umgedreht. Sie hatte ihn damals für ein Monster gehalten, sich schreiend auf den Boden geworfen und geweint. So lange, bis ihre Mutter kam.

Herr Maier grinste noch immer. Und noch ein wenig breiter.

Ein eisiger Schauer lief Arienne über den Rücken, als das Grinsen breiter und breiter wurde, die Haut um die Mundwinkel herum auseinanderriss und die Lippen zu dünnen Fäden gedehnt wurden. Scharfe Reißzähne blinkten in seinem Gebiss, und eine schwarze Zunge fuhr genüsslich über jede einzelne Spitze.

Das schüttere Haar fiel ihm büschelweise aus, als die Kopfhaut darunter verfaulte und wie spröder Lack von einem Holzstuhl einfach von seinem Schädel abblätterte. Seine Augen sanken tief in ihre Höhlen ein und betonten die spitzen Wangenknochen des fast blanken Schädels.

Sein Blick wandelte sich von freundlich zu lüstern und er fixierte sie aus zwei rot glühenden Pupillen. Mit seiner linken Hand winkte er sie zu sich heran, und während er das tat, verformten sich seine Finger zu messerscharfen Klauen.

»Komm nur her, mein Kind«, säuselte er. »Es wird dir gefallen.«

Arienne starrte wie gebannt in das Maul des Monsters. Die gespaltene Zunge tanzte wild umher. Sie wollte schreien, aber kein Ton entrang sich ihrer Kehle. Stattdessen schrie die kleine Arienne, warf sich auf den Boden und trat wild um sich.

»Du hast doch nicht etwa alles vergessen?«, fragte das Monster. Noch immer galt seine volle Aufmerksamkeit der erwachsenen Arienne.

»Was bist du?«, brachte sie schließlich hervor.

Aus Herrn Maiers Kehle drang ein rasselnder Laut, der entfernt an ein Lachen erinnerte. »Du hast es wirklich vergessen …«

»Das hier ist nicht real«, begann sich Arienne ihr Mantra aus der Therapie vorzubeten. »Das hier ist nicht real.«

Herr Maier – oder was immer er war – schüttelte sich vor Lachen. »Du glaubst wirklich, wir hätten dich vergessen? Es kommt der Tag, da findest du zu dir selbst zurück«, versprach er. »Und dann wirst du ihm helfen. Durch dich wird er vollenden können, was vor so langer Zeit begonnen wurde.«

Arienne wollte schreien, wollte weglaufen, doch ihr Körper wollte ihr einfach nicht gehorchen.

Schließlich erfüllte warmes Licht den Schulgang und sie konnte die Stimme ihres Vaters hören. »Ich werde dich immer beschützen.«

Zehn

Vincent verließ die Kirche schon vor Sonnenaufgang. *Heute werde ich dich richten, Bruder!* Dieser grimmige Gedanke trieb ihn an. Die Häufung von dämonischen Übergriffen konnte nur darauf hindeuten, dass Nathan seinem Ziel immer näher kam.

»Das kann ich nicht zulassen«, flüsterte Vincent und zog den Mantel enger um sich. Niemand sollte das Schwert entdecken, das er darunter verbarg. *Wie in alten Zeiten*, dachte er, während seine Finger über das mit Leder bezogene Heft der Waffe glitten.

Der legendäre Ulfberht hatte die Waffe einst für ihn geschmiedet. Eine zweite, identische Klinge war in Nathans Besitz. *Die zwei Brüder treffen erneut aufeinander.*

Er atmete tief die klare Nachtluft ein. In einer halben Stunde würde der Sonnenaufgang beginnen, die Menschen langsam aus ihren Träumen erwachen. Und wenn Gott seine Schritte leitete, dann wäre Nathaniel tot.

Er konnte die Anwesenheit des Gefallenen spüren. Er ließ sich von dieser Spur leiten, marschierte zielstrebig durch die verschneiten Straßen, überquerte Kreuzungen, kletterte über Zäune und passierte fremde Grundstücke. Er schmunzelte bei dem Gedanken, wie die Bewohner am nächsten Morgen die Fußabdrücke im frisch gefallenen Schnee in ihrem Garten entdecken würden.

Sein Weg führte ihn am Stadtrand entlang in eine heruntergekommene Wohngegend, die sich in ein altes Industriegebiet integriert hatte. Ein großer Holzhandel wurde noch geführt, dort waren einige grobschlächtige Kerle mit dem Verladen der Baumstämme beschäftigt. Auf der gegenüberliegenden Straßenseite stand einst ein großes Autohaus, doch die Schaufenster waren schon vor Jahren zertrümmert worden, und das Einzige, was noch Zeugnis vom Fahrzeughandel ablegte, waren alte Ölflecke auf den Pflastersteinen.

Vincent passierte ein mehrstöckiges Wohnhaus, dem äußeren Anschein nach wohnte hier der Bodensatz der Gesellschaft. Weshalb sich Nathan in solch schäbigen Gegenden verkroch, konnte er nicht mit Sicherheit sagen. Vincent hatte immer angenommen, dass Nathan seine gottgegebenen Fähigkeiten dazu nutzte, um eine Horde von fanatischen Jüngern um sich zu scharen.

Sein Instinkt leitete ihn zu einem großen umzäunten Gelände. Dabei handelte es sich um eine Ansammlung verfallender Lagerhäuser, die um einen großen Innenhof gruppiert waren. *Vermutlich das Areal einer aufgegebenen Spedition*, dachte Vincent.

Er hielt inne und betrachtete die einzelnen Gebäude. Nicht alles waren Lagerhäuser. Ein Verwaltungsbau mitsamt angebautem Wohnhaus stellte eine Art Mittelpunkt dar. Die Werkstatt war vollständig geplündert, lediglich an den Gruben im Boden konnte man sie noch als solche erkennen. »Wo versteckst du dich?«, presste er zwischen zusammengebissenen Zähnen hervor.

Ein Geräusch drang leise an sein Ohr, kaum wahrnehmbar über dem Lärm des Holzhandels, doch ungewöhnlich genug, um seine Aufmerksamkeit zu erregen. Es kam aus der großen Lagerhalle zu seiner Linken.

Vincent steuerte eine Seitentür des Gebäudes an und spähte durch ein Fenster. Nichts. Doch da war das Geräusch erneut und diesmal konnte er es auch klar zuordnen. Aus dem Innern der Lagerhalle drang Kampflärm.

Vorsichtig drückte er die Türklinke herunter und fragte sich, ob die Tür wohl in den Angeln quietschen würde. Sie glitt leise auf und Vincent betrat nahezu lautlos die Halle. Zu seiner Rechten lagen einige Schrotthaufen, zerlegte Holzpaletten und Metallteile. Er ließ die Haufen hinter sich und steuerte weiter auf den Ursprung des Lärms zu. Mehrere Trockenbauwände unterteilten die Halle in kleinere Bereiche. Je näher Vincent dem Lärm kam, desto deutlicher konnte er hören, dass zwischen dem schlimmsten Krach auch einige Worte gewechselt wurden.

Vincent umrundete einen großen Schrotthaufen und erblickte endlich die Quelle des Lärms. Dort stand Nathaniel und hielt eine kümmerliche Kreatur, einen Imp, an der Kehle gepackt.

»Sag mir, was ich wissen will«, forderte er die Höllenkreatur mit ruhiger Stimme auf. Der Imp wand sich verzweifelt in seinem Griff und quiekte dabei wie ein Ferkelchen.

Imps waren niedere Diener der Hölle, noch nutzloser als Dämonen. Doch anders als Dämonen vermochten Imps es aus eigener Kraft, in der Welt der Sterblichen zu verweilen, weil sie über die Reste einer Seele verfügten. Sie waren von kleiner Statur und ähnelten Kobolden. Als Kämpfer waren sie für Luzifer nutzlos, doch als Kundschafter und Spione nahezu unersetzlich.

»Wie kann ich ihn aufhalten?«, schrie Nathan dem Wicht ins Gesicht.

Vincent zog sein Schwert und die Klinge erzeugte ein hohes Singen. »Du kannst mich nicht aufhalten, Gefallener!«

Nathan ließ den Imp los und die geschundene Kreatur fiel beinahe in sich zusammen. In den Schrott gekauert blieb sie liegen, Nathan hatte sie wohl schon eine Weile gequält, um die Informationen zu bekommen, die er brauchte.

»Heute endet es, Bruder«, stieß Vincent hervor.

Nathan schüttelte den Kopf. »Du verstehst nicht ...«

Weiter kam er nicht, denn Vincent stürmte nach vorn, das Langschwert zum Schlag erhoben.

Wie aus dem Nichts tauchte Nathans Klinge auf und parierte den Schlag. Für einen kurzen Moment standen sie sich gegenüber. Vincent sah in die leeren Augen des gefallenen Engels. »Du wirst heute Gerechtigkeit erfahren.«

Nathan löste sich von ihm und machte einen großen Satz nach hinten, der ihn beinahe zwanzig Meter weit entfernt wieder aufkommen ließ. Für einen Menschen eine Unmöglichkeit, doch solch weltlichen Einschränkungen war ein Engel nicht unterworfen.

»Hör mir zu, Bruder«, bat Nathan, doch Vincent schüttelte nur den Kopf.

»Sieh dich an, wie du versuchst mit mir zu feilschen. Du willst um deine Erlösung handeln?« Er schüttelte angewidert den Kopf. »Du bist schon fast so erbärmlich wie die Menschen.«

Er nahm eine lange Eisenstange aus dem Schrotthaufen, ging zu dem am Boden liegenden Imp und rammte sie ihm durch den Bauch und in die betonierte Bodenplatte. »Hierbleiben«, sagte er tonlos. Dann machte auch er einen gewaltigen Sprung, der ihn wie auf Flügeln direkt vor Nathan katapultierte. Ihre Klingen kreuzten sich erneut. Vincent drängte Nathan mit einer Serie von Hieben zurück, die der Gefallene allesamt abwehren konnte, ohne jedoch einen Gegenangriff zu starten.

»Du wirst Luzifer niemals aus seinem Gefängnis befreien!«, schrie Vincent voller Wut.

Nathan schüttelte den Kopf und wehrte einen weiteren Schlag ab. »Das will ich ja gerade verhindern!«

»Lüge! So wie du schon damals gelogen hast. Celine fiel deinem Verrat zum Opfer!«

Nathan brachte ein wenig mehr Abstand zwischen sich und Vincent. »Das ist nicht wahr. Wir wurden überrannt, weil Luzifers Anhänger zu zahlreich waren ... Weil du nicht da warst!«

»Du hast mich fortgeschickt. Und dann hast du sie verbrennen lassen.«

Nathan fing Vincents Klinge mit Leichtigkeit ab und verkeilte die beiden Parierstangen ineinander. »Sag mir, Bruder, trauerst du um Celine oder um das verlorene Paradies?«

»Celine *war* das Paradies!«, schrie Vincent. »Wieso hast du sie nicht gerettet?«

Nathan seufzte und wehrte eine weitere von Vincents Attacken ab. »Ich musste verhindern, dass sie und der Spross Luzifer in die Hände fallen ... Es tut mir leid, unendlich leid, aber ich sah keinen anderen Weg.«

Vincent schüttelte den Kopf. »Es ist deine Schuld. Deine Schuld! Ich kann dich nicht entkommen lassen!«

Er führte die Klinge in einem weiten Rückhandschlag gegen Nathans Kehle. Der tauchte in einem Rückwärtssalto unter der Klinge hinweg und verpasste Vincent dabei einen Tritt gegen das Kinn, der den Engel von den Beinen riss.

Es dauerte nur den Bruchteil einer Sekunde und Vincent war wieder auf den Beinen, doch von Nathaniel fehlte jede Spur.

Er hörte noch seine Stimme nachhallen. »Wir haben beide versagt. Aber wir können die Menschen noch immer retten.«

Vincent spuckte verächtlich aus und wandte sich dem Imp zu. »Die Menschheit ist verdammt. Weil Kreaturen wie du einen Weg ans Tageslicht finden«, sagte er kalt. Die Kreatur wand sich am Boden und jaulte vor Schmerz. Früher mochte sie einmal menschlich gewesen sein, doch die Berührung mit Luzifers Lügen hatte sie verändert. Fast durchsichtige Haut zog sich zum Zerreißen gespannt über blaue Adern. Ein Gebiss voll scharfer Zähne dominierte das Gesicht, und der Gestank von Schwefel und Teer erfüllte die Luft.

Vincent rüttelte ein wenig an der Eisenstange, die seinen Gefangenen pfählte, was dem Imp ein gequältes Stöhnen abrang. »Nun werden *wir* uns unterhalten.«

Elf

Eine laute Werbeansage aus dem Radio riss sie aus dem Schlaf. Instinktiv griff Arienne nach dem Wecker und drückte auf den Snooze-Schalter. *Noch ein paar Minuten*, dachte sie erschöpft. Nicht selten meldete sie sich am Tag nach einer »nächtlichen Attacke«, wie sie die Albträume nannte, auf der Arbeit krank, um über den Tag die Erholung zu bekommen, die sie nachts verpasst hatte.

Außerdem drohten die Träume stets, sie in ein Loch zu werfen. Eines, aus dem sie normalerweise mithilfe ihrer Tabletten wieder herausklettern konnte, doch die Pillendose war leer. *Ich muss mich dieser Sache heute stellen*, dachte sie. *Ich bin nicht verrückt. Ich bin nicht verrückt. Es sind bloß Träume.*

»Papa«, schluchzte sie unwillkürlich. Plötzlich erinnerte sie sich wieder an ihre Kindheit. Wie oft man sie zu verschiedenen Ärzten geschleppt hatte, die ihr alle eine andere Störung nachgewiesen hatten. Traumatisierung, Stress, Hyperaktivität, Autismus, Epilepsie, Schizophrenie – Arienne hatte die ganze Liste durch. Eine Psychotherapie hatte auch keine Erfolge erzielt, bis man ihr Psychopharmaka verschrieben hatte. Von da an waren die Bilder ausgeblieben. Und über die Zeit hatte Arienne gelernt, mit dem leichten Gefühl der Taubheit im Kopf zu leben.

»Noch ein paar Minuten.«

Die Werbeeinblendungen kehrten zurück, gefolgt vom Verkehrsfunk, und die durch die schlechten Boxen leicht kratzigen Stimmen ließen sich nicht länger ignorieren.

Arienne rollte sich zurück, griff nach dem Wecker und sah auf die Uhr. Es war schon kurz nach neun.

Mit einem Mal war sie hellwach. Jetzt erkannte sie auch, was sie geweckt hatte: die Türklingel.

»Scheiße, Tom!«, zischte sie und schlug die Bettdecke zurück. Eine Gänsehaut überlief sie, als sie bemerkte, dass die Heizung wohl die ganze Nacht über nicht funktioniert hatte.

»Scheiße, scheiße!«, fluchte sie und sprang aus dem Bett.

Das Sturmklingeln hatte aufgehört, dafür tanzte ihr Handy nun über die Kommode, denn sie hatte es am Abend zuvor auf Vibration eingestellt. Arienne griff danach und nahm ab.

»Wo bist du?«, fragte Tom unumwunden. »Ich stehe hier vor deiner Wohnung und friere mir den Arsch ab.«

»Verschlafen, sorry«, sagte sie zerknirscht. »Ich bin gleich unten, ja?«

»Nein«, sagte Tom, und Arienne konnte nicht heraushören, ob er wütend war oder lediglich genervt. »Lass mich hoch, ich hab Frühstück dabei.«

»Okay, aber ich muss mich noch anziehen.«

»Ich verspreche artig zu sein«, flachste Tom und betätigte erneut die Türklingel, um seiner Forderung ein wenig mehr Nachdruck zu verleihen. »Los, die Brötchen sind bestimmt gleich erfroren.«

Arienne huschte auf Zehenspitzen – sie wollte jeden Kontakt mit dem kalten Fußboden vermeiden – zur Gegensprechanlage und drückte den Summer. Unten sprang die Haustür auf.

Sie legte beim Handy auf und eilte ins Bad. Dort hatte sie bereits ihre Klamotten für heute zurechtgelegt. Die Socken hingen über der Heizung. »Guter Plan, schlechte Durchführung«, sagte sie, als sie sich die kalte Wolle griff.

Ab wann kann man eigentlich die Miete kürzen?, schoss es ihr durch den Kopf, während sie ihre restlichen Klamotten anzog.

Tom klopfte an die Wohnungstür.

»Moment!«, rief sie laut. *Heute war er wirklich schnell oben.* Sie öffnete die kleine Tablettenflasche und schüttete sich die letzte Pille in die Hand. *Mist, ich brauche ein neues Rezept*, ärgerte sie sich über ihre Vergesslichkeit.

Sie öffnete die Tür und Tom schüttelte lächelnd den Kopf. »Lässt du einen alten Mann einfach so im Schnee stehen.«

»Tut mir wirklich sehr leid.«

Er machte eine wegwerfende Handbewegung. »Halb so wild, ich lebe ja noch.« Er hob eine große Papiertüte vor ihr Gesicht. »Aber die sind jetzt leider nicht mehr warm.«

»Wie viele Brötchen hast du gekauft?«, wunderte sie sich.

Tom zuckte mit den Schultern. »Ich wusste nicht, ob du lieber Mohn, Sesam, Vollkorn oder was Laugiges magst. Da hab ich von allem was gebracht.«

»Ja, aber wir beobachten nur den Minivan und gehen nicht für mehrere Tage wandern«, sagte sie kopfschüttelnd.

»Ich hab's nur gut gemeint«, lachte Tom. »Also, lass uns ein paar belegen und dann loslegen. Am Ende sind die schon ausgeflogen.«

Sie belegten rasch ein paar der Brötchen mit Käse oder Schinken. Arienne bestrich sich eine Sesamlaugenstange mit Butter und klappte die beiden Hälften wieder aufeinander. Dann wickelten sie die Sachen in Alufolie ein und nahmen noch zwei Flaschen mit Wasser und Orangensaft mit. Tom hatte direkt vor der Haustür geparkt, wofür Arienne mehr als dankbar war. Der Schnee knirschte unter ihren Schuhen, und das Profil ihrer Sohlen bildete scharf konturierte Abdrücke. Doch Arienne wusste, dass ein solches Bild nicht von Dauer war. *Bald sind so viele Menschen über den Schnee getrampelt, dass er eine braune matschige Suppe wird. Widerlich.*

Tom jaulte auf, als er sich in den Wagen setzte. »Die ganze Wärme ist raus.«

Er ließ den Motor an und blies sich mehrmals in die Hände. Arienne fröstelte so sehr, dass sie ihren Oberkörper fest mit beiden Armen umschlang.

Tom drehte die Heizung voll auf und fuhr los. Wenig später strömte warme Luft gegen Ariennes Füße und begann sie allmählich aufzutauen. »Na toll, sogar die Heizung in deiner alten Schrottkiste funktioniert besser als die in meiner Wohnung.«

»Ist die denn schon wieder ausgefallen?«

»Ja, und der Idiot von Hausmeister lässt sich nicht blicken.«

Tom schnaubte verächtlich. »Dann musst du mit Mietkürzung drohen. Ich weiß nicht genau, wie viel man da nehmen kann, aber ohne Heizung im Winter? Das geht nicht.«

»Ja, das sollte ich mal tun.«

Bald erreichten sie die Straße mit der kleinen Kirche. Tom parkte am linken Straßenrand zwischen einem SUV und einem Kleinwagen. Jedoch waren die anderen Autos deutlich neueren Datums, und Toms alter Kombi stach daraus hervor wie der einzige Mensch in hellem Sakko auf einer Beerdigung. Arienne hoffte, dass es ihren Plan nicht gefährden würde und der Hüne am Vorabend neben ihrer Knutscherei nicht zu sehr auf Toms altes Auto geachtet hatte. Zumal der Anblick des Kombis in dem heruntergekommenen Wohnviertel nichts Ungewöhnliches war. Immerhin hatten sie so viel Abstand zu dem Van gelassen, dass sie ihn gerade noch sehen konnten und man von der Kirche aus ihr Auto nur schwer entdecken würde.

»Was machen wir jetzt?«, fragte sie. Es war ihre erste Beschattung und sie wusste nicht so recht, womit sie es zu tun hatte.

Tom griff auf den Rücksitz und zog eine Tüte nach vorn. Sie stammte aus einer Apotheke. Dabei fiel ihr auf, dass sie heute vergessen hatte ihre Tablette zu nehmen. »Mist«, entwischte es ihrem zusammengepressten Kiefer.

»Keine Sorge, ich hab an dich gedacht«, deutete Tom ihr Gefluche. Dann zog er den Inhalt aus der Tüte heraus. Es waren wärmende Pflaster und Bandagen, wie man sie nach Sportverletzungen benutzte. »Damit können wir der Kälte vielleicht ein wenig vorbeugen«, sagte er. »Wenn wir den Motor laufen lassen, machen wir uns nur verdächtig.«

Arienne blickte ihn staunend an. »Du denkst auch wirklich an alles.«

Tom lächelte schelmisch. »Einer muss es ja tun.« Er packte die Sachen wieder weg. »Aber die sind für später. Ich hab auch drei Thermoskannen mit Kaffee dabei.«

»Also warten wir hier so lange, bis etwas Spannendes passiert?«

Er lachte. »Ja, so läuft eine Observierung im Allgemeinen ab.« Plötzlich knurrte sein Magen. »Gib mir doch bitte mal ein Schinkenbrötchen.« Die Alufolie raschelte laut, als er das Brötchen auspackte. Krümel regneten auf seinen Mantel hinab. »Stört es dich, wenn ich ein wenig Musik anmache?«

Sie schüttelte den Kopf. Tom lehnte sich zu ihr hinüber und kramte eine Kassette aus dem Handschuhfach, auf der dick und fett Metallica stand. Kurz darauf erkannte Arienne den Song »One«. Tom summte leise mit, während er sein Brötchen hinunterschlang.

»Sobald sie den Van benutzen«, sagte Tom an einem Bissen vorbei, »sind wir an ihnen dran.«

*

»Was steht heute auf dem Programm?«, fragte Toni, als er sich zu Shane und Noriko in die kleine Wohnküche setzte. Er hatte die letzte Nacht ein wenig besser geschlafen als die Tage davor, fühlte sich zeitweise jedoch noch immer wie in einem seltsamen Traum gefangen.

Shane begrüßte ihn mit einem breiten Lächeln. »Du scheinst dich ja endlich eingelebt zu haben.«

Toni zuckte mit den Schultern. »Ich weiß nicht«, gestand er. »Ich denke, der Herr gibt mir einfach die Kraft, die Dinge zu akzeptieren, die ich nicht ändern kann.«

»Schön gesagt«, lachte Shane. »Komm, nimm einen Schluck Kaffee.

Toni griff nach der Thermoskanne und einer Tasse. »Also, was zeigt ihr mir heute? Haben wir eine Routine? Vielleicht sogar eine feste Tour?«

»Du meinst, wie Nachtwächter in einem Kaufhaus?«, fragte Noriko.

Shane bedachte sie mit einem gespielt strengen Blick. »Aber, Noriko, du weißt doch, dass man diese Menschen Sicherheitspersonal nennt. Und sie bewachen unsere unersetzbaren weltlichen Güter, die auch zusätzlich noch versichert sind ...«

Toni blickte sie fragend an. »Was hat er denn jetzt?«

Noriko tat die Frage mit einer wegwerfenden Handbewegung ab. »Shane ist einfach nur sehr davon überzeugt, dass es keine wichtigere Arbeit als die unsere gibt.«

»Da könnt ihr euern Arsch drauf verwetten, dass das so ist!«, lachte der Hüne. »Ohne Menschen wie uns stünden Luzifers Lakaien doch an jeder Ecke.«

»Du meinst, ohne Vincent«, korrigierte Noriko ihn.

Shane zuckte mit den Schultern. »Wir könnten es auch ohne ihn.« Als er Norikos zweifelnden Blick bemerkte, fügte er hinzu: »Es wäre nur sehr viel gefährlicher.«

Toni runzelte die Stirn. »Wie hätten wir denn ein Ding wie das von vorgestern alleine besiegen sollen?«

»Alles eine Frage der Ausrüstung«, sagte Shane selbstsicher. »Wenn du die Hülle nur lange genug bearbeitest, kann der Dämon nicht mehr viel machen ... Zum Beispiel ohne Arme und Beine.«

Noriko schnaubte verächtlich. »Klar, wir können auch wieder mit Schwertern und Fackeln rumlaufen ... oder, noch besser, wir zerlegen sie direkt mit Explosivgeschossen.«

Die Kritik prallte wirkungslos an Shane ab. »Ich sage nur, dass es möglich ist. Natürlich bin ich mehr als dankbar, dass wir Vincent auf unserer Seite haben ...«

»Ohne Vincent gäbe es die ganze Gruppe nicht!«, beharrte Noriko.

Shane kicherte. »Ach ja, das vergesse ich immer wieder. Du hoffst ja noch immer, dass er eines Tages für dich den Himmel ausschlägt, nicht wahr?«

»Den Himmel ausschlägt?«, wiederholte Toni stirnrunzelnd.

Noriko funkelte Shane wütend aus zusammengekniffenen Augen an, doch der Hüne ließ sich davon nicht bremsen. »Na klar, die kleine Noriko schwärmt schon lange für ihn. Und sie träumt davon, dass Vincent sich ihretwegen entscheidet, ein sterbliches Leben zu führen.«

»Das ist nicht wahr!«, brauste sie auf, und Toni befürchtete, dass sie jeden Moment vom Stuhl aufspringen und sich mit Shane anlegen würde.

Zu seiner eigenen Verwunderung wusste er nicht, auf wen er dann sein Geld setzen sollte.

»Ich mach doch nur Spaß«, versuchte Shane die Situation zu beruhigen. »Aber es ist nun mal so offensichtlich.«

»Hör auf!«, brüllte sie. Tränen sammelten sich in ihren Augen, doch bevor sie sich eine weitere Blöße geben konnte, stand sie auf und ging – erstaunlich gefasst – in ihr Zimmer.

Nach einer kurzen Pause blickte Toni Shane ernst von der Seite an. »Musste das sein?«

Shane grunzte. »Ach, ein harmloser Spaß unter Kollegen, mehr nicht.«

»So sah das aber gar nicht aus. Und besonders nett fand ich es auch nicht.«

Der Hüne rollte genervt mit den Augen. »Fängst du jetzt auch noch damit an?«

Toni zögerte einen kurzen Moment, wägte seine Chancen im Zweikampf mit Shane ab, falls sie zu heftig aneinandergerieten. Sie standen alles andere als gut, aber er konnte die Sache nicht auf sich beruhen lassen. Noriko war ihm gegenüber stets freundlich und hilfsbereit gewesen. »Es muss hart für sie sein«, begann er schließlich. »Wenn es stimmt, was du sagst, dann ist sie vermutlich ziemlich unglücklich. Hoffnungslose Liebe ist grausam.«

Shane seufzte. »Denkst du, das wüsste ich nicht?«

»Warum musst du sie dann so herausfordern?«

»Weil sie nicht der einzige Mensch mit Liebeskummer ist ... Und weil Vincent nicht der einzige Mann ist.«

Toni wollte bereits etwas erwidern, als er Shanes Worte richtig verstand. »Du meinst ... du und ... Noriko?«

Shane sagte nichts, doch sein Blick verriet Toni mehr,

als er wissen musste. Und wieder hatten sie eine der wenigen Situationen geschaffen, in denen das Lächeln aus Shane MacRaths Gesicht verschwand. Jedoch nur für einen Moment, dann lachte er wieder herzhaft und klopfte Toni brüderlich auf die Schulter. »Die Vergangenheit soll man ruhen lassen. Und du hast ganz schön Mumm, dich mit mir anzulegen.«

»Na ja, ich denke …«

»… mit dem Herzen«, fiel Shane ihm ins Wort. »Und das ist eine gute Eigenschaft. Du passt gut zu uns, das weiß ich.« Er rieb sich nachdenklich das Kinn. »Na ja, vielleicht hast du recht und ich sollte mich bei ihr entschuldigen.« Er wartete keine weitere Antwort ab, stand auf und war auch schon aus der Wohnküche verschwunden.

Toni schüttelte einen Moment perplex den Kopf, ehe ein Grinsen auf seinen Lippen erschien. *Jeder trägt seine Geheimnisse mit sich herum*, dachte er. *Aber Shane und Noriko?* Er kicherte leise. Er zuckte mit den Schultern und führte die Tasse zum Mund. Der Duft des heißen Kaffees stieg ihm in die Nase und verbreitete ein wohliges Gefühl von Gemütlichkeit. Toni mochte den Geschmack nur bedingt, er trank lieber Wasser oder Saft, aber nichts versprühte ein derart anheimelndes Gefühl, wie frisch aufgebrühter Kaffee. Sein Blick schweifte über den kleinen Esstisch zur Küchenzeile und dem bullaugenähnlichen Fenster.

Letzte Nacht hatte es geschneit, was der Welt einen weißen Anstrich verpasste. *Früher hätte ich die besinnlichen Tage vor Weihnachten genossen*, dachte er. *Ich hätte mich in meinen freien Stunden vor einen Kamin oder ein Fenster gesetzt und ein gutes Buch gelesen. Heute sitze ich in einer kleinen Küche und frage mich, wann wir dem nächsten Albtraum begegnen.*

Er betrachtete die kleinen Häuser der Straße. Vermutlich waren sie von alten Ehepaaren oder jungen Familien bewohnt. Unwissenden Menschen, die, wie er früher, die besinnlichen Feiertage erwarteten. Menschen, deren Unwissenheit ihr Segen war. Und diese Unwissenheit musste er schützen. Er verstand das allmählich. Und er empfand es schon beinahe als Ehre, dass Rom ihn entsandt hatte.

Denn trotz aller Schrecken, denen er begegnen würde – Shane hatte recht, ihre Aufgabe glich einem gelebten Wunder. Toni konnte zum Fenster hinausblicken und Gottes Schöpfung viel bewusster genießen. Nicht, weil er früher im Glauben an den Schöpfer gezweifelt hätte, sondern einfach, weil er nun Gewissheit hatte.

Es besteht ein Unterschied zwischen Glauben und Wissen, dachte er, während er an seinem Kaffee nippte. *Der Glaube lässt immer Raum für Zweifel. Denn nur indem wir die Zweifel überwinden, können wir unseren Glauben bekennen. Doch aus Glauben folgt keine Erkenntnis, aus Glauben folgt Vertrauen. Erkenntnis erlangt man durch Wissen.*

Toni seufzte, als ihm bewusst wurde, dass er durch seine Aufgabe dazu beitrug, dass kaum ein Mensch jemals wahre Erkenntnis erlangen würde. *Für die übrigen Menschen bleibt nur das Vertrauen übrig. Und wie viel leichter kann man Vertrauen erschüttern als eine tiefe Erkenntnis untergraben …*

Wenig später kehrte Shane mit gesenktem Haupt zurück. »Hattest recht. Das *war* Kacke von mir.«

»Ist sie noch sehr böse?«

Der Hüne nickte. »Und ich hab mit Alfred gesprochen. Vincent ist wohl schon ganz früh aufgebrochen. Vor heute Abend kommt er nicht zurück.«

»Und das heißt?«

Shane lächelte ihm breit entgegen. »Das heißt, dass wir zwei heute auswärts essen und mal für uns sind.«

Toni zögerte keinen Augenblick. Die letzten Tage war er kaum an die frische Luft gekommen.

Shane klimperte mit dem Autoschlüssel vor seinem Gesicht. »Aber eins ist klar: Der Fahrer bestimmt die Musik.«
Toni schüttelte lachend den Kopf. »Einverstanden.«
»Du solltest dich wärmer anziehen«, sagte Shane und zog seinen Mantel an.
Toni nickte, griff sich Handschuhe und Schal, dann waren sie schon auf dem Weg zum Van.
Shane kratzte rasch die Fensterscheiben frei, ehe sie losfuhren. Wenn er auch die Seitenspiegel vernünftig enteist hätte, wäre ihm vielleicht ein alter Kombi aufgefallen, der ihnen folgte.

Sie stellten den Wagen in einem Parkhaus im Stadtzentrum ab und liefen die Fußgängerzone entlang.
»Ich kenne da ein ganz wunderbares Restaurant«, versprach Shane. »Deftige Kost, aber lecker. Und sehr gemütlich.«
»Klingt gut.« Toni hätte auch in einem Fast-Food-Restaurant gegessen, wenn das bedeutet hätte, der Kälte zu entfliehen.
Nur wenige Menschen waren am Montagmorgen in der Innenstadt unterwegs. Die Geschäfte hatten zwar bereits geöffnet, doch der überraschende Schneefall trieb jeden in die warme Sicherheit der eigenen Wohnung, der nicht zwingend unterwegs sein musste. Toni erblickte das Schild der Gaststätte. Darauf war ein breit lächelndes Schwein abgebildet, goldbraun gebraten und einen Fleischspieß im Rücken. »Zum Lachenden Ferkel«, las Toni laut vor.
Shane nickte beinahe euphorisch. »Da bekommst du den besten Braten der Stadt, versprochen!«
Sie betraten das Lokal, eine kleine Wirtschaft mit vielleicht zehn Tischen, soweit Toni den verwinkelten Raum überblicken konnte. Ständig wurde die Optik von altem,

liebevoll gepflegtem Fachwerk durchbrochen, sodass man leicht einen Tisch finden konnte, der einem das Gefühl gab, in einer Art Separee zu sitzen.

Offensichtlich war Shane hier Stammgast, denn die beiden Kellner grüßten ihn mit Namen und man geleitete sie sofort zu einem der abgelegeneren Tische, was Tonis ersten Eindruck noch weiter verstärkte.

Ein Blick in die Speisekarte zeigte, dass im »Lachenden Ferkel« auch Kalb und Rind serviert wurden. Für ein Mittagessen war es zwar noch etwas zu früh, dennoch bestellte Shane die Schweinemedaillons in Rahmsoße mit hausgemachten Spätzle. Toni blickte auf die Uhr und dann skeptisch zu seinem Begleiter.

»Bis das Essen kommt, hast du bestimmt Hunger«, lachte der Hüne.

Toni zuckte mit den Schultern und bestellte ein Rumpsteak mit Kräuterbutter und eine Ofenkartoffel mit Sauerrahm.

Shane gratulierte zur Wahl, hielt den Kellner aber noch zurück. »Und bring uns doch bitte auch zwei Paar Weißwürste mit Senf und Brezel, ja?« Er blickte Toni fragend an. »Was möchtest du trinken?«

»Ein großes Wasser bitte.«

»Gut. Mach zwei draus.«

Der Kellner notierte die Bestellungen. »Wollt ihr die Würste mit den anderen Gerichten oder vorneweg?«

Shane lachte. »Als Vorspeise passt es besser.« Als der Kellner verschwunden war, grinste er Toni breit an. »Man soll sie ja eh nicht nach zwölf Uhr essen.«

Toni runzelte die Stirn. »Ich glaube, das ist heute nicht mehr so wichtig.«

»Ja, aber wir tun einfach so, als wüssten wir das nicht«, erwiderte er augenzwinkernd.

Wenig später brachte der Kellner ihnen die Getränke und einen kleinen Topf, in dem die Weißwürste schwammen. Auf einem Teller lagen duftende Salzbrezeln, und der süße Senf wurde in einem kleinen Schälchen mit Löffel gereicht.

Toni war bis eben nicht hungrig gewesen, doch der Anblick ließ ihm das Wasser im Mund zusammenlaufen und er griff nach dem Besteck.

»So, so«, sagte Shane, »du bist einer von denen, die sie mit Messer und Gabel ausziehen.«

Toni nickte. »Zuzeln ist nicht so mein Ding.« Auf Shanes verwunderten Blick schob er augenzwinkernd hinterher: »Der Papst hat vielleicht Bayern verlassen, aber die bayerische Küche hat er mitgenommen.«

Shane lachte, nahm eine Weißwurst aus dem Topf und eine Brezel vom Teller.

»Du und Noriko ... war das was Festes?«, traute sich Toni nach einer Weile zu fragen.

Shane nickte und sein Gesichtsausdruck wurde ungewöhnlich ernst. »Kurz nachdem sie zu uns kam, haben wir uns ineinander verliebt ...«

Toni nickte. »Was geschah dann?«

»Nichts Besonderes«, fuhr Shane fort. »Wir wurden ein Paar und sind es eine Weile geblieben. Vor einem Jahr hat Noriko sich von mir getrennt ... aber wir sind weiterhin Freunde.«

»Wir haben wohl auch nicht viel Kontakt zu anderen Menschen, nicht wahr?«, sprach Toni eine Vermutung aus, die er schon seit einiger Zeit hegte.

»Nicht, wenn es für unsere Aufgabe nicht erforderlich ist, nein.«

»Warum?«

Die simple Frage brachte Shane ins Straucheln und er

musste einen Moment nachdenken. Einen Moment, den er dazu nutzte, sich die zweite Weißwurst aus dem Topf zu nehmen. »Ich denke, es dient unserem und ihrem Schutz«, sagte er schließlich.

»Wieso sollte es uns gefährden?«

»Wir sind im Krieg, Toni.« Er trieb mit dem Fingernagel einen Falz in die Tischdecke. »Wir stehen an vorderster Front gegen die Hölle und andere Schrecken ... Du hast Vlad kennengelernt. Glaubst du, er würde nur eine Sekunde zögern, dich zu erpressen, indem er deine schutzlose Freundin angreift?«

»Was könnte er von mir wollen?«

Shane zuckte mit den Schultern. »Etwas aus den geheimen Schätzen der Kirche? Einen Schluck aus dem Heiligen Gral? Die Standorte unserer Nester, um uns im Schlaf zu erwischen oder wenn wir grade auf dem Klo hocken? Die geweihte Kirche schützt uns vor neugierigen Blicken, aber da die meisten Dämonen in Menschenkörpern stecken, können sie noch immer die Adressen lesen und das Haus finden. Und einmal gefunden ist der Unterschlupf wertlos.«

»Hmmm ...« Toni fiel keine Erwiderung ein.

»Oder andersrum«, fuhr Shane fort, »könntest du es verantworten, dass deine Aufgabe eine unschuldige Frau gefährdet, einfach nur, weil sie vielleicht in deiner Nähe ist?«

»Aber Polizisten sind auch verheiratet und haben Familie«, hielt Toni dagegen.

Shane schnitt eine Grimasse. »Du kannst den durchschnittlichen Kriminellen nicht mit einer Bestie wie Vlad oder einem Dämon vergleichen ...«

»Du hast sicher recht.« Er nahm sich die letzte Weißwurst und schnitt sie mit chirurgischer Präzision längs in zwei Hälften, ohne jedoch den Darm vollends zu durchtrennen. Dann schälte er die beiden Wursthälften heraus und brach ein Stück von der Brezel ab. »Und wie lange gibt es uns Paladine schon?«

»Schon eine ganze Weile«, sagte Shane. »Irgendwann wurden Gargoyles einfach zu auffällig, da musste die Kirche ein neues Mittel zur Bekämpfung des Horrors finden.«

»Gargoyles?«, wiederholte Toni ungläubig.

Shane lachte. »Na klar! Was denkst du denn, warum immer so viele Wasserspeier auf alten Kirchen oder Burgen sitzen?«

»Aber ich dachte, Wasserspeier gelten auch als Dämonen?«

Shane wiegte den Kopf hin und her. »Nicht wirklich. Sie können aber einen Dämon in Menschengestalt erkennen, darum sind sie hervorragende Jäger. Es gibt aber auch bei ihnen welche, die die Seiten wechseln, doch eigentlich tragen sie ihr Herz am rechten Fleck ... Einmal haben wir einen verrückten Gargoyle durch halb Paris gejagt, *das* war krass!«

»Warum?«

Er senkte seine Stimme. »Weil die Mistkerle sich am Tag vollständig regenerieren, verstehst du? Und dann musst du in ein paar Stunden Dunkelheit ein fünfhundert Pfund schweres Monster finden *und* töten. Keine leichte Aufgabe. Dagegen war der Dämon neulich nachts ein echter Chorknabe.«

»Und wie lange bist du schon dabei?«

Shane kniff die Augen zu schmalen Schlitzen zusammen, während er sich das genaue Datum in Erinnerung rief. »Ich glaube, im Februar werden es siebzehn Jahre.« Er stutzte. »Wow, mein halbes Leben.«

»Wie schaffst du das?«

»Was? Nicht zu sterben?«

Toni zögerte. »Ja, und dabei auch noch so fröhlich zu sein.«

»Es ist, wie ich sagte. Ich bin zu alt, um ernst zu sein. Ich habe in den letzten Jahren so viel Scheiße gesehen, Sachen, für die jeder normale Mensch ein Leben in der Anstalt verbringen würde. Und ich lebe noch. Warum sollte ich Trübsal blasen?«

»Aber trotzdem hast du all diese Sachen *gesehen*«, hakte Toni nach.

Shane lächelte. »Aber ich habe auch die Wunder gesehen, Toni.«

»Vincent?«

Der Hüne lachte. »Ja, Vincent ist so ein Wunder ... auch wenn es mir nicht vergönnt ist, ihn zu sehen.«

Toni runzelte die Stirn. »Aber wir sehen ihn doch jeden Tag.«

Shane schüttelte den Kopf. »Wir sehen einen Mann, aber stellst du dir einen Engel so vor? Denkst du wirklich, dass das alles ist?«

»Ich habe bis vor Kurzem ja nicht einmal erwartet, jemals einem Engel zu begegnen!«

Shane wedelte mit dem Zeigefinger vor seinem Gesicht. »Und trotzdem ... Wie hättest du dir einen Engel vorgestellt? Mit weißem Nachthemd und flammendem Schwert, wie auf alten Gemälden? Mit Flügeln? Einem Heiligenschein?«

Toni zuckte mit den Schultern. »Ehrlich gesagt, ich weiß es nicht.«

»Ist auch nicht so wichtig. Was ich sagen will, ist, dass wir Vincents wahre Gestalt nicht erkennen können, auch wenn wir ihn sehen. Erst im letzten Moment, wenn wir diese Welt verlassen, ist uns das möglich.«

»Du meinst, wenn ich sterbe, kann ich Engel sehen?«

Shane nickte voller Überzeugung. »Zumindest wenn sie gerade in deiner Nähe sind.«

Der Kellner brachte das Hauptgericht. Das Rumpsteak lag nebst Salatgarnitur auf einem flachen Teller. Die dampfende, faustgroße Ofenkartoffel wurde ihm in einer Schüssel serviert. Dazu zwei kleine Tiegelchen mit Kräuterbutter und Sauerrahm. Das Fleisch war perfekt, von einer schönen Bräune und mit einem zarten rosa Kern.

Shane ertränkte gerade die Hälfte der Spätzle in der hellen Rahmsoße und zerteilte die Schweinemedaillons. Dann schaufelte er sich mit der Gabel einen Haufen soßentriefender Nudeln und ein Stückchen Fleisch in den Mund. »Mann, ist das gut!«

Toni stimmte ihm zu. Das Fleisch zerging fast auf der Zunge, die Kartoffel war perfekt und die Kräuterbutter sicherlich selbst gemacht – jedenfalls kein gekauftes Billigprodukt. »Du hattest recht, das Essen hier ist wirklich gut.«

»Noriko mag die rustikale Küche nicht. Und Vincent macht sich nicht viel aus Essen.« Er legte den Kopf schräg. »Ich bin mir nicht einmal sicher, ob er überhaupt Essen braucht.«

Toni rief sich die letzten Tage in Erinnerung. »Ich könnte es jetzt auch nicht sagen. Er ist aber auch nicht gerade ein geselliger Typ.«

Shane zuckte mit den Schultern. »Irgendwie verständlich. Wenn ich Alfred richtig verstanden habe, dann hängt Vincent schon eine Weile hier bei uns rum.«

»Also redet er mit Alfred?«

Shane nickte zögerlich. »Früher einmal.«

»Ich habe neulich gehört, wie Alfred ihn bat, wieder an den Gottesdiensten teilzunehmen.«

»So, so«, feixte Shane, »hast du sie also belauscht?«

Toni schüttelte den Kopf, jedoch nur zögerlich. »Nein ... na ja, irgendwie wohl doch ... aber nicht absichtlich.«

Shane lachte. »Keine Sorge, das passiert. Aber es stimmt, Vincent schottet sich in letzter Zeit noch stärker ab als sonst.«

Toni blickte sich verschwörerisch im Lokal um, doch an ihrem Tisch waren sie ziemlich abgeschirmt. »Hast du keine Angst, so offen über das alles zu reden?«

Shane grinste breit. »Die Leute reden über so viel Unsinn, da falle ich nicht weiter auf.« Er taxierte Toni mit seinen blauen Augen. »Und selbst wenn uns jemand belauscht ... hättest du vor zwei Wochen auch nur ein Wort davon geglaubt?«

Toni lachte trocken. »Wohl kaum.«

»Siehst du. Also warum sollte Lieschen Müller eher die Wahrheit erkennen als Antonio Lucina?« Er zückte sein Portemonnaie und legte ein paar Geldscheine auf den Tisch. »Komm, wir sollten zurück zum Nest. Noriko hat sich mittlerweile sicher beruhigt.«

»Müssen wir nicht auf den Kellner warten?«

Shane winkte ab. »Die kennen mich. Die wissen, dass ich sie nicht bescheiße.«

*

Tom und Arienne bezahlten, kurz nachdem die beiden Männer das Lokal verlassen hatten. Während des gesamten Weges zurück zu Toms Kombi sprachen sie kein einziges Wort miteinander.

Selbst als sie schon im Auto saßen, schwiegen sie. Tom fuhr aus dem Parkhaus hinaus und fand sicher den Weg zur Kirche zurück. Erst als sie wieder zwischen dem Kleinwagen und dem SUV standen, sprachen sie über die

Unterhaltung der beiden Männer, die sie belauscht hatten.

Der Minivan stand ebenfalls wieder an seinem alten Platz hinter der Kirche.

Tom drückte den Türknopf und schloss sie im Fahrzeug ein. Normalerweise hätte Arienne ein solches Verhalten in einem ruhigen Wohnviertel übertrieben gefunden, aber plötzlich erschien ihr selbst der verriegelte Kombi alles andere als sicher.

»Okay ...«, begann Tom und suchte offensichtlich nach den passenden Worten, die ihm nicht einfallen wollten.

»Sie sind verrückt«, hauchte Arienne. »Einfach absolut verrückt. Hast du dasselbe gehört wie ich?«

Tom nickte, schüttelte dann aber den Kopf. »Es könnte auch eine Art Geheimsprache sein«, überlegte er. »Vielleicht sind sie nicht wirklich verrückt, sondern ...«

»Tom!«, unterbrach sie ihn. »Was soll daran denn Geheimsprache gewesen sein? Sie haben von Dingen gesprochen, die es nur in Albträumen gibt!«

»Ja, gerade das meine ich ja. Vielleicht stehen all diese Worte für etwas anderes.«

»Und was soll das sein? Ist Engel jetzt ein anderes Wort für Polizist? Und Dämon für Penner?«

»Ich weiß es nicht.« Er entließ seinen Atem in einem langen Seufzer. »Aber was sollen wir jetzt tun? Hast du den Riesen nicht gehört? Er macht das schon seit siebzehn Jahren! Wie soll das gehen? Das ist ein waschechter Massenmörder. Und die Kirche hält ihre schützende Hand über ihn?«

Arienne schüttelte den Kopf. »Das ist einfach unglaublich.« Sie entriegelte die Tür und stieg aus. »Bin gleich wieder da.« Sie schloss die Tür und ging zum Anschlagkasten der Kirche. Die Straße war rutschig vom Schnee und sie musste höllisch aufpassen, nicht auszugleiten und sich beim Sturz nicht etwas zu brechen.

Der kleine Glaskasten bot nicht viele Informationen, aber zwei davon stachen ihr ins Auge. Jeden Mittwoch hielt Pfarrer Alfred Markwart eine Abendandacht ab. Sie prägte sich die Uhrzeit der Messe ein und huschte zurück zu Toms Wagen.

»So, wir wissen jetzt zwei Dinge«, sagte sie zufrieden. »Ein Pfarrer Markwart ist wohl der Kopf der Bande oder zumindest ein Mitwisser.«

»Gut«, nickte Tom.

»Und morgen Abend können wir ihn uns genauer ansehen.«

»Cleveres Mädchen«, lobte Tom. Er blickte auf die Uhr, es war noch früh am Nachmittag. »Was denkst du, gehen sie heute Nacht wieder auf die … Jagd?«

»Ich hoffe nicht.« Sie blickte ihn fragend an. »Und wollen wir ihnen überhaupt noch folgen?«

Tom nickte. »Aber sicher, wir müssen doch die Polizei rufen.«

»Du willst das durchziehen?«

»Du etwa nicht?« Tom wirkte erschüttert. »Ari, da rennen mindestens drei total Geisteskranke durch die Stadt und töten wahllos andere Menschen! Und du willst sie davonkommen lassen?«

»Nein«, sagte sie bestimmt. »Ich will diesem Pfarrer auf den Zahn fühlen. Und dann will ich, dass wir mit dem, was wir wissen, zur Polizei gehen.«

»Die werden uns nicht glauben. Und selbst wenn, dann fahren sie mal hier vorbei, stellen ein paar dumme Fragen und hauen wieder ab.« Er schüttelte energisch den Kopf. »Nein, so geht das nicht. Die Spinner würden abhauen, sich in einer anderen Kirche oder sogar in einer anderen Stadt verstecken. Wir sind dicht an ihnen dran, aber wir brauchen handfeste Beweise.«

»Also?«

»Wir müssen sie wohl auf frischer Tat ertappen und dann die Polizei rufen. Anders wird es nicht gehen«, gestand Tom.

»Das kann nicht dein Ernst sein!«, protestierte sie. »Wir wären gestern Nacht ja schon beinahe erwischt worden. Wenn die uns bemerken, dann sind wir die Nächsten im Leichensack!«

Tom schnaubte verächtlich. »Hör mal, du bist zu mir gekommen mit deiner Idee zu dieser Story. Jetzt wird es eine – sogar eine verdammt große – und da willst du nicht mehr? Bloß weil du Schiss hast?«

Arienne drückte sich um eine Antwort, doch schließlich gab sie es zu. »Ja, ich habe Angst! Eine Wahnsinnsangst sogar. Das sind kaltblütige und völlig verrückte Killer, Tom. Die machen mit uns kurzen Prozess.«

Er fasste sich an den Kopf. »Und denkst du, ein anderer Mörder hätte sich brav von dir fotografieren lassen? Wie naiv bist du eigentlich?«

»Ich bin nicht naiv ...«

»Doch!«, fuhr er ihr über den Mund. »Du denkst, dass du als große Enthüllungsjournalistin Karriere machen kannst. Dass du den Riecher für Riesenstorys hast ... Kindchen, damit hast du vielleicht sogar recht. Aber man muss auch was riskieren! Du kannst nicht erwarten, dass dir alles – Informanten, Hinweise, ja sogar die beschissenen Worte deines Textes – einfach so zufliegt. Das ist harte Arbeit. Und manchmal auch gefährlich ... Wenn du das nicht draufhast, dann fahre ich dich jetzt nach Hause und mache allein weiter.« Er schüttelte den Kopf. »Herrgott, was ist auf einmal los mit dir? Du warst doch dafür, dass wir die

Kerle zur Strecke bringen. Schon die unschuldigen Opfer vergessen?«

Sie seufzte. »Ich weiß auch nicht ... Vielleicht ist es, weil es plötzlich so viele sind ... oder weil die Kirche offensichtlich an der Sache beteiligt ist. Ich frage mich, wie wir gegen die gewinnen sollen ...«

Tom schwieg und starrte durch die Frontscheibe auf die Kirche. Plötzlich zuckte er seufzend mit den Schultern. »Ich weiß es auch noch nicht. Aber wir können sie nicht einfach davonkommen lassen.«

Zwölf

»Dafür schmorst du in der Hölle, Hexe.«
Die kühle Gleichgültigkeit, mit der die Worte ausgesprochen wurden, ließ Samira zusammenzucken. Sie stand gerade unter der Dusche und ließ sich das warme Wasser in den Nacken prasseln, doch die Stimme des Eindringlings ließ sie frösteln.

Sie drehte das Wasser ab und zog den Duschvorhang beiseite, wobei sie versuchte ihre Fassung zu bewahren. *Er kann meine Schwäche riechen!*, dachte sie. Samira bemühte sich um eine ruhige Stimme. »Vincent«, begrüßte sie den Engel, »was willst du hier?«

Sie schob die Hüfte ein wenig nach vorn, kokettierte mit ihm, wenngleich sie wusste, dass es dem Engel gleich war, ob sie angezogen war oder nackt. Doch Samira genoss den kurzen Moment der Verwirrung, den es Vincent bescherte, wenn ein Mensch etwas für ihn Unerwartetes tat. *O ja, du denkst, du kennst uns alle so verdammt gut, nicht wahr?* Sie ging noch einen Schritt weiter und bedachte ihn mit einem verheißungsvollen Blick. »Möchtest du mir etwa zur Hand gehen?«

Er betrachtete sie mit unverändert teilnahmslosem Blick, doch in seiner Stimme schwang ein Anflug von Hohn mit. »Vor zwanzig Jahren hättest du vielleicht einen Sterblichen verführen können, Hexe. Was sollte ich mit deinem unvollkommenen Körper schon anstellen?«

Samira überging die Beleidigung mit einem Lächeln. »Ich denke eher, du weißt nicht wirklich, wie du es anstellen würdest, nicht wahr?« Sie trat aus der Dusche und ignorierte die Tatsache, dass die kühle Luft ihr eine Gänsehaut am ganzen Körper verursachte. Anmutig glitt sie an Vincent vorbei, nicht ohne sicherzustellen, dass sie ihn berührte. »Ist es nicht so ... Engel?«, fragte sie und legte ihre Hand in seinen Schritt. »Er hat euch so vollkommen gemacht, aber das Wichtigste hat er vergessen.«

Vincent legte seine Hand auf ihre Stirn, und mit einem Mal formten sich Bilder in Samiras Kopf. Sie lag mit ihm im Bett, er berührte sie, küsste sie. Schließlich nahm er sie vollkommen, liebte sie so, wie es kein Mann je könnte. Samira fühlte die Erregung, die Lust, die Leidenschaft. Für einen Moment konnte sie ihn fast in sich spüren. Sie hörte, wie sie stoßweise atmete, beinahe schon keuchte.

Vincents Mund schwebte wenige Millimeter neben ihrem Ohr. »Du irrst dich. Ich bin in jeder Hinsicht vollkommen.« Kurz ließ er in Gedanken von ihr ab, gönnte ihr eine Pause, dann überfiel er sie erneut mit Bildern und Gefühlen. Samira wollte, dass er aufhörte – es war einfach zu viel. Gleichzeitig wollte sie, dass es niemals endete.

Das pure Glück strömte über seine Hand durch sie hindurch. Samira war von einem inneren Frieden ergriffen, den sie niemals für möglich gehalten hätte. Es war der vollkommene Moment, *sie* war endlich vollkommen. Und wenn es auch nur in ihren Gedanken geschah, so spürte sie doch jede seiner Liebkosungen, als wäre sie real.

Ihre Beine wurden schwach, sie taumelte gegen die Wand und Vincents Hand löste sich von ihrer Stirn.

Mit einem Mal war alles vorbei, die Lust, die Liebe, der innere Frieden. Samira fühlte gar nichts mehr.

Tränen rannen ihr übers schweißnasse Gesicht, als sie erkannte, dass sie niemals wieder in ihrem Leben etwas so Schönes erfahren würde. Niemals könnte ihr ein Mann das bieten, was Vincent ihr gerade geschenkt hatte. Und mit einem Mal fühlte sie sich klein und unbedeutend. Unwürdig, in seiner Gegenwart zu sein. Sie war bloß ein Mensch, unvollkommen und seiner Gnade ausgeliefert.

Sie verdeckte ihre Scham und ihre Brüste, kauerte sich gegen die kalten Fliesen des Badezimmers. Sie war gefangen in dieser sterblichen Hülle. Gefangen in einer Welt, die niemals so vollkommen sein würde.

»Zieh dich an«, sagte er mit fast tonloser Stimme. »Ich will mit dir reden.«

Samira wimmerte leise. »Warum hast du das getan?«, fragte sie. Mit dem Verlust seiner Berührung hatte sie das Gefühl, als hätte man ihr die Seele aus dem Leib gerissen.

»Es ist deine Strafe dafür, dass du Nathan geholfen hast.«

Sie riss erschrocken die Augen auf. »Woher weißt du ...«

Vincent wandte sich ab und ging ins Wohnzimmer. »Im Augenblick ist viel wichtiger, was *du* weißt.«

Samira verharrte noch einen Moment auf dem Boden, sortierte ihre Gedanken. *Vincent weiß, dass ich Nathan geholfen habe. Aber er weiß offensichtlich nicht, wie.* Sie schluckte ihre Angst und die Verwirrung über die bloße Existenz eines Wesens wie Vincent hinunter und zog einen Bademantel an.

Vincent erwartete sie im Wohnzimmer. Er stand in der Mitte des Raumes und musterte sie mit seinem ausdruckslosen Blick.

Samira setzte sich vor ihm in einen Sessel. Von Sekunde zu Sekunde wurde sie wieder mehr Herrin über ihre Emotionen. Sie war zu stolz, um ihm zu zeigen, wie sehr er sie gerade verletzt hatte. »Wolltest du nur herkommen, um mich zu demütigen?«, fragte sie nach einem kurzen Moment des Schweigens.

»Es werden von Tag zu Tag mehr Dämonen«, kam Vincent direkt zur Sache. »Und sie werden stärker. Nathan war hier, das hat mir einer von Luzifers Lakaien erzählt. Wieso war er hier?«

Samira lehnte sich mit gespielter Gelassenheit im Sessel zurück und kicherte süffisant. Vincent zu verärgern war riskant, doch das scherte sie im Moment nicht. »Ich dachte, ihr Engel wüsstet immer die Wahrheit über alles und nichts bliebe eurem Blick verborgen?«

Vincent funkelte sie wütend aus seinen strahlend blauen Augen an. Kurz darauf bemühte er sich wieder um einen emotionslosen Ausdruck, doch die Fassade bröckelte. Er wirkt so viel menschlicher als Nathan, dachte Samira plötzlich.

»Ich kenne die Wahrheit«, überraschte Vincent sie. »Ich weiß, worauf es hinausläuft. Ich kenne aber nicht jede Einzelheit.«

»Und das quält dich, nicht wahr?« Sie achtete peinlich darauf, dass der Sarkasmus in ihrer Stimme nicht zu überhören war.

Vincents Augen verengten sich zu schmalen Schlitzen. »Hexe, du hast ihm geholfen, die Dämonen in die Welt zu bringen. Nun wirst du mir verraten, wie du es angestellt hast. Oder dein Leiden wird kein Ende kennen.«

Er machte eine unbestimmte Bewegung in ihre Richtung. Samira war sich nicht einmal sicher, ob er sich überhaupt geregt hatte, doch in seiner Haltung lag nicht weniger Bedrohung, als wenn ein wilder Tiger mitten in ihrem Wohnzimmer gestanden hätte, und sie wich unwillkürlich einen Schritt zurück. »Ein Blick«, sagte sie mechanisch. »Das war alles.«

Vincent legte den Kopf leicht schräg. »Du hast für ihn in die Hölle geblickt?«

»Nein«, sagte sie leise, beinahe kraftlos, denn sie fürchtete die Konsequenzen ihrer nächsten Worte. »Ich habe ihn hinabblicken lassen.«

Vincent nickte langsam. »Dann holt er sie so aus ihrem Loch.«

Samira schüttelte energisch den Kopf. »Nein! Ich glaube nicht, dass er ihnen hilft! Er kam mit derselben Befürchtung zu mir wie du. Darum wollte er den Blick!«

»Närrin!«, spuckte Vincent abfällig aus. »Nathaniel lebt schon lange genug unter euch Menschen, dass er gelernt hat, wie ihr zu lügen.«

Plötzlich stand er direkt vor ihr. Als hätte er nie an einer anderen Stelle gestanden. Samira wollte vor Schreck einen Sprung zurückweichen, doch Vincent packte sie mit eisernem Griff an der Kehle. »Aber er wird nie wieder einen Dämon mit deiner Hilfe beschwören, Hexe.«

Samira schloss die Augen. Dicke Tränen quollen unter den Lidern hervor und rannen ihre Wangen hinab. »Bitte, Herr«, sagte sie und faltete ihre Hände zum Gebet. »Erlasst mir meine Sünden und gewährt mir die Ewigkeit an Gottes Seite.«

Vincent schien einen kurzen Moment über ihre Worte nachzudenken. Dann brachte er seinen Mund wieder ganz nah an ihr Ohr und flüsterte: »Ich werde dich lieber zu deinesgleichen schicken.«

Samira riss die Augen entsetzt auf.

Dann legte Vincent seine linke Hand auf ihre Stirn. »Gehe hin in Frieden. Und kehre nie mehr zurück.«

Die Luft um sie herum schien zu explodieren, als ihr gesamter Körper mit einem Mal Feuer fing. Bevor der Rauch und die Hitze ihre Lungen zerstörten und sie bewusstlos werden ließen, sah Samira noch, wie die Haut auf ihren Armen regelrecht von ihrem Körper schmolz. Sie wollte schreien, doch die Feuersäule raubte ihr jegliche Luft. Ihr

Mund öffnete und schloss sich wie das Maul eines Karpfens, und sie fixierte Vincent mit ihrem Blick, bis es vorbei war.

Doch den Engel kümmerte ihre stumme Anklage nicht. Er kannte kein Gewissen, das ihn gehindert hätte.

Dreizehn

Zu Tonis Erleichterung wurde Norikos Laune gegen Abend bedeutend besser. Ob das nun daran lag, dass Vincent während ihrer Abwesenheit wieder ins Nest zurückgekehrt war oder dass Shane sich noch einmal entschuldigte, konnte er nicht sagen, aber für Toni war im Augenblick vor allem entscheidend, dass die kleine Welt, in der er mittlerweile gefangen war, funktionierte und sich weiterdrehte.

Am späten Nachmittag rief Alfred sie alle zu sich in die kleine Wohnung. Vincent war schon da und saß in dem Sessel, der sonst Alfred als Sitzmöbel diente. Toni stutzte für einen kurzen Moment. Außer im Van hatte er Vincent noch nie sitzen sehen. Und wenn der Anblick auch völlig gewöhnlich – ja sogar banal – war, die Tatsache, dass ein göttliches Wesen dort saß, war es ganz und gar nicht.

Toni konnte die Tatsache, dass Vincent ein Engel war, zwar akzeptieren, ebenso wie er akzeptierte, dass es Dämonen und andere Monster gab, es begreifen und verarbeiten konnte er jedoch noch immer nicht. Vincent würde für immer ein Rätsel für ihn bleiben.

Vielleicht meint Shane das damit, wenn er davon spricht, Vincent wirklich zu sehen, dachte er.

Noch ehe sie sich hingesetzt hatten und Alfred sie fragen konnte, welchen Tee sie trinken wollten, ergriff Vincent auch das Wort. Seine Stimme war durchdringend und wohlklingend. Toni fühlte, wie ihm warm ums Herz wurde, wenn der Engel sprach. Allerdings war das auch der einzige Unterschied zur Stimme eines Menschen, wie er fand.

»Samira hat Nathan bei seinem Plan geholfen«, sagte Vincent.

Shane nickte. »Okay, das ist Kacke.«

»Wie viele konnte er durch ihre Hilfe holen, was denkst du?«, fragte Noriko besorgt.

Vincent zuckte mit den Schultern, wobei er kaum eine Bewegung machte.

Toni fragte sich unwillkürlich, ob der Engel nicht bloß die Idee einer Bewegung per Telepathie in seinen Kopf pflanzte. *Eine Illusion, die ihn uns überhaupt erst als menschlich wahrnehmen lässt und seine wirkliche Gestalt verbirgt.*

»Was will er überhaupt?«, platzte Toni heraus. Die Frage brannte ihm seit Tagen auf den Lippen, doch sobald er sie laut ausgesprochen hatte, erschien sie ihm dumm und unpassend.

Vincent wandte ihm den Kopf zu, wobei ein Hauch von Langeweile über sein Gesicht zu huschen schien. »Nathaniel will die Tore der Hölle öffnen. Damit Luzifer wieder auf Erden wandeln kann.«

Toni nickte und dachte kurz über die Worte nach. »Ich dachte, nur Gott könnte das?«

»Gott gab den Menschen ein Versprechen«, sagte Alfred und räusperte sich verlegen. Er blickte Vincent fragend an, doch der Engel hatte keine Einwände, dass der Pfarrer die Erklärung lieferte. »Er versprach uns das Paradies auf Erden.«

»Aber Adam und Eva wurden aus dem Garten Eden vertrieben!«, hielt Toni dagegen.

Alfred nickte. »Du darfst nicht alles – vor allem die Texte des Alten Testaments – so wörtlich nehmen, Antonio. Der Sündenfall ist eher ein Gleichnis. Er zeigt auf, dass die Menschheit noch nicht für das Paradies bereit ist.«

»Immer wieder kamen Propheten daher und predigten

das Paradies«, warf Shane ein. »Aber sie waren auch immer eine Art Test Gottes. Nimm Jesus als Beispiel. Ob er Gottes Sohn war oder nicht, auch er sprach vom Paradies. Und was ist passiert? Man hat ihn ans Kreuz genagelt.«

Toni nickte langsam, war sich aber nicht sicher, ob er dem Gedanken folgen konnte.

Alfred fuhr fort. »Die Menschheit ist nicht bereit für das Paradies. Noch nicht.«

»Und was geschieht, wenn wir es sind?«

Alfred stand lächelnd auf und verschwand in einem anderen Zimmer der kleinen Wohnung. Wenig später kam er zurück und trug einen tönernen Blumentopf, in dem eine winzige grüne Pflanze inmitten von feuchter Erde saß. Er stellte den Topf feierlich auf den Couchtisch und setzte sich wieder.

Toni wollte bereits eine Frage stellen, als er bemerkte, mit welcher Ehrfurcht die anderen die kleine Pflanze betrachteten. Selbst Vincent schien ergriffen.

»Der Baum des Lebens«, sagte Alfred feierlich. »Oder vielmehr sein Setzling.«

Toni runzelte die Stirn. »Wie ist das möglich?«

»Seit Anbeginn der Zeit«, ergriff Vincent das Wort, »bewachen wir Engel den Keimling. Er ist Gottes Versprechen.«

»Wie soll ein Baum ...« Vincents strenger Blick brachte ihn zum Schweigen.

»Wenn die Menschen bereit sind für das Paradies, dann wird der Baum wachsen und gedeihen. Er wird Wurzeln in die Welt schlagen und die Menschen werden wieder im Garten Eden leben. Es wird keine Kriege mehr geben, kein Leid. Ihr werdet weder Hitze noch Kälte mehr kennen. Euer Leben wird vollkommen sein.«

Eine Weile starrte Toni den unscheinbaren Setzling an.

Es war kaum mehr als ein zu dick geratener Grashalm, doch auf irgendeine Art spürte Toni, dass der Tontopf mit dem Keimling etwas Erhabenes verströmte. »Und warum lassen wir ihn nicht wachsen?«

Vincent schüttelte den Kopf. »Weil ihr nicht bereit dafür seid. Und vermutlich werdet ihr es niemals sein.«

»Aber wenn Nathan damit die Hölle öffnen kann ... warum zerstören wir ihn dann nicht?«

Alfred schüttelte energisch den Kopf und sprang auf, stellte sich schützend vor den Blumentopf. »Nein! Die Menschheit mag jetzt noch nicht dafür bereit sein, aber es wird der Tag kommen. Und dann wird der Himmel auf Erden herrschen.«

»Und es braucht mehr als den Keimling«, sagte Vincent tonlos. »Es fehlt ein geeignetes Gefäß – eine Erleuchtete.«

»Erleuchtete?«

Vincent überging seine Frage, seine Augen starrten ins Leere und er schien in längst vergangene Zeiten abzudriften. »Doch seit Celine gab es niemals wieder eine Frau, die vom Geist berührt war.«

Toni entging nicht, dass Noriko betrübt zu Boden blickte. *Wer auch immer Celine war,* dachte er, *sie muss Vincent viel bedeutet haben ... sofern er zu Gefühlen in der Lage ist.*

Alfred beantwortete auch diese Frage für den Engel. »Eine Erleuchtete ist eine Frau, die von Gottes Segen erfüllt ist. Sie sieht die Wahrheit in allen Dingen. Sie kann den Baum des Lebens wachsen lassen.«

»Wie?« Toni konnte noch immer nicht fassen, worüber sie da sprachen, aber seit einigen Tagen lag nichts mehr außerhalb des Möglichen.

»Indem einer der Wächter des Baumes ihn in sich aufnimmt und so selbst zur Saat des Lebens wird«, sagte Vincent. »Dann wählt er ein sterbliches Leben und vereinigt sich mit der Erleuchteten. Und aus dieser Verbindung wird das Paradies neu entstehen.«

»Ah ... ja ...« Toni nickte ungläubig, versuchte das Gesagte zu sortieren. »Aber was hat Nathan davon?«

Vincent zuckte mit den Schultern. »Im Grunde nichts, denn er weiß nicht, dass der Keimling noch existiert.«

»Aber sollte er eine Erleuchtete finden ...«, sagte Alfred düster.

»... dann könnte er mit ihrem Körper die Tore der Hölle öffnen«, vollendete Vincent den Satz. »Die Verbindung mit einem Diener Luzifers würde den Lebensbaum korrumpieren und anstelle des Garten Eden die Hölle entstehen lassen.«

Toni runzelte die Stirn. Ihm war nicht entgangen, dass Noriko seit einer Weile schweigsam in ihre Teetasse starrte. *Es muss hart für sie sein*, dachte er. *Zu wissen, dass Vincent für sie niemals die Sterblichkeit wählen würde, weil sie keine Erleuchtete ist. Es muss schwer sein, mit Gefühlen zu leben, die niemals erwidert werden.*

»Du hast doch gesehen, was Dämonen mit Menschen anstellen«, sagte Shane. »Nun stell dir vor, einer von den Wichsern greift sich den Lebensbaum und findet dann eine Erleuchtete.«

Vincent erhob sich langsam und anmutig. Seine Bewegungen schienen immer absolut perfekt zu sein. »Ihr solltet euch ausruhen, morgen wird ein langer Tag.«

»Gehen wir heute Nacht nicht raus?«, fragte Shane verwirrt.

Vincent schüttelte den Kopf. »Ich weiß, wo Nathan morgen Abend sein wird. Und er wird sicher nicht allein dort sein.« Dann verließ er ohne ein weiteres Wort die Wohnung.

»Wo geht er hin?«, fragte Toni.

Shane zuckte mit den Schultern. »Meistens sitzt er unten vorm Altar.«

»Die ganze Nacht?«

Alfred brachte den Setzling zurück in das kleine Zimmer und kehrte mit einem Teeservice zurück. »Vincent hat am Vormittag bereits einen Imp gebannt und war bei Samira. Vermutlich droht uns heute keine unmittelbare Gefahr.«

»Da war er ja wirklich tüchtig im Namen des Herrn«, lachte Shane und goss heißes Wasser in eine Tasse.

»Oder er muss sich einfach ausruhen«, überlegte Toni laut.

Shane lachte wieder. Diesmal noch lauter. »Ausruhen? Vincent? Du kapierst es noch immer nicht, was?«

Toni seufzte. »Wie soll man das auch verstehen?« Er blickte Alfred fragend an. »Wie soll sich jemand mit einem Baum vereinen?«

Alfred lächelte und nickte verstehend. »Du musst noch lernen, in den abstrakten Mustern des Glaubens zu denken, Antonio.«

Noriko zog den Teebeutel mithilfe der kleinen Schnur wieder aus ihrer Tasse. »In der Mitte des Paradieses – so sagt die Legende – stehen zwei Bäume. Der Baum des Lebens und der Baum der Erkenntnis. Sie sind eng ineinandergeschlungen und wirken fast wie eine Pflanze.«

»Manchmal wird auch nur von einem Baum gesprochen, der beide Aspekte annehmen kann«, warf Alfred ein.

»Ich kenne die Geschichten«, sagte Toni nickend. »Aber was hat das mit einer Frau zu tun?«

»Wenn wir von einer Erleuchteten sprechen, dann handelt es sich dabei um eine Frau, die wahre Erkenntnis erlangt hat, Toni«, erklärte Shane. »Als hätte sie direkt von den Früchten des Baums gekostet wie Adam und Eva.«

»Und der Baum des Lebens ist der zweite Schlüssel zum Paradies«, warf Alfred ein. »Gott hat das Paradies für die Menschen verschlossen, postierte Cherubim mit flammenden Schwertern vor seinem Eingang, die den Baum des Lebens schützten. Die Menschen verloren ihre Unsterblichkeit.«

Toni nickte zu beinahe jedem Wort. »Wie gesagt, ich kenne das Alte Testament.«

Alfred lächelte gütig. »Aber was dann geschah, das weißt du nicht, denn es steht in keiner Schrift, die ein gewöhnlicher Sterblicher jemals sehen wird. Gott trennte die Bäume voneinander und verschloss so das Paradies. Bis zu dem Tag, an dem man sie wieder zusammenführt. Dann wird das Paradies wieder auf Erden einkehren.«

»Krasser Scheiß, was?«, lachte Shane. »Das steht nicht einmal in den Apokryphen.«

Toni blickte ihn verwirrt an. »Steht da nicht sowieso nur Unsinn drin?«

Shane lachte schallend und Noriko schüttelte energisch den Kopf. »Die Apokryphen dienen der Kirche vor allem als Ablenkung. Wenn die Menschen glauben, dass sie Zugang zum geheimen und verbotenen Wissen haben, dann suchen sie nicht weiter.«

»Im Nikodemusevangelium steht, wie Adams Sohn Set vor den Toren des Paradieses um das Öl des Lebensbaumes bat, um Adam vor dem Tod zu retten. Michael verweigerte es ihm, gab ihm aber einen Zweig des Lebensbaumes. Später wurde aus diesem Holz das Jesuskreuz gemacht«, sinnierte Shane. »Klingt ziemlich verrückt. Jeder Normalsterbliche wird das als unglaublich abtun. Und wird nicht nach den viel verstörenderen Wahrheiten suchen.«

»Jesus verkörperte den Baum der Erkenntnis«, ergänzte Alfred. »Durch seine Kreuzigung waren beide Bäume wieder vereint, und das hätte uns das Paradies bringen sollen ...«

»Was ging schief?«, fragte Toni neugierig. Die Geschichte klang zwar immer unglaublicher, aber sie passte so perfekt in das Bild der letzten Tage, dass er sie keine Sekunde anzweifelte.

»Es funktioniert nicht mit einem toten Baum des Lebens«, sagte Shane und schlug sich dabei mit der flachen Hand gegen die Stirn. »Eigentlich ziemlich einleuchtend, wenn man darüber nachdenkt.«

»Und dieser kleine Setzling«, begann Toni, »das ist der Baum des Lebens? Dessen Öl unsterblich macht?«

Alfred nickte. »Ganz recht, er ist ein Teil von Gottes Versprechen.«

»Und was macht er dann hier?«

»Vincent ist einer seiner Bewacher«, erklärte Noriko. »Einer der Cherubim, die Gott am Eingang des Paradieses postierte.«

»Und nachdem Gott den Laden dichtgemacht hatte, war es seine und Nathaniels Aufgabe, den Lebensbaum zu bewachen«, warf Shane ein.

Toni verschüttete die Hälfte seines Tees, als die Tasse ihm beinahe aus den Fingern glitt.

Shane klopfte ihm lachend auf die Schulter, wodurch auch noch die andere Hälfte des Tees sich über den Teppich verteilte. »Und du dachtest schon, es könnte nicht mehr verrückter werden, was?«

Toni beeilte sich, die Flüssigkeit mit einer Serviette aufzuwischen, doch Alfred legte ihm lächelnd die Hand auf den Unterarm. »Keine Sorge, Antonio, dieser Teppich hat weiß Gott schon Schlimmeres erlebt.«

Toni atmete tief durch. »Ich muss gestehen, die Stelle hier hält einige Überraschungen bereit.«

Alfred drückte warmherzig seinen Arm. »Aber ich sehe, dass du stark im Glauben bist. Rom hat richtig getan, dich zu uns zu schicken.«

»Und wenn wir eine Erleuchtete finden? Was dann?«

Alfred lächelte verklärt. »Dann erfüllt sich vielleicht Gottes Versprechen.«

Vierzehn

Der nächste Tag ihrer Observierung begann direkt mit einer großen Überraschung. Tom holte sie in einem neuen Kleinwagen ab.

»Gemietet«, antwortete er auf ihren fragenden Blick. »Mein Kombi stand da schon zu oft rum.«

»Und war auch nicht gerade unauffällig«, ergänzte sie.

»Ja, ja.« Er winkte ab. »Jedenfalls tut uns ein wenig Abwechslung sicher gut.«

Arienne stieg in den Wagen ein und deutete mit übertriebener Freude auf das Autoradio. »Wow! Der hat ja sogar einen CD-Player.«

»Wir können auch gerne *dein* Auto nehmen«, entgegnete Tom und startete den Motor. Wenig später standen sie wieder auf ihrem Posten und beobachteten die Kirche.

Arienne hatte es nicht zum Arzt, geschweige denn zur Apotheke geschafft, und die Mörder schienen nichts zu unternehmen, was ihr ganz recht war. Sie hatte noch immer einen erhöhten Puls von der Aufregung der letzten Tage.

Und heute Abend setze ich mich auch noch in die Kirche, dachte sie. *Aber irgendwie müssen wir an die Kerle rankommen.*

Sie erinnerte sich plötzlich, dass sie als Kind häufiger in der Kirche gewesen war. *Mit Papa!*, dachte sie. Er war gläubig. Doch nach seinem Tod hatte ihre Mutter das Gotteshaus gemieden.

»Wenn es einen Gott gäbe, dann würde er uns das nicht antun«, hatte ihre Mutter die Entscheidung begründet.

Arienne versuchte sich an ihre Erfahrungen mit der Kirche zu erinnern, doch es wollte ihr nichts einfallen. *Habe ich den Gottesdienst gerne besucht? Hat Papa mich dazu gezwungen?*

Diesen letzten Gedanken verwarf sie rasch wieder. Ihr Vater hätte sie niemals gegen ihren Willen mitgenommen, das wusste sie.

Tom hatte wieder für die Verpflegung gesorgt, gebutterte Laugenstangen und kalte Minifrikadellen vom Discounter. Arienne rümpfte über den aufdringlichen Geruch der kleinen Fleischbällchen die Nase – sofern man den Inhalt tatsächlich als Fleisch bezeichnen wollte.

Tom schmeckte die Kombination offenbar ganz vorzüglich, da er sich im Verlauf des Tages noch zwei weitere Laugenstangen auf diese Art belegte.

Kurz bevor die Messe eingeläutet wurde, gingen sie den weiteren Plan durch.

»Okay, du gehst da rein, setzt dich unauffällig in die mittlere Bank und kommst sofort wieder her, wenn der Spuk vorbei ist.«

»Kommst du nicht mit?«, wunderte sie sich.

Tom schüttelte den Kopf. »Ich wäre mit meinem Husten viel zu auffällig. Und außerdem ... Nichts auf dieser Welt wird mich noch mal in eine Kirche bringen.«

»Du bist wohl kein gläubiger Mensch.«

»Das kannst du laut sagen«, lachte er. »Diesem Totenkult, der einem Wanderprediger folgt, der vor knapp zweitausend Jahren an ein paar Querbalken genagelt wurde? – Nein, dem folge ich ganz gewiss nicht.«

»Hmm ... wenn ich mir so anschaue, in was für eine Geschichte wir geraten sind, dann zweifle ich auch ein wenig daran.«

Tom sah sie ernst an. »Ari, du darfst Kirche nicht mit

Glauben gleichsetzen. Ich bin kein gläubiger Mensch, du schon. Aber bloß weil du ein gläubiger Mensch bist, musst du nicht die Kirche mögen. Im Gegenteil, die Kirche sollte man immer hinterfragen. Sie verbreitet angeblich Gottes Wort, aber sieh dir die Spinner doch mal an!«

»Aber wenn du das so gut trennen kannst«, begann sie, »wieso glaubst du dann nicht an Gott? Dafür braucht man ja keine Kirche.«

Tom zuckte mit den Schultern. »Ich kann es mir einfach nicht vorstellen«, gestand er schließlich. »Dass da ein wohlgesinnter Lenker im Himmel sitzt, der uns wie in einem kleinen Sandkasten aufgestellt hat.« Er biss von seiner Laugenstange ab und kaute laut, bis er den Bissen runterschlucken konnte. »Vielleicht gibt es Gott und er hat die Naturgesetze erschaffen, wer weiß. Aber ich glaube eher an den Zufall.«

»Ist das nicht ziemlich ... beunruhigend?«

»Wieso, weil ich keine Aussicht auf ein ewiges Leben habe?« Er machte eine wegwerfende Handbewegung. »Geschenkt. Wenn es vorbei ist, ist es eben vorbei. Das ewige Leben ist nur eine Zuflucht für die ganzen Frustrierten, die mit ihrem Leben nichts angefangen haben.«

»Oder es ist ein wenig Trost für die, die liebe Menschen verloren haben«, sagte sie leise.

»Oh, scheiße, Ari, sorry«, entschuldigte Tom sich rasch. »Ich hatte die Sache mit deinem Vater total vergessen. Bitte glaub mir, wenn es so was wie einen Himmel gibt, dann bin ich mir sicher, er ist dort.«

Sie nickte dankbar. »Mach dir keine Gedanken. Ich brauche nicht deine Erlaubnis, um an Gott zu glauben.«

Er klatschte freudig in die Hände. »So gefällst du mir, Mädchen!«

Die ersten Menschen tröpfelten nach und nach in die

Kirche. Über Nacht hatte es erneut geschneit und die Straßen waren zu gefährlichen Eisbahnen geworden.

»Also, nicht zu auffällig versuchen unauffällig zu sein, klar?«, wiederholte Tom noch einmal seine Instruktionen. »Du bist ein ganz gewöhnlicher Kirchgänger.«

»Ich werde mich schon ordentlich benehmen«, versprach sie und stieg aus.

Der Schnee knirschte laut unter ihren Sohlen, als Arienne die paar Schritte zur Kirche zurücklegte und eintrat.

Sie tauchte die Fingerspitzen in ein kleines Schälchen mit Weihwasser und bekreuzigte sich damit. Die Kirche war tatsächlich sehr klein, und mit einem Mal hatte sie Angst, dass der Pfarrer jeden Zuhörer persönlich kennen könnte. Es gab nicht viele Bankreihen und keinen Mittelgang, wie es sonst üblich war. Stattdessen war zu jeder Seite der Bänke etwas Platz zum Durchgehen gelassen.

Arienne versuchte abzuschätzen, wie viele Gläubige noch erscheinen würden, denn die Messe begann schon in zehn Minuten, aber es waren lediglich die ersten beiden Sitzbänke gefüllt.

Sie wählte die vierte Bank von vorne und setzte sich neben eine ältere Dame, die sie mit einem warmherzigen Lächeln begrüßte. Völlig allein in einer Bank zu sitzen erschien Arienne als viel zu auffällig.

Zu ihrer Beruhigung füllte sich die Kirche kurz vor Beginn der Messe recht ordentlich und sie sah sich bald von älteren Männern und Frauen umringt. *Vermutlich stützt sich die Kirche komplett auf die ansässige Bevölkerung*, dachte sie. *Eine kleine Kirchengemeinde, die man noch so lange bestehen lässt, wie es ältere Semester als Zuhörer gibt.*

Kurz bevor der Pfarrer den Kirchensaal betrat, blickte sie sich noch einmal unauffällig um. In der letzten Bankreihe erblickte sie drei Personen, zwei Männer und eine Frau, und Ariennes Herz setzte einen Schlag lang aus. *Die Mörder!*, erkannte sie die Truppe. Sie musste all ihren Mut zusammennehmen, um nicht vor Schreck loszuschreien und den Kopf langsam wieder herumzudrehen.

Eine gefühlte Ewigkeit wagte sie nicht zu atmen und horchte; horchte, ob die Männer aufstanden und sich ihr näherten. *Und wenn sie es tun?*, dachte sie panisch. *Ich bin hier im Kukidentclub gefangen. Ich falle bestimmt auf wie ein bunter Hund.*

Sie kramte in ihrer Handtasche nach ihrem Handy. Die rüstige Rentnerin zu ihrer Linken lächelte vergnügt. »Ja, ich habe meins auch schon ausgeschaltet. Immer sehr peinlich für die Betreffenden, wenn einer dieser schrecklich penetranten Klingeltöne die Messe stört.«

Arienne blickte sie kurz verwirrt an, bis sie den Sinn des Satzes verstanden hatte. Dann nickte sie freundlich. »Ja, ich wollte es auch noch einmal kontrollieren.«

Sie stellte den Klingelton und die Vibration ab. Sie überlegte, ob sie Tom eine Nachricht schreiben sollte, entschied dann aber, dass um sie herum eindeutig zu viele neugierige – und vor allem wachsame – Augen waren. *Diese Alten, die sich nie nur um ihren eigenen Scheiß kümmern können*, dachte sie leicht genervt. Wenn sie nun sterben würde, würde Tom es nicht einmal mitbekommen. Und viel schlimmer: Sie würde die Bande nicht beobachten können!

Pfarrer Markwart betrat den Saal beim erneuten Läuten der Glocke. Kein Messdiener folgte ihm, was Arienne komplett verwirrte. »Was für eine Art Pfarrer ist er?«, flüsterte sie leise vor sich hin.

Die handyversierte Alte stupste sie an. »Er ist ein wunderbarer Pfarrer«, sagte sie. »So eingängige Predigten, immer ein offenes Ohr …« Sie wollte in ihrem Lobgesang fortfahren, doch ein grauhaariger Mann in der Bank vor ihnen drehte sich herum, legte den Zeigefinger auf die Lippen und machte ein lang gezogenes »Schhhh«.

Die Alte nickte entschuldigend, doch Arienne wäre am liebsten im Boden versunken. Sie wagte nicht sich umzudrehen, fürchtete aber die prüfenden Blicke der Menschen aus den Reihen hinter ihr.

Wieder lauschte sie, ob sich plötzlich Schritte näherten, doch die Mörder hatten offenbar noch immer keine Notiz von ihr genommen.

Pfarrer Markwart stellte sich an ein kleines Pult, auf dem ein großes Buch aufgeschlagen lag.

»Liebe Gemeinde, ich grüße euch und freue mich, dass ihr heute den Weg in unsere Kirche gefunden habt. Gerade in der Vorweihnachtszeit ist es eine besondere Freude für mich, zu euch zu sprechen.«

Er blickte einmal in die Runde und Arienne versuchte dem Blick unauffällig auszuweichen.

Es gelang ihr nicht und ihre Blicke trafen sich. Etwas in Markwarts Augen blitzte für einen Moment auf. Arienne war sich sicher, dass er nicht in der Wohnung des toten Polizisten gewesen war, doch Alfred Markwart hatte sie zumindest als Fremde in seiner Kirche erkannt, dessen war Arienne sich sicher.

Ob er jetzt Verdacht schöpft?, fragte sie sich unentwegt und verpasste so den Beginn der Predigt.

Arienne bemühte sich, einen Einstieg in das Thema zu finden, doch es wollte ihr nicht gelingen. Pfarrer Markwart predigte von vollkommen anderen Dingen, als sie es gewohnt war.

Sie überlegte einen Moment, ob sie die Mörder nicht mit ihrem Schminkspiegel beobachten könnte, verwarf den Gedanken aber sofort. *Noch auffälliger geht's ja nicht.*

Stattdessen spähte sie möglichst unauffällig aus den

Augenwinkeln umher. Sie hatte sich kein Gesangbuch genommen und bei jedem Lied musste sie eine ihrer Banknachbarinnen bemühen, wobei sie stets einen kurzen Seitenblick in die letzte Bankreihe erhaschen konnte.

Da sitzen sie, dachte sie dann, *drei Mörder, und waschen ihre Hände in Unschuld. Und vermutlich auch ihre Seelen, wenn dieser Hampelmann da vorne ihnen ihre Sünden vergibt.*

Dabei wirkte Pfarrer Markwart alles andere als unsympathisch. Er sprach von alltäglichen Dingen und verstand es, die Bibeltexte für ein modernes Publikum zu interpretieren. *Ein echter Demagoge eben.*

Sie versuchte seinen Worten zu folgen, da sie hoffte, einen Hinweis auf seine Mittäterschaft bei den Morden zu finden. *Vielleicht ist er ja wirklich der Kopf der Bande?* Doch meist war sie zu sehr damit beschäftigt, möglichst unauffällig zu wirken und dennoch ein Auge auf die letzte Kirchenbank zu werfen.

Zum Ende des Gottesdiensts hin schnappte sie allerdings ein paar interessante Worte von Pfarrer Markwart auf.

»Viele Menschen machen den Fehler und setzen ihre Gläubigkeit und Frömmigkeit mit der Bereitschaft gleich, sich einmal in der Woche zur Kirche zu schleppen und dort die Kommunion zu empfangen.« Pfarrer Markwart stand nun vor dem Altar und sprach frei. »Aber es ist nicht eure Bereitschaft, hierherzukommen oder mir zuzuhören, die euch zu Christen macht«, fuhr er fort. »Es ist eure Bereitschaft, euer Leben der Nächstenliebe zu widmen.«

Und wie rechtfertigt man mit diesem schönen Gedanken zwei Morde?, fragte sich Arienne. *Tom hatte recht, die sind total verrückt. Und es sind verrückte Christen, die sind immer schlimm.*

Sie hoffte, dass der Gottesdienst bald vorbei wäre und sie möglichst unbehelligt zurück in Toms Kombi gelangen könnte.

Endlich läutete die Glocke das Ende des Gottesdienstes ein und Arienne dankte still dem Herrn, dass er sie erlöste. Sie wartete, bis die alten Damen um sie herum aufstanden, dann bewegte sie sich einfach mit der Masse nach draußen. Von den Mördern jedoch fehlte jede Spur.

»Bis nächste Woche dann«, verabschiedete sich die handyversierte Dame und lächelte ihr freundlich zu.

Arienne überlegte einen Moment, was sie darauf erwidern sollte, beließ es aber bei einem dankbaren Kopfnicken.

Zurück beim Wagen erzählte sie Tom von dem Gottesdienst, soweit sie ihn verfolgt hatte. Und natürlich ließ sie kein Detail der Mörder aus, das ihr aufgefallen war.

»Also, die drei sitzen einfach so in der letzten Bank wie die coolen Kids in der Schule?«, fragte Tom hustend. »Mann, die haben vielleicht Nerven.« Er blickte auf die Uhr, es war schon kurz nach neun. »Hmm, sollen wir noch hierbleiben oder nach Hause fahren? Sieht nicht so aus, als würden sie heute noch mal rausgehen. Und ich bin ziemlich fertig.« Seine Stirn war schweißnass und seine Wangen feuerrot. Der Husten war schlimmer geworden, doch Tom weigerte sich zum Arzt zu gehen.

Arienne dachte kurz nach. »Lass uns noch bleiben. Der letzte Mord fand am Wochenende statt ...«

»Ah, du denkst, sie ziehen immer nach der Kirche los?«, warf Tom ein. »Der Gedanke gefällt mir. Allerdings passt das letzte Opfer nicht ganz ins Bild. Den haben wir an einem Freitag gefunden und er wurde in der Nacht davor ermordet.«

»Stimmt. Aber vielleicht war sein Tod für Mittwoch vorgesehen und hat sich nur verzögert?«

Er runzelte die Stirn. »Und die anderen Opfer? Kamen die auch alle an einem Tag mit Gottesdienst um?«

Sie schüttelte niedergeschlagen den Kopf. »Nein, das nicht ...«

Ein Motor wurde gestartet und Tom blickte auf. »Na, da brat' mir doch einer meine Eier!« Er deutete mit dem Finger zur Kirche, und Arienne erkannte, dass der Minivan gerade losfuhr. »Na warte, die entkommen uns nicht.« Er drehte den Zündschlüssel und der Benziner schnurrte leise auf.

*

Alfred räumte gerade den Weinkelch und die Hostienschale auf, als Vincent in den Kirchensaal kam.

»Seid ihr bereit?«, fragte er ohne Umschweife.

Toni, Shane und Noriko waren direkt nach der Messe wieder in die Kirche gekommen und warteten nur auf Vincent.

Toni war den ganzen Tag über nervös gewesen. *Heute Abend machen wir Jagd auf einen Engel!*, ging es ihm ununterbrochen im Kopf herum. *Keinen Dämon der Hölle, sondern einen Diener Gottes!*

Jetzt saß er zwischen Shane und Noriko und auch ihnen stand die Anspannung deutlich ins Gesicht geschrieben.

Shane fand als Erster seine Stimme wieder. »So bereit, wie man nur sein kann, wenn es gegen einen Engel geht, glaube ich.«

»Steht auf.« Er trat näher heran und versammelte sie um sich. Er reichte ihnen die Hände, die Handflächen wiesen nach oben.

Toni griff nur zögerlich zu. Es war das erste Mal, dass er den Engel berühren würde. *Wie wird sich seine Haut wohl anfühlen?*, fragte er sich. Seine Fingerspitzen berührten

Vincents Haut, die sich glatt wie Seide – nein, glatter als Seide – anfühlte. Toni musste sich anstrengen, um Falten in der makellosen Haut auszumachen. Und sosehr er sich auch bemühte, er konnte keine Fingerabdrücke erfühlen.

Als Vincent zupackte, fühlte Toni sich mit einem Mal von Wärme und Licht durchströmt. Geborgenheit. Frieden. Es war ein beruhigendes Gefühl, wie die Umarmung einer liebenden Mutter. »Euer Mut wird heute Nacht nicht sinken, ihr Kinder Gottes«, sagte Vincent leise, doch mit durchdringender Stimme. »Und welchen Fehltritt ihr heute Nacht auch immer tun werdet, Gott hat euch bereits verziehen. Denn heute Nacht werdet ihr zum willigen Werkzeug seiner Rache. Und sollte es sein Wille sein, euch heute Nacht zu sich zu holen, dann seid gewiss, dass ihr an seiner Seite sein werdet. Der Himmel, ihr Kinder Gottes, wird euch mit jauchzenden Chören empfangen.«

Schließlich ließ er ihre Hände los und wirkte wieder so unnahbar wie in den letzten Tagen.

»Sollen wir schweres Gerät mitnehmen?« Shane lächelte zwar wie immer, doch Toni glaubte, die Anspannung hinter der Fassade förmlich riechen zu können.

»Bewaffnet euch, wie immer ihr wollt«, sagte Vincent. »Wir müssen zu Franck.«

Noriko seufzte, doch Shane fand deutlichere Worte. »Bitte nicht, ich hasse den Franzosen!«

»Ich weiß«, sagte Vincent. »Aber Nathan wird ihn heute besuchen.«

Noriko legte den Kopf schief. »Hältst du es für eine gute Idee, bei Franck aufzutauchen?«

»Ja, und ihm dann womöglich noch die Bude zu Kleinholz zu verarbeiten?«, ergänzte Shane.

»Nathan wird dort sein«, war die einzige Antwort, die Vincent darauf gab.

»Wer ist Franck?«, wagte Toni zu fragen.

»Erinnerst du dich noch an die Geschichte über den verrückten Gargoyle in Paris?«, lachte Shane. »Franck war sein Bruder.«

»Bruder?«, fragte Toni ungläubig. Der Gedanke einer lebendigen Steinstatue, die Familie hatte, war bizarr.

Shane winkte ab. »Sie bewachten dieselbe Kirche. Standen gemeinsam auf derselben Mauerkante.« Er bemerkte an Tonis Blick, dass seine Erklärung nicht ausreichend war. »Gargoyles definieren ihre Familie über das Objekt, das sie schützen.«

Toni nickte langsam.

»Ich hole die panzerbrechende Munition«, sagte Noriko und verschwand durch die Seitentür.

Kurz darauf kam sie mit einer braunen Tragetasche wieder die Treppe hoch.

»Oh, du hast Geschenke dabei? Ist denn schon Weihnachten?«, feixte Shane.

Noriko verdrehte die Augen. »Hilf mir lieber.«

Sie verteilte die Magazine mit panzerbrechender Munition und Toni lud seine Waffe durch. »Wird das helfen?«, fragte er mit skeptischem Blick auf die Pistole, denn es war trotz allem kein schweres Kaliber.

Shane zuckte mit den Schultern. »Wir können da schlecht mit Granaten oder 'nem Raketenwerfer aufkreuzen. Franck wohnt mitten in der Innenstadt.«

»Bringen wir's hinter uns«, sagte Noriko und ging voran.

Als Toni die Wagentür schloss, blickte er noch einmal zur Kirche zurück. *Wie kann ich Alfreds Predigt anhören und dann losziehen, um zu töten? Das hat nicht viel von Nächstenliebe*, dachte er.

»Also dann, auf zum Franzosen«, sagte Shane seufzend

und schob die CD ins Autoradio. Kurz darauf ertönte »Heroes« von David Bowie aus den Boxen, was Noriko mit einem dankbaren Nicken quittierte.

Der Van zockelte die verschneiten Straßen entlang, wobei Shane seine liebe Mühe hatte, das Auto ruhig zu halten.

Die kleinen Reihenhäuschen ihres Randbezirks wichen immer tieferen Häuserschluchten, die von den größeren Wohnkomplexen und Geschäftsgebäuden gebildet wurden. Erleuchtete Schaufenster priesen Waren an, die zu dieser Uhrzeit niemand mehr kaufen konnte, da die Geschäfte schon geschlossen hatten.

Das Lichterspiel der Farben war mannigfaltig. Über Rot bis Blau, grell zu gedimmt war alles vertreten. Die blaue Beleuchtung mochte Toni nicht, denn sie schien immer unwirklich über dem Schild zu schweben. Und wenn man den Kopf bewegte, dann bewegte sich auch die blaue Schrift ein Stück weit mit.

So viele Menschen, dachte Toni. *Schlafen bald friedlich in ihren Betten, erwarten einen neuen Morgen. Und wenn wir versagen? Wird es dann noch ein Morgen geben?*

Er fragte sich auch, ob ihm der Anblick eines lebendigen Wasserspeiers ebenso viel Angst einjagen würde wie die ersten Begegnungen mit Dracula und dem Dämon.

Selbst Vincent schien gedankenverloren zum Fenster hinauszustarren. *Was wohl in ihm vorgeht?*, fragte sich Toni. *Zweifelt er jemals an seiner Aufgabe? An sich selbst? Verfolgen ihn die Toten in seinen einsamen Stunden? Haben Engel ein Gewissen?*

Falls Vincent ein Gewissen besaß, das ihn plagte, dann verbarg er es gut.

»So habe ich die Stadt noch nie gesehen«, rutschte es Toni über die Lippen.

Noriko stimmte ihm mit einem Kopfnicken zu. »Ja, alles wirkt nachts so friedlich.«

»Zu schade, dass wir den schönen Abend bei dem beknackten Franzosen verbringen müssen«, schnaubte Shane. »Wir könnten auch ein paar Burger organisieren und ein bisschen durch die Stadt fahren.«

»Das wäre mir auch lieber«, überraschte Vincent sie alle. »Franck wird nicht gut auf mich zu sprechen sein.«

Shane kicherte. »Du hast seinem Bruder den Kopf abgeschlagen, was erwartest du?«

Ein schmales Lächeln schlich sich, sehr zu Tonis Verwunderung, auf Vincents Lippen. »Nachdem Franck uns gesagt hatte, dass sein Bruder die Seiten gewechselt hat.«

»Vermutlich quält ihn also auch noch ein schlechtes Gewissen«, ergänzte Shane. »Wer hätte gedacht, dass Statuen so viel Gefühl zeigen können?«

Toni blickte Vincent von der Seite an. »Ja, wer hätte das gedacht ...«

»Wir sind da«, stellte Noriko fest.

Toni blickte aus dem Fenster. Am rechten Straßenrand erhob sich drohend ein dunkles Gebäude, dessen Fassade aus grob behauenen Steinen zu bestehen schien. Auf einem beleuchteten Schild konnte er »Museum der städtischen Kirchengeschichte« lesen.

»Er lebt in einem Museum?«

»Passend, nicht wahr?«, feixte Shane und prüfte noch einmal, ob seine Waffe geladen war.

»Und was macht er dort?«

»Franck arbeitet noch immer für die Kirche«, erklärte Noriko. »Allerdings ist er nicht mehr im aktiven Dienst. Er bewacht das Museum und die Exponate.«

»Und bewohnt ein riesiges Penthouse in bester Lage, wenn ich das anmerken darf«, warf Shane ein.

Shane stellte den Minivan kurz auf dem breiten Gehweg ab, um den nachfolgenden Verkehr nicht zu behindern. »Ich mach kurz die Kette hoch.« Dann stieg er aus und lief zu einer dicken Eisenkette, die quer vor einer Einfahrt aufgespannt war.

»Ihr habt einen Schlüssel dafür?«

»Natürlich«, antwortete Noriko. »Wir haben Schlüssel zu allen Häusern und Wohnungen der Kirche in der Stadt.«

Shane kam zurück, sprang wieder auf den Fahrersitz und bugsierte den Van durch die recht schmale Einfahrt auf einen Hinterhof. Dort waren vermutlich Parkmarkierungen auf den Boden aufgemalt, doch die Schneedecke ließ davon nichts erkennen.

»Mach die Kette wieder fest«, wies Noriko ihn an. »Nicht dass sich noch jemand auf der Suche nach einem Parkplatz für die Innenstadt hierherverirrt.«

Shane nickte und war auch schon wieder verschwunden. Toni und der Rest stiegen aus und warteten am Wagen auf den schottischen Hünen.

»Ich sehe kein Licht«, sagte Toni, nachdem er das Gebäude ausgespäht hatte. »Braucht Franck kein Licht, um zu sehen?«

»Nein«, antwortete Shane, »braucht ein Gargoyle nicht. Das hat die Sache in Paris auch gleich viel interessanter gemacht.«

Fünfzehn

»Fahr an ihnen vorbei«, sagte Arienne, als der Minivan auf dem Gehweg parkte. Inzwischen konnte sie erkennen, dass der Fahrer des Wagens ausstieg und die Sperrkette vor einer Einfahrt löste. »Sie parken im Hinterhof des Museums.«

»Was denkst du, was die da drin wollen?« Tom zirkelte den Mietwagen vorsichtig um die nächste Ecke und fand rasch eine Parklücke.

»Keine Ahnung«, gestand Arienne. »Aber das finden wir schon noch heraus.«

Er hob die Hand. »Ich finde das heraus. Du bleibst hier am Wagen.«

Sie wollte bereits widersprechen, doch er fiel ihr direkt ins Wort.

»Die Kerle sind gefährlich, Ari. Sehr gefährlich. Ich will nicht, dass du dich so in Gefahr begibst.«

»Ach, und wenn du gehst, ist das besser, ja?«

Er nickte. »Wenn es mich erwischt, ist das nicht so schlimm«, sagte er mit einem Augenzwinkern.

»Und dein Husten?«, warf sie trotzig ein. »Glaubst du wirklich, dass du da unbemerkt bleiben wirst? Und was, wenn sie gar nicht in dem Museum sind?«

»Wenn sie nicht ins Museum einbrechen, dann ist es noch viel wichtiger, dass du hier draußen bist.«

»Und dein Husten?«

Tom zuckte mit den Schultern. »Den habe ich hoffentlich im Griff. Ich rufe dich von meinem Handy aus an wie neulich«, fuhr er fort. »Und wenn mir was passiert, dann rufst du die Polizei.« Er blickte sie eindringlich an. »Sie dürfen uns auf keinen Fall beide bekommen, verstehst du? Wir sind vielleicht die einzigen Menschen, die der Wahrheit auf der Spur sind, Ari!«

Schließlich gab sie seufzend nach, wedelte aber mit ihrem Handy vor seinem Gesicht herum. »Vergiss nicht, mich anzurufen.«

Tom zückte sein Handy und wählte ihre Nummer. »Vergiss *du* nicht, alles aufzuzeichnen.« Dann stieg er aus dem Wagen aus und spurtete zurück zur Einfahrt des Museums.

Arienne blieb noch im Wagen sitzen und lauschte durch ihr Handy Toms Keuchen. Auf dem Weg hustete er mehrmals, und sie stellte sich schon vor, wie er aufflog.

»Ich bin jetzt an der Tür«, flüsterte Tom plötzlich am anderen Ende der Leitung. »Sie ist nicht verschlossen.«

»Sei bitte vorsichtig«, sagte sie eindringlich.

*

Sie schlichen sich durch das finstere Museum. Durch die großen Fenster drang ein wenig Licht der Straßenbeleuchtung herein, aber dennoch konnte Toni kaum zwei Meter weit sehen. »Und was wird hier alles ausgestellt?«, fragte er Noriko. Unwillkürlich hatten sie alle zu flüstern begonnen.

»Stücke aus der städtischen Kirchengeschichte eben«, antwortete sie. »Nichts Besonderes.«

»Das ganze Zeug ist nur für die ganzen Nichtwisser interessant«, warf Shane ein. Selbst durch sein Flüstern hindurch konnte man das breite Lächeln in seinem Gesicht hören. »Da vorne ist das Treppenhaus. Bist du bereit für den Gargoyle, Toni?«

Toni zuckte mit den Schultern. Es dauerte eine Sekunde,

bis er realisierte, dass Shane ihn kaum sehen konnte. »So bereit, wie ich nur sein kann«, schob er schnell hinterher. »Warum haben wir eigentlich nicht die Nachtsichtgeräte mitgenommen?«

»Franck würde uns blenden«, erklang Norikos Stimme plötzlich neben ihm, obwohl sie bisher hinter ihm gelaufen war. »Er macht sich einen Spaß daraus. Alfred wäre dabei beinah mal auf einem Auge erblindet.«

»Dieser Franck scheint ja ein echt netter Kerl zu sein.«

Shane unterdrückte ein Lachen. »Er ist eben einer dieser frustrierten Langzeitarbeitslosen. Und dann auch noch ziemlich alt.«

»Seid jetzt still«, sagte Vincent leise, als sie die Tür zum Treppenhaus erreichten.

Toni hörte, wie Shane und Noriko ihre Waffen entsicherten, und er beeilte sich, seine eigene Pistole feuerbereit zu machen. *Was immer uns dort oben erwartet, es wird mir keine Angst machen*, ermutigte er sich selbst. Wie zur Beruhigung legte er den Sicherungshebel der Pistole mit einem leisen Klicken um.

Die Treppe war aus altem Holz gearbeitet, die Stufen bogen sich zur Mitte hin durch. Viele Stellen hatte man bereits mit neuen Brettern ausgebessert und das Geländer schien auch neueren Datums zu sein.

»Psst, hört ihr das?«, fragte Shane und bedeutete ihnen still zu sein.

Toni lauschte angestrengt ins Dunkel und nickte wenig später. »Stimmen«, sagte er.

»Scheint, als würde Franck sich unterhalten«, stellte Noriko fest.

»Nathaniel.«

Toni bemerkte verwundert, dass Vincents Stimme voller Hass war. Zu seinem Erstaunen knarrte die Treppe nicht ein bisschen, als sie den Aufstieg begannen. Irgendwo in seinem Gehirn breitete sich die Panik aus. Panik, dass er in wenigen Augenblicken einem lebendigen Wasserspeier begegnen, Panik, dass er möglicherweise einem zweiten Engel gegenübertreten würde.

Und vor allem Panik darüber, dass er vermutlich auf beide schießen würde.

»Sollen wir direkt das Feuer eröffnen?«, fragte Shane. Er hatte auch diesmal wieder die kleine Maschinenpistole mitgenommen.

Vincent schüttelte den Kopf. »Ihr haltet Franck in Schach. Ich kümmere mich um Nathan.«

Toni fühlte, wie ihm der Schweiß auf die Stirn trat. Das Treppenhaus war kalt und zugig – irgendwo musste ein Fenster offen stehen oder undicht sein. Und dennoch hatte Toni das Gefühl, durch brütende Hitze zu waten.

»Was glaubt ihr, worüber die reden?«, fragte Shane und schlich sich eine Stufe weiter nach oben.

»Das werden wir herausfinden, wenn wir oben sind«, sagte Noriko genervt, »also, beweg dich!«

Langsam arbeiteten sie sich weiter dem obersten Stockwerk entgegen. Mit jeder Stufe wurden die Stimmen lauter und schon bald konnten sie einzelne Sätze verstehen.

»Die Zeit drängt«, sagte eine wohlklingende Stimme, die Toni instinktiv Nathaniel zuordnete, da sie ihn ähnlich stark in ihren Bann schlug wie die Vincents.

»Du verlangst zu viel«, antwortete eine dunkle Stimme, die wie aufeinanderschlagende Felsbrocken klang. Dennoch musste Toni sich das Lachen verkneifen, denn gleichzeitig legte der Sprecher einen dieser schrecklichen französischen Akzente an den Tag. *Das ist dann wohl Franck.*

»Du bist es mir schuldig«, sagte Nathan.

»Niemand hasst Vincent so sehr wie ich«, versicherte

Franck. »Aber du kannst nicht von mir verlangen, mich gegen ihn zu stellen.«

Sie standen auf dem letzten Treppenabsatz. Zehn Stufen über ihnen war eine offene Tür, durch die sie die Unterhaltung belauscht hatten.

Vincent ließ nun alle Vorsicht fahren. Er stürmte an Shane vorbei, nahm mehrere Stufen auf einmal, fast als würde er fliegen, und sprang mit einem Satz in den hinter der Tür liegenden Raum.

»Los!«, rief Shane und rannte dem Engel hinterher.

Sie stürmten das obere Stockwerk. Toni hatte eine Art leere Halle erwartet, allenfalls noch eine Abstellkammer, in der man aktuell nicht ausgestellte Exponate verwahrte wie den Gargoyle selbst. In seinem Kopf war eine lebende Steinstatue eher ein Gegenstand als ein lebendes Wesen.

Umso überraschter war er, als er durch die Tür in eine Art Loft kam. Armdicke Kerzen auf alten gusseisernen Kerzenständern tauchten den Raum in schummriges Licht, doch nach der nahezu vollkommenen Dunkelheit des Treppenhauses war dies mehr als ausreichend, um sich umzusehen.

Francks Penthouse erstreckte sich fast über die gesamte Länge des Museums, was gut und gerne dreißig Meter waren. In der Breite maß die Wohnung deutlich weniger, da auch die Dachschrägen den nutzbaren Raum begrenzten.

Tonis Aufmerksamkeit wurde durch das Mobiliar abgelenkt. Allein die Tatsache, dass es in solcher Fülle vorhanden war, brachte ihn aus dem Tritt. Ein langes Sofa mit dicken Polstern war auf einen Flachbildfernseher der neusten Generation ausgerichtet. Bücherregale dienten als Raumteiler zur Küche. Toni wollte schon einen Blick auf die Buchtitel werfen, als ein lautes Brüllen ihn zurück in die Realität riss.

»Engel! Du bist hier nicht willkommen!« Franck war offensichtlich aufgebracht. Ganz so, wie sie es vorhergesagt hatten.

»Schweig!«, schoss Vincent zurück, und in seine Stimme hatte sich ein bedrohlicher Unterton gemischt. »Ich bin nicht deinetwegen hier.«

»Bruder«, erklang Nathans Stimme. Toni konnte ihn noch nicht sehen, denn die drei standen hinter der Regalwand.

Shane war als Erster in Schussposition. »Hallo, Franck«, sagte er und lenkte die Aufmerksamkeit des Gargoyles auf sich.

Toni fühlte an einem leichten Beben im Boden, dass der Wasserspeier sich auf sie zubewegte. Er wappnete sich innerlich gegen die Panik, die die Begegnung vermutlich auslösen würde, und zwang sich, auf den Durchgang zu blicken.

Francks Gestalt erschien neben dem Bücherregal. Die Haut war vom Ton dunklen Granits und schimmerte ledrig im Kerzenschein. Doch was Tonis Blick auf der Stelle fesselte, waren die rot glühenden Augen, die wie zwei feurige Rubine in den steinernen Höhlen saßen. Als Franck den Mund zum Sprechen öffnete, da glaubte Toni in das Maul eines Löwen zu blicken. »Shane MacRath«, sagte er langsam, wobei sich seine Gesichtszüge kaum bewegten. Sein kahler Kopf glich einer polierten Steinplatte.

Franck marschierte mit Bedacht weiter auf sie zu. Shane wich einen Schritt zurück, was angesichts der Größe des Gargoyles nicht verwunderte. Franck maß in der Höhe vermutlich kaum mehr als zwei Meter, aber seine Flügel mochten es auf eine Spannweite von knapp vier Metern bringen.

Flügel!, schoss es Toni durch den Kopf. *Warum müssen*

diese Dinger immer Flügel haben?, fragte er sich in Erinnerung an Vlad. Ledrige Schwingen, die wie das Flügelpaar eines Drachen aussahen, wuchsen aus den Schulterblättern des Wasserspeiers.

Die lebende Statue machte einen weiteren Schritt in die Mitte des Wohnzimmers und blickte jeden von ihnen aus wütend funkelnden Augen an. »Was macht ihr in meiner Wohnung?«

Vincent kam gemessenen Schrittes aus der Küche. »Ich will nur Nathaniel«, sagte er. »Kommst du freiwillig mit, Bruder?«

Nathan trat nun ebenfalls ins Wohnzimmer ein. Bis auf eine Kleinigkeit sah er Vincent recht ähnlich, nicht in seinen Gesichtszügen, sondern in seiner gesamten Erscheinung. Auch Nathan umgab eine Aura der Erhabenheit, die man nicht sehen oder greifen – sondern lediglich in der Seele spüren konnte. Doch anders als bei Vincent wurde sein Gesicht nicht von goldenem Haar eingerahmt, sondern pechschwarze Strähnen hingen ihm vereinzelt über die Augen und in den Nacken. Das fahrige Haar ließ ihn so viel erschöpfter wirken, als er es vermutlich jemals sein könnte. Trotz aller Erhabenheit wirkte Nathaniel getrieben.

Nathans Blick wanderte von Vincent über die Paladine und Franck wieder zurück zu Vincent. »Wieso konnte es so weit kommen?«

»Du hast Celine in den Tod getrieben mit deinen Versprechungen von Eden«, sagte Vincent leise. »Du wusstest, dass sie dir alles geglaubt hätte.«

»Die Menschen verdienen das Paradies«, hielt Nathan dagegen.

Vincent schüttelte den Kopf. »Sie starb für deinen Irrtum.«

»Gott machte uns zum Wächter des Baumes, *damit* wir

den Menschen das Paradies bringen können«, hielt Nathan dagegen.

Wieder schüttelte Vincent den Kopf. »Gott machte uns zum Wächter des Baumes, damit Luzifer ihn niemals finden kann.«

»Du irrst!«

Toni versuchte sich wieder auf Franck zu konzentrieren, denn die beiden Engel schienen in eine endlose Debatte zu verfallen. Der Gargoyle hörte den beiden ebenfalls aufmerksam zu, blickte allerdings einige Male verstohlen zu Shane hinüber.

Nathan zuckte plötzlich mit den Schultern. »Was spielt es noch für eine Rolle? Der Baum ist mit Celine verbrannt. Aber Luzifer wird einen neuen Weg in die Welt der Menschen finden. Ich habe es gesehen.«

Vincent hielt plötzlich ein schlankes Langschwert in der Hand. Toni wusste nicht, wo der Engel es versteckt hatte, denn es hätte ihm wenigstens im Wagen auffallen müssen. »Celine starb, weil ich nicht beide retten konnte«, sagte er leise. »Dein Verrat stellte mich vor die Wahl.«

Nathan runzelte die Stirn. »Der Lebensbaum ist nicht zerstört?«

Vincent machte langsam einen Schritt auf den Engel zu. Nathan bewegte sich um den Couchtisch herum, hielt das Möbelstück zwischen sich und Vincent und den Abstand zwischen ihnen konstant.

»Ich sah sie brennen«, sagte Vincent. »Sie und deine Dämonenbrut. Du konntest nicht ertragen, dass du sie nicht haben konntest, nicht wahr?«

»Was redest du da? Vincent, was ist damals geschehen? Warst du dort?« Nathaniel machte einen weiteren Schritt von Vincent weg und plötzlich hielt auch er ein Schwert in den Händen.

Toni blinzelte aufgeregt, doch er hatte sich nicht getäuscht.

»Es hat einen Grund, weshalb Schwerter und das Jesuskreuz sich so ähneln«, flüsterte Shane, der Tonis Blick richtig deutete.

Vincent hielt in seiner Bewegung inne und fasste sich an die Stirn, wie um sich zu erinnern. »Das Haus stand in Flammen«, sagte er und wirkte enorm aufgewühlt.

Die Aura der Göttlichkeit schien verschwunden. Toni konnte es nicht sicher sagen, doch er glaubte Tränen auf Vincents Gesicht zu erkennen. *Als wäre er ein Mensch*, dachte er.

»Du warst verschwunden und nur deine Lakaien waren noch da«, fuhr Vincent fort. »Sie versuchte sich zu wehren, doch die Dämonen waren zu viele. Celine schützte den Lebensbaum, solange sie konnte. Dann legte sie ihn in meine Hände.«

»Und du hast sie zurückgelassen?«, schrie Nathan. »Du hast sie sterben lassen? Wofür? Den Keimling?«

»Er ist Gottes Versprechen«, sagte Vincent wieder gewohnt tonlos. Der Moment der Schwäche schien vorüber.

»Aber er existiert doch überhaupt nur deshalb, weil Gott die Menschen so liebt!«

»Du hast sie getötet«, sagte Vincent, wie um sich selbst zu überzeugen. »Es ist alles deine Schuld.«

Nathan schüttelte den Kopf. »Nein, Bruder. Wir beide sind schuld daran. Unsere Eitelkeit hat Celine getötet.«

»Du meinst, dein Verrat!«, spuckte Vincent aus. »Ich weiß, dass du Luzifer dienst, *Bruder*. Aber heute wirst du endlich büßen.« Ohne eine Erwiderung abzuwarten, sprang Vincent über den Tisch und führte das Schwert in einem Überkopfschwung gegen Nathan. Dessen Klinge zuckte nach oben und ließ Vincents Waffe zur Seite abgleiten.

Nathan vollführte eine Drehung um die eigene Achse und rammte Vincent den Ellenbogen in den Rücken, was Vincent einen Schritt nach vorn taumeln ließ, wo er gegen das Sofa stieß und stolperte.

Doch anstelle nachzusetzen und den Kampf zu beenden, brachte Nathan mehr Abstand zwischen sich und seinen Kontrahenten.

»Bitte, ihr ruiniert meine Wohnung!«, schrie Franck über den aufkommenden Kampfeslärm hinweg.

»Keine Sorge«, sagte Shane, »die Kirche wird dir schon neue Möbel stellen.«

Franck funkelte ihn wütend an. »Eines Tages, Mensch, werde ich dir deine Überheblichkeit in deinen dürren Hals rammen.«

Noriko zog Shane am Ärmel. »Wir sollten lieber nicht im Weg stehen.« Die drei Paladine zogen sich zur Seitenwand zurück und auch Franck machte den beiden Engeln Platz.

Vincent hatte sich wieder gefangen und stürmte erneut auf Nathan zu. »Verräter!«, brüllte er hasserfüllt.

Nathan seufzte. »Wir sollten das nicht tun, Bruder.«

Vincents Rückhandschlag war die einzige Antwort, die er bekam. Nathan brachte seine Klinge zur Parade in Stellung, doch Vincent hatte damit gerechnet. Ein Salto mit halber Schraube katapultierte ihn über Nathans Kopf und in dessen Rücken. Sein Schwert war nicht zum Schlag bereit, aber er versetzte dem Gegner einen harten Tritt ins Kreuz, der Nathan durch den halben Raum schleuderte, ehe er gegen eines der Bücherregale krachte. Das Regal kippte nach vorn und begrub ihn unter einem kleinen Berg von in Leder gebundener Weltliteratur.

Der Engel befreite sich mit Leichtigkeit aus dem Gerümpel, doch der kurze Moment der Ablenkung war mehr, als Vincent brauchte. Er sprang nach vorn und stieß sich dabei weiter ab, als ein normaler Mensch es jemals aus dem Stand vermocht hätte, das Schwert dabei wie eine Pfeilspitze auf Nathans Herz gerichtet.

Nathan wich im letzten Moment zur Seite aus, und Vincent schlug gegen das zweite Bücherregal, das das Wohnzimmer von der Küche trennte.

»Aufhören!«, schrie Franck. »Einige der Stücke sind unbezahlbare Erstausgaben!«

Nathan wich weiter vor Vincent zurück, er schien dem goldenen Racheengel nichts entgegensetzen zu können. Stahl klirrte laut und hell, wenn ihre Schwerter aufeinanderprallten. Vincent trieb ihn vor sich her. Wann immer ihre Waffen sich kurz verhakten, verpasste er Nathan einen Faustschlag ins Gesicht.

»Du wirst mir nicht entkommen!«, schrie Vincent ihn an. »Heute Nacht werde ich dich richten!«

»Nur Gott kann über mich Gericht halten«, entgegnete Nathan.

»Nein, über einen Lügner kann ich richten.« Sie standen am anderen Ende des Raumes, wo große Fenster das Licht des Tages einfangen sollten. »Dein Weg endet hier.«

Nathan parierte Vincents Schwerthieb und drückte die Klinge beiseite. Vincents Faust flog heran, doch Nathan hatte den Schlag kommen sehen und hielt sie wenige Zentimeter vor seinem Gesicht auf. Er blickte Vincent in die Augen. Toni konnte nicht erkennen, ob es ein trauriger oder ein wütender Blick war, doch für einen scheinbar endlos langen Moment verharrten die beiden Kontrahenten reglos voreinander.

»Was ist geschehen, Bruder?«, fragte Nathan. »Was hat dich so verblendet? Was lässt dich die Menschen so hassen, dass du ihnen das Paradies vorenthältst?«

»Ich hasse sie nicht«, erwiderte Vincent. »Es ist meine Liebe zu ihnen, die sie verschont.«

»Erkennst du dich selbst denn nicht mehr? Du hast Celines Tod ebenso zu verantworten wie ich.«

»Du brachtest die Dämonen. Und du hast sie verbrannt.«

»Aber du hast sie dem Feuer überlassen«, sagte Nathan leise. »Du hättest sie retten können. Aber du hast den Lebensbaum gewählt. Nur um ihn dann den Menschen nicht zu geben.«

»Celines Reinheit war bereits verloren«, sagte Vincent grimmig. »Ich konnte sie nicht mehr retten. Und glaube mir, Bruder, ich hätte das Paradies für sie geopfert. Meine Unsterblichkeit. Einfach alles.«

»Wir sind beide schuldig«, sagte Nathan. Dann stieß er Vincent von sich. »Vielleicht lebst du ja auch schon zu lange unter den Menschen. Du hast gelernt zu lügen.«

Vincent versuchte ihn anzugreifen, doch Nathan drehte sich um und sprang durchs Fenster. Er wollte ihm nachsetzen, doch lautes Hupkonzert drang von der Straße zu ihnen nach oben. »Du kannst mir nicht entkommen«, rief er grimmig. »Ich werde dich wiederfinden.« Er drehte sich zu den Paladinen um. »Zurück ins Nest.« Dann ging er gemessenen Schrittes zur Wohnungstür, ohne aus dem zerbrochenen Fenster hinunter auf die Straße zu blicken.

Das Schwert in seiner Hand war verschwunden.

»Und kommt nicht wieder«, sagte Franck leise. »Engel hin oder her, Vincent, ich will dich niemals wiedersehen.«

»Das wirst du auch nicht«, sagte der Engel, ohne sich umzusehen. »Nathan weiß nun, dass ich den Baum des Lebens habe. Die Jagd ist vorbei. Er wird zu mir kommen.«

*

Tom schlich sich leise die Einfahrt entlang. Dabei presste er sich gegen die dunkle Mauer des Museums, um möglichst im Schatten zu verschwinden. Er kannte den Parkplatz des Museums gut, die Zeitung berichtete häufig von neuen Ausstellungen, wenn es sonst nichts Interessantes zu berichten gab. Darum wusste er, dass es vom Parkplatz aus nur einen Eingang in das Gebäude gab.

Er schob sich Zentimeter für Zentimeter voran, bis er die Mauerkante erreichte. Der Van war aus dem Augenwinkel schon zu erkennen. Frische Reifenspuren und die schneefreie Karosserie verrieten die kurze Anwesenheit des Fahrzeugs. Der Parkplatz, der eigentlich mehr ein Innenhof war, wirkte wie ein Trichter, und Tom konnte das Geschehen gut verfolgen, auch ohne etwas zu sehen.

»… hat die Sache in Paris auch gleich viel interessanter gemacht«, schnappte er noch einen Gesprächsfetzen auf, ehe die Mörder im Gebäude verschwanden und die Tür wieder ins Schloss fiel.

Zu seiner Erleichterung blieb das Geräusch eines Schlüssels, der die Tür wieder verschloss, aus. Tom wartete noch einen Moment und rief sich das Erdgeschoss des Gebäudes von seinen letzten Besuchen her in Erinnerung.

»Sie sind reingegangen, Ari.« Er flüsterte, denn er war sich nicht sicher, ob nicht doch einer von ihnen an der Tür Wache schob.

Wie komme ich in dem Fall unauffällig wieder weg?, dachte er. Der Wind frischte auf und stach ihm in die Lunge. Tom unterdrückte einen Hustenanfall. *Wenn die Scheiße hier vorbei ist, gehe ich endlich zum Arzt*, beschloss er.

Plötzlich hatte er eine Idee. Er ging ein paar Schritte zurück. Dann postierte er sich mitten in der Einfahrt und torkelte auf den Parkplatz. Dabei warf er rasch einen beiläufigen Blick auf die Eingangstür.

Verlassen.

Langsam torkelte Tom näher zur Tür. Würden sie ihn entdecken, hielten sie ihn für einen harmlosen Säufer und würden ihn vielleicht nicht auf der Stelle töten.

Er erreichte die Eingangstür nach einer gefühlten Ewigkeit, doch er wollte die Scharade nicht aufgeben, denn eine mögliche Wache hätte sich auch innerhalb des Museums postieren können.

Er spähte durch die Glasscheibe der Tür ins Innere des Museums. Soweit er es in der Dunkelheit sehen konnte, war da niemand.

Okay, jetzt gilt's, dachte er. *Wenn ich da reingehe, gibt es kein Zurück mehr, egal ob sie mir den Betrunkenen abkaufen oder nicht.*

Tom zog vorsichtig an der schweren Eingangstür. Er öffnete sie so langsam und leise wie möglich, doch als das Türschloss den Schnapper mit verräterischem Klicken freigab, blieb sein Herz für einen Augenblick stehen.

Er huschte rasch durch die Öffnung, ehe ein verräterischer kalter Luftzug entstehen konnte. Sofort ging er in die Hocke und horchte angestrengt in die Dunkelheit.

Jemand unterdrückte ein Lachen und sagte: »Er ist eben einer dieser frustrierten Langzeitarbeitslosen. Und dann auch noch ziemlich alt.«

»Seid jetzt still«, erklang eine andere Stimme. Sie fuhr Tom durch Mark und Bein, brachte seine Glieder zum Beben und klingelte schmerzhaft in seinen Ohren, obwohl sie kaum mehr als ein Flüstern war.

Frustrierte Arbeitslose?, dachte er, nachdem sein Körper sich wieder beruhigt hatte.

Er schüttelte den Kopf und wischte die Gedanken beiseite. Die Stimmen waren vom anderen Ende des Saales gekommen, vermutlich waren die Killer nun auf dem Weg die Treppe hinauf. Er schirmte seinen Mund und das Handy mit dem Mantel ab. »Sie gehen hinauf. Untersteh dich, auch nur einen Ton zu sagen«, flüsterte er Arienne über die Leitung zu.

Halb schlich, halb kroch er durch den Raum, achtete jedoch höllisch darauf, keines der Exponate umzustoßen und kein Geräusch zu machen. Als er das Treppenhaus endlich erreichte, ging er hinter einem Vitrinenkasten in Deckung. *Was, wenn sie jemanden hier unten bei der Treppe stehen haben?*, schoss es ihm durch den Kopf und Schweiß trat ihm auf die Stirn. Irgendwo in ihm regte sich wieder ein Hustenreiz, doch Tom kämpfte ihn nieder. *Nicht jetzt!*

Er nahm seinen Mut zusammen – oder verfiel vollends dem Wahnsinn – und wagte sich durch die Türöffnung ins Treppenhaus hinein.

Stufe um Stufe schlich er weiter nach oben. Immer höher. Das Museum besaß zwei Stockwerke, doch Tom hatte das unbestimmte Gefühl, dass die Killer den Dachboden zum Ziel hatten.

Auf halber Höhe konnte er leises Gemurmel hören, das immer deutlicher wurde, je weiter er nach oben kam. Die Stimmen wurden lauter, doch er konnte noch keine ganzen Sätze verstehen, nur einzelne Satzfetzen und Worte. Tom streckte sein Handy so weit nach oben, wie er konnte. *Vielleicht kann Ari die Aufnahme nachbearbeiten.*

Ein Name prägte sich ihm ein: Celine. Und offenbar stritten zwei Männer miteinander, deren Stimmen in seinen Ohren schmerzten.

Plötzlich ging alles rasend schnell. Metallisches Klirren, wie man es aus alten Ritterfilmen kannte, wenn Schwerter aufeinanderschlugen, flutete ins Treppenhaus.

Und plötzlich schrie eine donnernde Stimme, die wie polterndes Geröll klang: »Bitte, ihr ruiniert meine Wohnung!« Tom hatte nicht genug Zeit, sich über den französischen Akzent zu wundern. Er tat, was er schon lange hätte tun sollen; er machte kehrt und hastete so leise und so schnell wie möglich die Treppe hinunter.

Er schlidderte über den schneebedeckten Parkplatz, sprang über die Sperrkette und rannte dann auf dem Gehweg mitten in Arienne hinein. Sie stand am Straßenrand und starrte entgeistert den Autos hinterher.

»Los! Wir müssen weg!«, schrie Tom und zerrte sie zurück zum Wagen. Noch bevor er sich anschnallte, startete er den Motor und gab Gas. Die Reifen fanden im Schnee nur schwer Halt und sie kamen ins Rutschen, doch Tom konnte den Wagen halbwegs auf Kurs halten und bog an der nächsten Ecke ab. *Bloß weg von hier!*, war der einzige Gedanke in seinem Kopf. Noch immer dröhnten die Stimmen der beiden Kämpfenden in seinen Ohren.

»Hast du alles aufgenommen?«, fragte er nach ein paar Minuten, als sein Puls sich wieder ein wenig beruhigt hatte.

Arienne reagierte nicht, starrte einfach nur aus dem Fenster.

»Hast du?«, wiederholte er die Frage lauter.

Sie nickte stumm, hielt den Blick aber starr in die Ferne gerichtet.

Toms Husten verstärkte sich, je mehr Adrenalin sein Körper abbaute. Er hielt vor Ariennes Haus. »Da wären wir«, sagte er.

Als sie wieder nicht reagierte, packte er sie an der Schulter und schüttelte sie sanft.

»Ari! Wir sind da.«

»Wie?« Sie blickte umher, als wäre sie gerade aus einem Traum erwacht. »Wo sind wir?«

Tom lachte nervös. »Wir sind bei dir zu Hause ... Herrje, Mädchen, was hat dich denn aus der Bahn geworfen?«

Sie schüttelte den Kopf. »Ich ... ich weiß es nicht.«

Tom seufzte. »Kannst du die Aufnahme bis morgen durchgehen? Vielleicht kannst du mehr rausholen, als ich verstehen konnte.«

»Ich ... In Ordnung.« Sie öffnete die Tür, wobei ihre Bewegungen mechanisch und abgehackt wirkten, und stieg aus.

Tom hielt sie zurück. »Hey, ist wirklich alles okay mit dir?«

Arienne blickte zu ihm zurück und zuckte mit den Schultern. »Ich weiß es nicht«, sagte sie mit verwirrter Stimme und verschwand durch die Haustür.

Tom blieb noch eine Weile reglos im Wagen sitzen und starrte auf das Hochhaus, wobei die Stille nur von seinen wiederkehrenden Hustenanfällen unterbrochen wurde. Er befühlte seine Stirn. *Eindeutig Fieber*, dachte er missmutig. Tom startete den Wagen und fuhr los. *Ich muss ins Bett.*

Er drehte die Lautstärke des Radios auf, als darin gerade »Dead Flowers« von Townes Van Zandt gespielt wurde. Er trommelte leicht zum Takt auf das Lenkrad, um sich weiter abzulenken.

*

Arienne wartete eine Weile im Wagen und lauschte in ihr Handy. Keiner der Passanten schenkte der jungen Frau Beachtung.

»Sie sind reingegangen«, flüsterte Tom am anderen Ende der Leitung.

»Sei vorsichtig«, bat sie ihn erneut, wusste aber nicht, ob er ihr überhaupt zuhörte.

Die Warterei machte sie beinahe verrückt. Seit Toms letzter Meldung war noch nicht einmal eine Minute vergangen, doch es erschien Arienne wie eine Ewigkeit.

Sie trommelte nervös mit den Fingern auf das Armaturenbrett und versuchte sich so abzulenken. Immer wieder kontrollierte sie das Display ihres Handys, ob die Aufnahme des Telefonats tatsächlich mitlief und der Akku noch ausreichte. *Wie lange wird das dauern?*, fragte sie sich. *Hoffentlich geschieht Tom nichts. Hoffentlich muss er nicht husten.*

»Sie gehen hinauf. Untersteh dich, auch nur einen Ton zu sagen«, flüsterte Tom plötzlich durch das Telefon. Seine Stimme klang dumpf, als würde er heimlich unter der Bettdecke telefonieren.

Sie konnte den Wunsch verstehen, doch Arienne hielt es nicht länger im Wagen. Sie zog den Zündschlüssel ab. Tom hatte ihn stecken lassen für den Fall, dass sie schnell verschwinden mussten. Arienne erschien es aber klug, den Schlüssel einzustecken. *Lieber brauchen wir ein paar Sekunden länger, als dass uns jetzt ein paar Kids das Auto klauen*, dachte sie.

Der kalte Wind schnitt ihr durchs Gesicht und die klirrend kalte Luft schmerzte beim Atmen.

Sie blickte zum Museum und fragte sich, wo Tom jetzt genau war und ob die Killer ihn am Ende bemerkt hatten und in eine Falle lockten. *Bitte, sei vorsichtig. Bei Gott, ich hoffe, dir passiert nichts.*

Das Dachgeschoss des Museums war taghell erleuchtet. *Da verschwendet jemand aber keinen Gedanken an seine Stromrechnung*, dachte sie. Das Licht drang durch Fenster und kleinste Mauerritzen hindurch, bemerkte sie. Als hätte man eine kleine Sonne unter den Giebeln des Museums aufgehängt. Mit einem Mal fühlte sie sich von Wärme durchflutet und der kalte Wind schien sich gelegt zu haben.

Sie hielt das Handy wieder an ihr Ohr, doch Tom sagte

nichts. Allerdings hörte sie leise Stimmen, konnte jedoch kein Wort verstehen.

Irgendwo über ihr ging mit lautem Klirren eine Fensterscheibe zu Bruch. Arienne hob instinktiv die Arme über den Kopf. Zwanzig Meter weiter vorn schlugen die Scherben auf der Straße auf. Die Schneedecke nahm ihnen einen Teil ihrer Wucht, doch noch immer stoben Tausende kleine Splitter, die im Licht der Straßenlaternen wie Funken glühten, durcheinander.

Und inmitten des Lärms und des Chaos stand das Licht.

Arienne traute ihren Augen nicht, als sie die Arme senkte. Zwanzig Meter vor ihr stand ein Mann, soweit sie die Gesichtszüge deuten konnte. Und er war umgeben von goldenem Licht. Fast durchsichtige, handbreite Bänder umspielten ihn, bewegten sich sanft im Wind oder wie die Flossen eines Schleierschwanzes im Wasser.

»Papa?«, hauchte sie atemlos.

Der Mann blickte ihr in die Augen und formte ein einziges Wort, das wie ein Echo durch ihren Geist zog. »Celine?«

Sie wollte etwas sagen, doch die Stimme versagte ihr. Licht umhüllte sie, schien sie ganz langsam auf die Lichtgestalt zuzuziehen.

Der nörgelnde Ton einer Hupe zerriss das Bild, als ein Auto die Gestalt erfasste und mit sich riss.

Arienne blickte ihr sprachlos nach, wollte um Hilfe schreien, doch kein Ton formte sich in ihrer Kehle. Der Fahrer musste betrunken sein, dass er nicht anhielt, um nach dem Unfallopfer zu sehen.

Arienne blickte dem Wagen nach, bis er aus ihrem Blickfeld verschwand.

Etwas prallte gegen sie und eine vertraute Stimme erklang in ihren Ohren. Es war Tom und er zog sie mit sich.

Arienne starrte weiter auf den Punkt, an dem der Wagen und die Lichtgestalt verschwunden waren.

Tom setzte sie ins Auto und fuhr los. Er redete mit ihr, das spürte sie irgendwo in einer Ecke ihres Bewusstseins, doch sie konnte ihm nicht zuhören.

Licht!, dachte sie unentwegt. *Papa.*

»Hast du alles aufgenommen?«, drang Toms Stimme in ihr Bewusstsein.

Sie reagierte nicht, starrte einfach nur aus dem Fenster. *Papa.*

»Hast du?«, wiederholte Tom die Frage lauter.

Sie nickte geistesabwesend, in der stummen Hoffnung, dass er sie nicht weiter bei ihren Gedanken stören würde.

Papa! Wie kann das sein? Licht. So viel Licht!, ging es ihr durch den Kopf. *Wo warst du so lange?*

»Da wären wir«, sagte Tom plötzlich und riss sie zurück in die Wirklichkeit.

Erst jetzt bemerkte Arienne, dass der Wagen sich nicht mehr bewegte.

Als sie ihm wieder keine Antwort gab, rüttelte er sanft an ihrer Schulter. »Ari! Wir sind da.«

»Wie?« Sie blickte sich verwirrt um, konnte nicht glauben, dass sie schon bei ihr zu Hause sein sollten. Gerade eben hatte sie doch noch der Gestalt aus purem Licht gegenübergestanden. »Wo sind wir?«

Tom lachte nervös. »Wir sind bei dir zu Hause ... Herrje, Mädchen, was hat dich denn aus der Bahn geworfen?«

Sie schüttelte den Kopf. »Ich ... ich weiß es nicht.«

Tom seufzte. »Kannst du die Aufnahme bis morgen durchgehen? Vielleicht kannst du mehr rausholen, als ich verstehen konnte.«

»Ich ... In Ordnung.« Sie öffnete wie ferngesteuert die Tür. Die Bilder ergaben keinen Sinn. Die Albträume ihrer

Kindheit – sie schienen zurückzukehren. Und dennoch, die Gestalt aus Licht, der sie in die Augen gesehen hatte ... *Papa*, dachte sie.

Sie wollte gerade aussteigen, als Tom sie zurückhielt. »Hey, ist wirklich alles okay mit dir?«

Arienne blickte zu ihm zurück und zuckte mit den Schultern. »Ich weiß es nicht«, sagte sie verwirrt. Dann löste sie sich aus seinem Griff und verschwand durch die Haustür. Sie ertrug die Fragen nicht – hatte sie noch nie ertragen. Sie konnte nicht mit Tom darüber sprechen und sie konnte es ihm noch viel weniger erklären. Sie wollte nur noch weg – weg von den Bildern, weg aus der Stadt, weg von sich selbst.

Aber ich kann nicht fliehen, wurde ihr auf dem Weg in ihre Wohnung klar. *Ich kann nicht entkommen.*

Als sie endlich in der Wohnung war, knallte sie die Tür zu, schloss ab und verriegelte sie mit der dünnen Kette. Die Kette würde keinen ernsthaften Einbrecher abhalten, das war klar, aber sie beruhigte das Gewissen zumindest ein wenig.

Für ein paar Minuten stand sie einfach nur da, mit dem Rücken gegen die Wohnungstür gelehnt, und starrte auf den Boden. *Was immer es war*, dachte sie, *es hat mich auch gesehen ... und es schien überrascht zu sein ...*

Sie fröstelte und schlang die Arme um den Oberkörper. Sie rieb sich die Oberarme, lief durchs Wohnzimmer und überprüfte die Heizkörper. Zu ihrer Freude waren sie warm. *Eine Dusche tut mir vielleicht gut.*

Arienne ging ins Bad und drehte das warme Wasser auf. Nach der Dusche würde sie das aufgezeichnete Gespräch in den Rechner überspielen. Sie strukturierte die nächsten Stunden in der Hoffnung, dass sie so das Chaos in ihrem Hirn in den Griff bekommen konnte.

Das warme Wasser war eine Wohltat. Arienne bemerkte erst jetzt, wie durchgefroren sie tatsächlich war. Doch so angenehm es auch war, das Gefühl war nicht annähernd mit dem beim Anblick der Lichtgestalt vergleichbar.

Da war das Bild wieder in ihrem Kopf.

»Lasst mich endlich in Ruhe«, wimmerte sie und schlug die Hände vorm Gesicht zusammen. »Ich will keine Bilder mehr sehen.« Erst jetzt fiel ihr ein, dass sie die letzten Tage ihre Tabletten nicht genommen hatte.

Arienne stieg aus der Dusche, trocknete sich ab und zog einen flauschigen Bademantel an. Dann suchte sie in ihrem Nachttisch nach dem Pillendöschen, als ihr einfiel, dass sie ihr ausgegangen waren und sie ein neues Rezept brauchte. »Scheiße!«, fluchte sie.

Sie konzentrierte sich, versuchte ruhig zu atmen, um sich zu beruhigen. »Eins nach dem anderen«, sagte sie wie ein Mantra vor sich hin. »Heute Nacht bekomme ich keine Pillen mehr.«

Sie nahm ihr Handy und setzte sich an den Computer. »Dann kann ich ebenso gut das Gespräch bearbeiten.« Ihre eigene Stimme zu hören beruhigte sie ein wenig, denn der Klang war ihr vertraut. Er gab ihr Halt in der Realität, die mit einem Mal wieder so brüchig erschien.

Nachdem sie das Handy an den Computer angeschlossen hatte, dauerte es ein paar Minuten, bis die komplette Datei überspielt war und sie mit der Bearbeitung beginnen konnte.

Es war diesmal viel schwieriger, die Stellen zu finden, bei denen wirklich gesprochen wurde, da die Aufnahme gerade zu Beginn unter allerhand Nebengeräuschen litt.

»Nur Rauschen«, fluchte sie. Und je höher sie den Pegel einstellte, desto lauter wurde das Rauschen. Selbst nach der Filterung war kaum etwas zu verstehen.

»Die Menschen verdienen das ...«, konnte sie einmal heraushören. Und sie erkannte, dass es sich bei dem Sprecher um eine weitere Person handelte, denn seine Stimme glich weder der des Pfarrers noch der der drei Mörder.

»Das ist dann Nummer fünf«, murmelte sie leise, während sie sich Notizen machte.

Noch eine neue Stimme war auf der Aufnahme zu hören. »Gott machte uns zum Wächter ... damit Luzifer ihn niemals finden kann.«

Offenbar stritten die beiden Männer miteinander, denn die erste Stimme hielt ein »Du irrst!« energisch dagegen.

Arienne machte sich nach jedem Satz, den sie zumindest teilweise verstand, neue Notizen. »Nun haben wir also schon sechs Menschen, die in diese Sache verwickelt sind.«

Die nächsten Passagen waren leider nicht zu verstehen. Erst als einer der beiden Männer zu schreien begann, konnte sie wieder etwas heraushören.

»Und du hast sie zurückgelassen?«, schrie Nummer fünf. »Du hast sie sterben lassen? Wofür? Den Keimling?«

Nummer sechs erwiderte etwas, was Arienne wieder nicht verstand.

»Aber er existiert doch überhaupt nur deshalb, weil Gott die Menschen so liebt!«, antwortete Nummer fünf darauf.

»Du hast sie getötet«, sagte Nummer sechs nach einer kurzen Pause. Seine Stimme klang ein wenig brüchig. »Es ist alles deine Schuld.«

Die letzten Sätze waren sehr viel besser zu verstehen, anscheinend hatten sich die Sprecher näher an Tom heranbewegt.

»Nein, Bruder. Wir beide sind schuld daran. Unsere Eitelkeit hat Celine getötet.« Nummer fünf klang traurig.

»Du meinst, dein Verrat!«, spuckte Nummer sechs aus.

»Ich weiß, dass du Luzifer dienst, *Bruder*. Aber heute wirst du endlich büßen.«

Dann konnte sie noch metallisches Klirren hören und wie ein paar Möbel zu Bruch gingen.

Das Letzte, was die Aufnahme ausspuckte, war eine donnernde Stimme, die wie rollende Felsbrocken klang: »Bitte, ihr ruiniert meine Wohnung!«

Dann war die Aufnahme zu Ende.

Arienne sprang noch einmal zum letzten Satz zurück. *Nein, ich habe mich nicht getäuscht*, wurde ihr klar. *Nummer sieben ist zweifellos Franzose.*

»Was macht ein Franzose über einem Museum für Kirchengeschichte?«, fragte sie laut in die Einsamkeit ihrer Wohnung.

Sie lehnte sich in ihrem Bürostuhl zurück und starrte auf die Geräuschlinien der geöffneten Datei. *Sieben Menschen*, dachte sie. *Sieben Menschen stecken in dieser Sache mit drin.*

Sie hielt inne und hörte sich die Aufnahme noch einmal an. Dann korrigierte sie ihre Schlussfolgerung. *Sieben Menschen wissen davon, aber sie sind sich nicht einig.*

Sie stand auf und ging im Zimmer auf und ab. »Was, wenn die bisherigen Opfer auch darin verwickelt waren? Wenn es eine Art ... Geheimbund ist, der abtrünnige Mitglieder hinrichtet?«

Sie blieb stehen und schüttelte den Kopf. Das klang einfach zu verrückt. *Aber sie sprachen von Luzifer*, dachte sie unvermittelt. Normal war das jedenfalls nicht.

Sie überlegte, ob sie Tom noch anrufen und ihm davon erzählen sollte, doch sie ließ es bleiben. *Er hat sich ein wenig Schlaf verdient*, entschied sie beim Gedanken an seinen Husten.

Sie speicherte die Datei ab und sicherte sie mit der alten Aufnahme auf einem USB-Stick.

Endlich holte die Müdigkeit sie ein und Arienne fiel erschöpft ins Bett.

*

Dicke Schneeflocken schwebten sanft auf sie herab, blieben in ihren Haaren hängen wie weiße Perlen. Das Licht der Straßenlaterne schien in warmem Gelb und tauchte die Welt in einen dezenten Sepiaton, wie es bloß ein sommerlicher Sonnenuntergang vermochte. Sie betrachtete das dunkle Gebäude mit wachsendem Interesse. Wiegte den Kopf von einer Seite zur anderen und ging langsam darauf zu. Hoch aufragende Mauern aus dunklen, grob behauenen Steinen schienen sich endlos in die Höhe zu strecken.

Arienne machte einen weiteren Schritt, doch die Wand schien sich um dieselbe Distanz zu entfernen. Sie blickte zu Boden, doch kein einzelner Fußabdruck zeugte von ihrem Weg.

Im obersten Stockwerk des Gebäudes strahlte grelles Licht, drang durch das Fenster und jede noch so feine Mauerritze auf die Straße hinaus.

Plötzlich zerbarst die Glasscheibe unter lautem Klirren in Millionen kleine Splitter, die wie Sterne am Himmel funkelten. Arienne wollte sich wegducken und schützend die Arme über den Kopf schlagen, doch sie konnte sich nicht rühren und nur gebannt auf das Spiel der Lichter starren.

Wohlige Wärme umfing sie und sie glaubte für einen Moment die Umarmung ihres Vaters zu spüren und schloss die Augen.

»Celine«, flüsterte eine wunderschöne Stimme in ihr Ohr. »Du bist es.«

Sie hob langsam die Lider und blickte in das strahlendste

Paar blauer Augen, das sie jemals gesehen hatte. »Wer bist du?«, fragte sie leise aus Angst, dass ein zu lautes Geräusch den Traum beenden und die Gestalt verjagen könnte.

»Ich habe dich gesucht«, sagte die Lichtgestalt und hob die Hände, als wenn sie darin ein Geschenk für Arienne hielte. »Den Schlüssel zum Garten Eden.«

Sie wollte etwas sagen oder eine Frage stellen, wollte das Wesen berühren, doch es wurde mit einem Mal davongerissen. Arienne wollte ihm nachlaufen, aber sie trat auf der Stelle.

Etwas fegte sie von den Füßen und sie hörte eine vertraute Stimme. Doch aus den Augenwinkeln erblickte sie nur eine dämonische Fratze.

Sechzehn

In Tonis Kopf überschlugen sich die Gedanken. Vincent, Nathan, der Lebensbaum, Franck, Celine – zu viele Dinge waren in diesen Minuten auf ihn niedergeprasselt.

Sie alle schwiegen, sogar Shane, was ein untrügliches Zeichen dafür war, dass sie in ernsten Schwierigkeiten steckten. Norikos Schweigen wunderte Toni inzwischen nicht mehr im Geringsten. Aber dass der schottische Hüne nicht in Plauderlaune war, das machte ihm Sorgen.

Vincent ging voran und sie folgten ihm die Treppe hinunter. Franck warf die Tür hinter ihnen laut ins Schloss, und es hörte sich ganz so an, als ob ein schwerer Balken davorgeschoben wurde.

Als wären wir noch im Mittelalter mit Riegeln vor den Toren, versuchte Toni sich abzulenken. *Na ja, vielleicht ist es für ihn schwer, sich in unseren Zeiten zurechtzufinden.*

Als sie das Museum verließen, blieb Shane plötzlich wie angewurzelt stehen und gab ihnen ein Zeichen, sich ebenfalls nicht zu bewegen. Er starrte auf die Schneedecke.

»Wir waren nicht allein«, stellte er plötzlich fest.

Toni versuchte sich an ihre Ankunft zu erinnern. Die Schneedecke des Parkplatzes war nahezu unberührt gewesen. Das Museum hatte nur an Wochenenden geöffnet, unter der Woche war der Parkplatz vermutlich stets verschlossen.

Shane deutete auf eine Reihe von Fußspuren im Schnee. »Die sind nicht von uns.«

Sie verließen das Museum und achteten darauf, keine der bereits vorhandenen Fußspuren zu verwischen. Noriko beugte sich hinunter und maß die Fußabdrücke mit den Fingerspitzen aus. »Größe vierundvierzig«, sagte sie kurz darauf. »Nach der Form zu urteilen, von einem Mann.«

»Ein Dämon?«, fragte Toni.

Noriko zuckte mit den Schultern. »Schwer zu sagen. Falls es einer war, dann hat er sich versteckt.«

»Es könnte einer von Nathaniels Gehilfen sein«, warf Shane ein. »Noriko, kannst du anhand der Spuren seine Bewegungen verfolgen?«

Sie nickte und begann gehockt über den Parkplatz zu schleichen. An der Hausecke blieb sie stehen. »Kommt her, das müsst ihr sehen!«, rief sie ihnen zu.

Sie eilten zu ihr, und Noriko deutete auf die Stelle knapp hinter der Ecke. »Hier hat er gewartet.«

»Also hat er uns definitiv belauscht«, stellte Shane fest.

»Nicht nur das«, sagte Noriko und deutete auf die weiteren Spuren, die auf den Parkplatz führten. »Als er weiterging, hat er keinen direkten Weg eingeschlagen, es wirkt fast, als wäre er getorkelt.«

»Ein Betrunkener?«, fragte Toni erleichtert. »Also doch kein Grund zur Sorge.«

Shane schüttelte den Kopf. »Im Gegenteil.«

»Er wollte, dass wir glauben, er wäre betrunken«, stellte Noriko richtig. »Für den Fall, dass wir ihn beim Betreten des Innenhofs gesehen hätten.«

»Ziemlich gerissen, wenn du mich fragst«, stimmte Shane zu.

»Also doch ein Dämon, der uns verfolgt?«

»Das glaube ich nicht«, widersprach Noriko. »Dämonen gehen weniger verschlagen vor. Sie greifen meist direkt an, ohne Rücksicht auf Verluste.«

»Das hier war definitiv ein Mensch«, pflichtete Shane bei. »Einer, der uns verfolgt hat.«

Toni blickte sich auf einmal verunsichert um. »Was, wenn er uns jetzt gerade beobachtet?«

»Wir sollten zurück zum Nest«, sagte Vincent plötzlich. »Alfred ist ganz allein dort.«

Shane parkte den Van hinter der Kirche. Er stellte den Motor ab, sprang aus dem Wagen und ging hinter der Tür kurz in Deckung. »Sieht aus wie immer«, sagte er.

Sie schlichen sich langsam an die Kirche heran, doch diesmal ging Vincent voraus. Der Engel öffnete die Tür und ging gleich die Treppe hinauf. »Seht euch hier unten um, dann kommt zu Alfred«, wies er sie an.

Shane übernahm die Führung der Gruppe und sie schwärmten in den Kirchensaal. Die Kerzen waren gelöscht und der Raum wurde lediglich vom Mondschein erhellt, der durch die bunten Bleiglasfenster hereinfiel, die verschiedene Heiligenbildnisse zeigten.

Shane steuerte zielstrebig auf die Wendeltreppe zur Empore zu, auf der die Orgel stand. Noriko folgte ihm und kontrollierte die Sitzbänke. Toni wandte sich dem Altar zu, der mit seinen breiten Steinfüßen genug Deckung für mehrere Männer bot.

Toni hielt die Pistole mit beiden Händen und zielte auf die Ecke des steinernen Altars. Mit einem beherzten Sprung umrundete er das Eck und war hinter dem Altar, wo sonst nur Alfred während der Messe stand.

»Hier oben ist alles sauber!«, rief Shane ihnen von der Empore aus zu. »Wie sieht's bei euch aus?«

»Nichts«, sagte Noriko.

»Hier auch nichts«, bestätigte Toni.

Shane seufzte laut. »Gut, dann gehen wir zu Alfred.« Er hielt kurz inne. »Ihr solltet ab jetzt bewaffnet bleiben.«

Toni sagte nichts darauf, aber allein die Tatsache, dass

Shane der Situation so viel Aufmerksamkeit beimaß, war äußerst beunruhigend.

Alfred erwartete sie bereits mit einer Kanne heißem Wasser und frischen Teetassen. »Vincent hat mir schon von eurem nächtlichen Ausflug erzählt«, begrüßte er sie. »Aber macht euch keine Sorgen, hier war es den ganzen Abend ruhig.«

»Wer sollte dich auch schon fressen wollen, was?«, lachte Shane. Wenn man von der Tatsache absah, dass er noch immer schwer bewaffnet war, wirkte er gewohnt unbekümmert.

»Setzt euch«, sagte Vincent leise. »Wir haben einiges zu besprechen.«

Toni machte sich einen Tee, jedoch hauptsächlich, um seine Nerven zu beruhigen und damit seine Hände etwas Sinnvolles zu tun hatten.

Vincent wartete noch einen Moment, bis er sich ihrer vollen Aufmerksamkeit bewusst war. »Nathaniel plant einen Angriff auf mich«, sagte er schließlich ohne weitere Umschweife. »Das konnte ich hören, bevor wir Francks Wohnung betraten.«

Noriko nickte bedächtig. Toni rührte in seinem Tee, wobei der Kandiszucker laut gegen den Löffel klimperte.

Shane legte die Stirn in Falten und kratzte sich am Kopf. »Und was genau hat er gesagt?«

»Er hat versucht, Franck zur Mithilfe zu überreden. Vermutlich denkt er, dass er nun die Tore der Hölle öffnen kann, wenn ich erst aus dem Weg bin.«

»Und was hat Franck geantwortet?«

»Er hat abgelehnt. Vermutlich aus Angst vor mir.«

Shane klatschte in die Hände. »Na, dann ist doch alles in Butter!«

Vincent schüttelte den Kopf. »Nein, ist es nicht. Wir wurden beobachtet, vermutlich von einem von Nathans Gehilfen.«

»Aber wieso ist er uns nicht aufgefallen, als wir auf den Parkplatz gefahren sind?«, stellte Noriko eine Frage in den Raum, die auch an Tonis Nerven nagte. »Wir waren vorsichtig!«

Shane zuckte mit den Schultern. »Vielleicht hatte er sich auf der anderen Straßenseite versteckt?«

»Oder man hat uns bereits viel länger verfolgt«, warf Toni ein und zog damit besorgte Blicke auf sich.

»Niemand weiß, dass hier unser Nest ist«, sagte Shane.

Toni schüttelte den Kopf. Die nächsten Worte kamen ihm kaum über die Lippen, doch er musste seine Befürchtung mit den anderen teilen. »Und wenn es nicht mehr so ist? Wenn uns jemand entdeckt hat?«

»Dann hätte er uns schon längst angegriffen«, winkte Shane ab.

»Nicht, wenn er erst noch Verbündete sucht«, warf Toni ein. »Vielleicht hat er bis jetzt nur ein paar Menschen um sich versammelt? Und hält einen Angriff noch für unmöglich?«

»Wenn Nathan die Dämonen beschwört«, begann Noriko, »dann wird er sie womöglich überwachen.«

»Und ist uns dann gefolgt«, ergänzte Toni.

Vincent schüttelte langsam den Kopf. »Das würde Nathan nicht tun. Er würde uns mit Dämonen überschwemmen.«

»Aber irgendwer hat uns verfolgt«, beharrte Toni. »Und ihr sagt selbst, dass es kein Dämon war.«

»Kann es sein, dass …«, begann Alfred zu flüstern. Er stand auf und verschwand in der Küche.

»Was hat er?«, fragte Toni.

»Eine Idee«, antwortete Shane grinsend. »Dann braucht er immer was zu essen. Wirst sehen.«

Kurz darauf kehrte Alfred zurück, in der Hand einen großen Schokoriegel. Er setzte sich wieder in seinen Sessel und biss ein weiteres Mal ab. »Das wäre ja ...«, murmelte er an der Schokolade in seinem Mund vorbei.

Toni wollte ihn ansprechen, doch Shane bedeutete ihm mit einem Blick, den Pfarrer jetzt nicht zu unterbrechen.

Schließlich nickte Alfred entschlossen. »Doch, das wäre möglich.« Die Schokolade war aufgegessen und er blickte triumphierend in die Runde. »Heute habe ich ein neues Gesicht bei der Abendandacht gesehen«, verkündete er stolz. »Es war eine junge Frau, die zwischen zwei älteren Damen saß. Die beiden Damen waren mir bekannt, aber die junge Frau habe ich hier noch niemals gesehen.«

»Vielleicht war es die Enkelin von einer der beiden?«, fragte Noriko.

Alfred schüttelte den Kopf. »Nein, sie schien mit niemandem in der Kirche vertraut zu sein. Und so wie sie sich manches Mal umgesehen hat, kannte sie auch die Kirche nicht sonderlich gut.«

»Wie sah sie aus? War sie groß?«, wollte Shane wissen.

Alfred dachte angestrengt nach und kniff dabei die Augen zu schmalen Schlitzen zusammen. »Nein, war sie nicht ... eher zierlich.«

»Dann sind es schon zwei«, seufzte Shane. »Vorausgesetzt, die Frau war nicht bloß zufällig hier.«

Noriko neigte den Kopf zur Seite. »Wie oft kam hier schon jemand zufällig vorbei? In den letzten Jahren?«

»Dann sind es schon zwei«, wiederholte Shane. »Wieso ist uns die Frau nicht aufgefallen?«

»Weil ihr der Messe folgt und nicht den Zuhörern?«, vermutete Alfred.

»Das ist unwichtig«, sagte Vincent. »Diese Frau war sicher nicht der Mensch, der die Fußabdrücke im Schnee hinterlassen hat. Zwei Menschen spionieren uns nach.«

»Und was, wenn ...«, begann Noriko, brach aber mitten im Satz ab. Sie wartete, bis sie sich der Aufmerksamkeit aller Anwesenden sicher war, ehe sie fortfuhr. »Was, wenn das alles kein Zufall ist? Wenn diese Frau zu dem Mann gehört, der die Fußabdrücke gemacht hat?« Sie blickte Shane durchdringend an. »Vor der Wohnung des letzten Besessenen, da hast du ein Auto bemerkt.«

Shane dachte kurz nach. »Du meinst die alte Schrottkiste mit dem knutschenden Pärchen?«

Sie nickte. »Was, wenn die uns folgen?«

»Das könnte so manches erklären«, seufzte Shane.

»Die durchwühlte Wohnung«, fuhr Noriko fort.

»Moment«, warf Toni ein. »Wenn sie uns zum Museum gefolgt sind, dann haben sie uns beobachtet ... Dann haben sie uns *hier* beobachtet.«

Shane zuckte die Achseln. »So sieht's aus, das können wir jetzt aber nicht mehr ändern.«

»Ob sie vom Lebensbaum wissen?« Norikos Stimme war kaum mehr als ein Flüstern, so sehr schien der Gedanke sie zu verunsichern.

»Unwichtig«, sagte Vincent. »Es sind bloß Menschen. Und Menschen wissen gar nichts.«

Toni rutschte unruhig auf seinem Platz herum. Vincents offen zur Schau gestellte Geringschätzung für die Menschen ließ seinen Magen rebellieren.

»Nathan weiß nun, dass ich den Lebensbaum habe«, fuhr der Engel fort. »Aber er weiß nicht, wo er mich suchen soll. Diese Menschen wissen, wo sie uns finden können ... Wir müssen verhindern, dass sie Nathan in die Hände fallen.«

»Und wie stellen wir das an?«

»Wir müssen die Straße aufmerksam im Auge behalten«, antwortete Shane an Vincents Stelle. »Wenn sie uns in der letzten Zeit beobachtet haben, dann werden sie jetzt vermutlich nicht damit aufhören.«

»Und wenn wir das Nest verlassen müssen, um einen Dämon zu jagen?«, beharrte Toni. »Wir sind hier nicht mehr sicher!«

Vincent stand langsam auf. »Aus diesem Grund werde ich von jetzt an hierbleiben und den Baum bewachen.«

Der Engel wollte gerade gehen, als Toni aufsprang und sich ihm in den Weg stellte. »Und warum gehen wir nicht einfach? Was zwingt uns denn hierzubleiben?« Tonis Knie waren wie Wackelpudding, doch er gab dem Engel keinen Zentimeter nach. *Was mache ich hier?*, rauschte ein Gedanke in seinen Ohren. Er versuchte Vincents Blick standzuhalten, dabei wusste er, dass der Engel seine Angst immer würde sehen können, egal wie gut er sie auch kaschierte. Vincent würde seine Fassade durchschauen.

Der Engel betrachtete ihn eine Weile mit seinem ausdruckslosen Gesicht, als läse er Tonis Gefühle und Gedanken. »Niemand zwingt dich hierzubleiben, Antonio.« Seine Stimme vibrierte in Tonis Eingeweiden, so als würde ein weiterer Ton sie explodieren lassen, und der junge Mann wusste, dass seine Worte in Wahrheit eine tödliche Drohung waren.

»Und was zwingt dich?«

Vincent fixierte ihn noch einen schier endlos erscheinenden Moment mit seinen ausdruckslosen Augen, dann ging er an Toni vorbei und verließ die Wohnung. In der Tür blieb er noch kurz stehen. »Du gehst morgen zu ihr, nicht wahr?«

»Ja«, antwortete Alfred, der offensichtlich wusste, worum es bei der Frage ging.

Toni starrte noch auf die Tür, durch die der Engel verschwand, unfähig, sich zu bewegen oder etwas zu sagen.

»Was sollte das denn?«, fragte Shane und durchbrach das unangenehme Schweigen, das sich über sie gelegt hatte.

Toni zuckte mit den Schultern. »Ich weiß es nicht«, gestand er. »Ich denke einfach, dass wir sicherer wären, wenn wir die Stadt verließen.«

Shane nickte übertrieben. »Weglaufen. Guter Plan. Hat auch genau wie oft in der Vergangenheit funktioniert?«

Toni schnaubte wütend. »Wir bringen hier viele Menschen durch unsere Anwesenheit in Gefahr!«

»Das tun wir überall«, hielt der Hüne dagegen. »Nathan wird uns jetzt bis in alle Ewigkeit jagen, Toni. Er wird nicht ruhen, ehe er den Lebensbaum bekommen hat.«

»Nathan hat sich von Gott abgewandt«, sagte Noriko leise. »Und er hat gesündigt. Er ist ein Gefallener. Ein Diener Luzifers.«

Toni atmete tief durch. Die nächsten Worte könnten ihn in Lebensgefahr bringen, dessen war er sich bewusst. Aber er musste diese Dinge endlich aussprechen. »Muss er denn wirklich zu Luzifer gehören? Beschwört er denn wirklich die Dämonen?«

Shane lehnte sich im Sofa zurück und musterte Toni. »Willst du damit sagen, dass Vincent lügt?«

»Nein, aber vielleicht irrt er sich?«

»Engel sind unfehlbar«, sagte Shane bestimmt.

»Ist das so?« Er schüttelte traurig den Kopf. »Wie kann es dann Gefallene geben?«

Der Hüne wollte etwas erwidern, doch er kam nicht über einen erhobenen Zeigefinger hinaus.

»Und wenn wir die Frau finden, was dann? Was geschieht mit ihr, wenn sie wirklich die Wahrheit über uns herausgefunden hat? Wird Vincent uns dann auch den Himmel im Voraus garantieren, wenn wir sie nur töten?«

Shane sprang aus dem Sessel und baute sich drohend vor Toni auf. »Wir beschützen die gesamte Menschheit! Nicht Einzelne von ihnen, die sich zu weit aus der schützenden Höhle der Unwissenheit gewagt haben!«

»Das ist kein Schutz«, hielt Toni dagegen. »Das ist Gefangenschaft. Wir geben ihnen nicht einmal die Chance, es zu verstehen.«

»Ich denke, wir sollten alle schlafen gehen«, versuchte Alfred die Situation zu entschärfen. Der Pfarrer war aufgestanden und schob sich zwischen die beiden Streithähne. »Morgen werden wir ausgeruht über eine Lösung nachdenken.«

*

Als Alfred wieder allein in seiner kleinen Wohnung war, setzte er sich in den Sessel und betrachtete das Jesuskreuz an der Wand. »Hast du jemals gezweifelt?«, fragte er den hölzernen Messias.

Er griff nach seiner Teetasse, doch darin stand nur noch eine traurige, kalte Pfütze und er stellte sie wieder auf dem Untersetzer ab.

»Man muss versuchen Vincent zu verstehen«, sagte er dann. »Er versucht nur, das Versprechen deines Vaters zu bewahren.« Alfred würde in Jesus immer Gottes Sohn sehen, auch wenn Shane die Theorie vertrat, dass er bloß ein Erleuchteter gewesen war, der seine Predigten der damaligen Zeit angepasst hatte.

»Es ist nicht so einfach«, fuhr Alfred fort. »Die Menschen sind heute nicht mehr bereit zu glauben.«

Er nahm eine unbenutzte Tasse vom Tablett – sie war eigentlich für Vincent gedacht gewesen, doch er trank so gut wie nie Tee. Wenn er genau darüber nachdachte, war sich Alfred nicht einmal sicher, ob Vincent überhaupt jemals etwas trank. Er goss den Rest des heißen Wassers in die Tasse und hängte einen Beutel Earl Grey hinein.

»Wir müssen den Menschen einen Teil der Wahrheit verschweigen, um sie vor den Konsequenzen zu schützen«, fuhr er fort. »Wir ...« Er brach mitten im Satz ab und musterte den hölzernen Jesus. Fast schien es ihm so, als hätte sich der Blick der Schnitzerei verändert; als wäre aus einem gütigen Lächeln eine stumme Anklage geworden.

»Wir sind auf dem falschen Weg!«, hauchte Alfred plötzlich. »Die Menschen waren schon immer schwer zu überzeugen. Und dennoch bist du ihnen offen und ehrlich gegenübergetreten.«

Er schwenkte den Teebeutel noch ein wenig, dann zog er ihn aus der Tasse. Zwei Stück Kandis rundeten den Geschmack perfekt ab. Das Klimpern seines Löffels zerriss die Stille der Wohnung.

»Wir dürfen ihnen die Entscheidung nicht abnehmen, ob sie ihr Leben und ihr Herz Gott verschreiben oder nicht.« Er schüttelte den Kopf und blickte schamerfüllt zu Boden. »Du bist für deine Überzeugungen gestorben. Und für unsere Sünden.« Er blickte wieder zum Jesuskreuz empor, diesmal mit flehendem Blick. »Du hast dich aus reiner Nächstenliebe für uns geopfert! Und wir opfern die Menschen wie Lämmer. Wir haben versagt.«

Er lehnte sich wieder in den Sessel zurück. »Antonio hat recht«, erkannte er. »Seine Seele ist noch so rein. Er ist noch nicht von unserer Aufgabe verblendet ...«

Ist es nicht das, was die Menschen auszeichnet?, dachte er. *Die Möglichkeit, ihr Leben nach den eigenen Vorstellungen zu gestalten? Ihr freier Wille? Ist es nicht das, was Gott für uns wollte?*

Er stand auf und kniete sich mit gefalteten Händen vor das Jesuskreuz. »O Herr, gib mir die Kraft, das Richtige zu tun. Gib mir die Weisheit, die Wahrheit zu erkennen. Und gib mir die Ruhe, nach der meine Seele verlangt.«

Siebzehn

Arienne hatte nach ihrem Albtraum kaum noch Schlaf gefunden. Zu viele Dinge kreisten in ihrem Kopf, erzeugten beinahe schon ein Summen wie ein ganzer Bienenschwarm. Sie ging wie ferngesteuert ins Bad und unter die Dusche. Arienne bemerkte nicht einmal, dass das Wasser eiskalt war, so tief war sie in ihren Gedanken gefangen.

Papa!, dachte sie unentwegt. *Wie kann es sein? Wie konntest du dort sein? Bin ich so verrückt, dass selbst nach Jahren der Therapie die Albtraumbilder nicht verschwinden?*

Arienne hatte neben der Schulmedizin so ziemlich jedes Mittel versucht, um ihre Halluzinationen zu erklären. Séancen, Rückführungen – sogar einige Drogen hatte sie probiert. Doch anscheinend gab es keinen Ausweg.

Im Schlafzimmer klingelte ihr Handy und riss sie zurück in die Wirklichkeit. Arienne hatte keine Uhr, auf die sie schauen konnte, doch sie war sich sicher, dass sie heute nicht verschlafen hatte. Und mit einem Mal bemerkte sie, wie eiskalt das Wasser war, und stieß einen hohen Schrei aus.

»Fuck!« Sie sprang aus der Dusche und hüllte sich sofort in den Bademantel. Ein Blick auf den Radiowecker im Bad bestätigte ihr Gefühl, rechtzeitig aufgestanden zu sein. Tom würde sie erst in einer Stunde abholen. Daher ließ sie sich Zeit und trocknete sich ab, bevor sie ins Schlafzimmer ging und ihr Handy kontrollierte.

Sie hatte eine Nachricht von Tom in der Mailbox.

Er klang schrecklich krank. Hustete und war heiser. »Ari ... ich muss dir heute absagen ... Ich schaff es einfach nicht.«

Hm, dann muss ich wohl in die Redaktion gehen, dachte sie, während Tom eine Pause machte, um zu husten, was fast so klang, als würde er sich die Lunge auskotzen.

»Mach dir 'nen schönen Tag«, fuhr Tom unterdessen fort. »Ich habe Ed gesagt, dass wir zusammen an einer Sache arbeiten. Er erwartet dich heute also nicht in der Redaktion.«

Arienne hörte die Nachricht ein zweites Mal ab und überlegte, ob sie Tom anrufen sollte. *Nein, vermutlich liegt er im Bett und holt ein wenig Schlaf nach,* entschied sie.

Mittlerweile war sie wieder aufgetaut und angezogen. »Was mache ich jetzt mit dem Tag?«, fragte sie laut und erhoffte sich für einen kurzen Moment eine Antwort aus dem Dunkel des Wohnzimmers, die nicht kam.

Arienne schaltete das Licht an und zog einen der Rollläden hoch. Es war erst kurz nach sieben Uhr und draußen ging gerade die Sonne auf.

Ich könnte Papa besuchen gehen, setzte sich plötzlich ein Gedanke in ihr fest. Rasch machte sie sich ein dürftiges Frühstück aus Quark, Obst und Cornflakes, dann schnappte sie ihre Tasche und verließ die Wohnung.

Auf der Straße begegnete sie immer wieder vereinzelt Menschen, die vermutlich gerade auf dem Weg zur Arbeit waren. Hin und wieder grüßte Arienne sie mit freundlichem Lächeln, auch wenn sie sie nicht kannte. *Jeder Tag sollte mit einem Lächeln beginnen,* dachte sie. Seit letzter Nacht erschien ihr dieser Leitspruch wichtiger denn je. *Tom hatte so viel Angst,* erinnerte sie sich. *Und dann diese Lichtgestalt ... einfach vom Auto mitgerissen ... Wie geht das? Wie konnte der Fahrer das nicht bemerken?,* begannen ihre Gedanken wieder um die letzte Nacht zu kreisen.

Sie schüttelte energisch den Kopf. »Nicht jetzt!«, befahl sie sich selbst.

Zur Ablenkung legte sie ihre Kopfhörer an und schaltete

den MP3-Player an. »My Sacrifice« von Creed war der erste Song, den der Zufallsgenerator für sie auswählte.

Sie musste nicht lange auf die Bahn warten und fand darin rasch einen freien Platz. Sie beobachtete aus dem Augenwinkel einen alten Mann, der unter seinem Mantel einen Anzug trug und einen kleinen Blumenstrauß in der linken Hand hielt.

Der Alte fuhr sich mit dem Finger unter den Hemdkragen und verschaffte sich ein wenig mehr Luft. Seine Krawatte schnürte ihm den Hals ein, doch er dachte nicht daran, den Knoten zu lockern. Er nahm den Hut kurz vom Kopf und wischte sich mit dem Ärmel über die Stirn. Sein graues Haar war glatt nach hinten gekämmt und wirkte ein wenig fettig, was vermutlich von einer dicken Schicht Pomade herrührte.

Arienne bemerkte zu spät, dass er sie dabei ertappte, wie sie ihn anstarrte. Doch der Alte schenkte ihr ein Lächeln, das das Fehlen mehrerer Zähne offenbarte.

»Verzeihung«, sagte Arienne und blickte verlegen zu Boden.

»Aber nicht doch, junge Dame«, entgegnete der Alte mit heiserer Stimme. »Sie haben mir doch nichts getan.«

Arienne schüttelte lächelnd den Kopf. »Nein, aber es ist nicht höflich, so zu starren.«

»Solange die Leute nur gucken, machen sie nichts Schlimmeres, oder wie sagt man?«

Nun musste sie lachen, was auch das Grinsen des Alten breiter werden ließ. »Darf ich fragen, wohin Sie fahren?«

»Meine Frau hat heute Geburtstag«, sagte er lächelnd. »Ich will sie mit ein paar Blumen überraschen.«

»Da wird sie sich sicher freuen«, antwortete Arienne, ohne sich weitere Gedanken zu machen.

Erst als der Alte mit ihr an derselben Haltestelle ausstieg, dämmerte ihr die traurige Wahrheit. Sie hielt den Alten kurz zurück, bevor er durch das Eingangstor des Friedhofs verschwand. »Verzeihen Sie mir«, sagte sie. »Ich ... ich hatte keine Ahnung, dass Ihre Frau ...«

Er lächelte sie noch immer freundlich an. »Aber weshalb denn so traurig?«

Arienne gestikulierte nervös. »Ich weiß nicht, ich meine ... ich wollte Sie nicht ... Das ist sicher kein leichter Tag für Sie ...«

Der Alte legte ihr beruhigend eine Hand auf die Schulter. »Keine Sorge. Wissen Sie, der Tod ist nicht das Ende. Ich werde meine Frau wiedersehen.«

»Was macht Sie da so sicher?«

Der Alte tippte sich mit der Hand gegen die Brust. »Ich weiß es einfach ... hier drin. Und bis ich meine Frau wiedersehe und ihre Stimme hören kann, hört sie jetzt *mir* zu.« Er trat einen Schritt näher und schirmte den Mund mit der Hand ab. »Wissen Sie ... sie hat immer geplappert wie ein Wasserfall.« Er musste kichern wie ein Schuljunge und Arienne stimmte erleichtert mit ein. »Warum sind Sie hier?«, fragte er schließlich.

»Ich besuche meinen Vater«, sagte Arienne.

Der Alte nickte ihr aufmunternd zu. »Machen Sie sich keine Sorgen. Es geht ihm gut. Und eines Tages, da sehen Sie ihn wieder.« Er zog eine Blume aus dem Strauß und überreichte sie ihr mit einem Lächeln. »Legen Sie die auf sein Grab, er wird sich freuen.«

Arienne nahm die Blume, eine Tulpe, dankend entgegen und verabschiedete sich freundlich von dem Alten.

Wo du wohl herkommst?, fragte sie sich mit einem Blick auf die leicht orangefarbene Blüte in ihrer Hand. *Du hast sicher einen weiten Weg hinter dir.*

Am Grab ihres Vaters wischte sie mit einem Handschuh

den Schnee vom Grabstein, dann steckte sie die Tulpe in den frischen Schnee, der das Grab bedeckte. Sie las die Inschrift auf dem Grabstein leise vor. »In deine Hand, Herr, legen wir unseren geliebten Ehemann und Vater.«

Arienne unterdrückte die aufkommenden Tränen. »Du fehlst mir so sehr«, sagte sie dann. »Alle Menschen sagen mir, dass wir uns eines Tages wiedersehen, aber bis dahin fehlst du mir einfach so sehr.«

Sie schluckte ihre Trauer herunter. Der Tod ihres Vaters lag nun schon so viele Jahre zurück, und momentan gab es wichtigere Dinge, als die Gefühle des kleinen Mädchens in ihr, das sich noch immer nach einer Umarmung sehnte.

Arienne sortierte sich, atmete tief durch und schloss die Augen. »Ich habe dich gestern gesehen«, sagte sie schließlich. »Besser gesagt: nicht dich, glaube ich, aber etwas *wie* dich.«

Sie machte eine kleine Pause und suchte nach den nächsten Worten. »Ich habe immer geglaubt verrückt zu sein«, gestand sie. »Aber seit gestern Nacht bin ich mir sicher, dass nicht ich verrückt bin, sondern die ganze Welt um mich herum.«

»Damit haben Sie vielleicht sogar recht«, erklang eine seltsam vertraute Stimme.

Arienne erstarrte zur Salzsäule, wagte nicht sich umzudrehen. *Es ist der Pfarrer!*, schoss es ihr durch den Kopf. Und vor ihrem inneren Auge lief bereits der Film ab, wie er sie hier auf dem Friedhof einfach erschlagen und dann in einem noch offenen Grab verscharren würde.

»Es sind ... nicht die besten Zeiten«, fuhr Pfarrer Markwart fort.

Arienne spürte, dass er noch hinter ihr stand, und sie fragte sich, was sie von ihm eigentlich zu befürchten hatte. Er wusste nicht, dass sie ihm und seinen Mördern auf der Spur war. Doch je länger sie mit einer Antwort wartete, desto misstrauischer konnte er werden. Sie drehte sich langsam um und setzte ein gekünsteltes Lächeln auf, wie sie es als Reporterin gewohnt war. »Sie haben mich jetzt wirklich erschreckt«, versuchte sie ihr Zögern zu erklären.

»Das tut mir sehr leid.« Er warf einen Blick auf den Grabstein und nickte dann verstehend.

»Sind Sie allein hier?«, fragte Arienne und hätte sich im nächsten Moment am liebsten die Zunge abgebissen. *Frag ihn doch gleich, ob er seine Mörder im Schlepptau hat*, schalt sie sich.

Die kleine Hoffnung, dass Pfarrer Markwart nicht misstrauisch wurde, starb mit seinem resignierenden Lachen. »Ja, ich bin alleine. So wie Sie.«

Arienne riss erschrocken die Augen auf. *Scheiße, jetzt bringt er mich um!*

Sie wollte schon laut kreischend davonrennen, als Pfarrer Markwart vor ihr auf die Knie fiel. »Bitte, hören Sie mich an. Ich schwöre Ihnen, dass Sie nichts zu befürchten haben.«

Arienne war so perplex, dass sie völlig vergaß davonzulaufen.

Der Pfarrer stand wieder auf und plötzlich wirkten seine Augen traurig und müde. »Bitte ... gehen Sie ein Stück mit mir spazieren. Das ist alles, worum ich Sie bitte.«

Arienne nickte langsam. »Sie haben mich gestern erkannt.«

»Nur als neue Kirchgängerin«, gestand er. »Dass Sie weit mehr sein könnten, wurde mir erst in der Nacht bewusst. Und als ich Ihr Selbstgespräch mit anhörte, da war es klar.«

»Scheiße«, fluchte sie leise. »Hätte ich mal lieber nicht laut gedacht.«

»Ich heiße übrigens Alfred«, stellte er sich lächelnd vor. »Und Sie?«

»Arienne«, antwortete sie, ohne zu zögern. Es schien jetzt nicht länger von Bedeutung, ob ihr Name geheim blieb, denn ihre Identität war es nicht mehr. »Ich werde die Polizei rufen müssen«, sagte sie, bevor Alfred weitersprechen konnte. »Ich kann Sie mit den Morden nicht davonkommen lassen.«

Er seufzte schwer. »Vor nicht allzu langer Zeit hätte ich Ihnen widersprochen. Ich hätte versucht Sie zu überzeugen, dass wir Gotteswerk verrichten, keine Morde begehen. Dass wir die Menschen beschützen.« Er machte eine kleine Pause, in der er zum Himmel emporblickte. »Heute bin ich mir nicht mehr sicher.«

Arienne wollte etwas sagen. Wollte ihm ins Gesicht schreien, wie ungeheuerlich sie eine solche Aussage fand, doch sie konnte es nicht. Er wirkte nicht wie der durchschnittliche Massenmörder. *Aber die sollen privat ja immer ganz nett und unauffällig sein,* dachte sie dann. Doch Alfred Markwart schien ein noch gequälterer Geist zu sein, als sie selbst es war.

»Sie haben gestern Nacht etwas gesehen, nicht wahr?«, fragte Alfred direkt. »Etwas, das sie sich nicht erklären können.«

»Und was sollte das sein?«

»Das Licht«, sagte er ehrfürchtig. »Das Licht.«

Arienne blieb stehen. »Woher wissen Sie das?«

»Und jetzt wissen Sie nicht, was sie tun sollen ... was Sie glauben sollen«, überging er ihre Frage. Alfred wandte sich ihr zu und blickte ihr fest in die Augen. »Vertrauen Sie auf Gott.«

»Wie soll ich auf Gott vertrauen, wenn seine Vertreter mordend durch die Stadt ziehen?«

Wieder seufzte er. »Ich wünschte, ich könnte es Ihnen erklären ...«

»Ja, das sollten Sie sich schon mal überlegen, denn ich werde die Sache an die Öffentlichkeit bringen.« Mit jedem Wort fand sie mehr zu ihrer inneren Stärke zurück. »Und dann werden wir sehen, wie *christlich* es im Knast für euch Mörder wird.«

Alfred nickte. »Es ist Ihr gutes Recht ... doch Sie werden nichts ändern, glauben Sie mir. Gegen diese Dinge sind Sie machtlos.«

»Bitte, dann erklären Sie es mir«, forderte sie ihn auf. »Ich habe den ganzen Tag Zeit.«

»Glauben Sie an den Himmel und an Gott?«, fragte er sie direkt.

Arienne dachte kurz über eine Antwort nach, dann zuckte sie ehrlich mit den Schultern. »Ich weiß es nicht.«

Alfred neigte lächelnd den Kopf zur Seite. »Bevor Sie das nicht wissen, können Sie niemals verstehen, was gerade geschieht.« Er legte ihr fürsorglich die Hand auf die Schulter. »Der Glaube ist erst der Anfang.«

Sie gingen wieder zurück, und Alfred ging zu dem Grab, auf das Arienne kürzlich aufmerksam geworden war.

»Ich pflege ihr Grab nun schon seit zwanzig Jahren.«

»War sie ein Mitglied der Kirche?«, fragte sie ihn.

Alfred seufzte. »Sie war ...« Er blickte Arienne in die Augen. »... Sie war wie Sie. Auch sie sah das Licht.«

»Das Licht? Was wissen Sie darüber?«

Er dachte einen Moment über seine Antwort nach, dann schüttelte er den Kopf. »Bitte, Sie sollten gehen. Gehen Sie fort.« Sein Blick wurde eindringlicher. »Sie sind in großer Gefahr!«

Arienne schnaubte wütend. »Nein! Ich lasse mich nicht einschüchtern!« Sie faltete die Hände. »Bitte, Sie haben mich nicht ohne Grund darauf aufmerksam gemacht. Sie wollen mir doch etwas sagen!«

Alfred wand sich wie ein Fisch. »Nein, ich habe schon zu viel gesagt. Er wird denken, ich hätte ihn verraten! Es ist Zufall, dass wir uns hier begegnen. Und ich will Sie nur warnen.«

Arienne änderte die Taktik. Sie konzentrierte sich auf das Grab, um so vielleicht mehr Informationen über die Mörder zu bekommen. »Kennen Sie ihren Namen? Den Rest finde ich selbst raus.«

Alfred seufzte. »Celine. Ihr Name war Celine. Und nun gehen Sie.«

Arienne schüttelte ungläubig den Kopf. »Das kann kein Zufall sein ...«

»Möge Gott Sie schützen«, sagte der Pfarrer. »Möge Gott Sie schützen.«

Arienne folgte seinem Rat und verließ den Friedhof. Sie stieg in die nächste Straßenbahn und fuhr zurück zu ihrer Wohnung. Sie versuchte es den ganzen Weg über zu vermeiden, an das Gespräch zu denken. Erst als sie die Sicherheit ihrer eigenen Wohnung erreicht hatte, ließ sie den Gedanken in sich freien Lauf.

Celine! Wie kann das sein? Ich sehe eine Lichtgestalt, so wie ich damals Papa gesehen habe. Und sie nennt mich beim Namen dieser toten Frau ... Oder handelt es sich um eine andere Frau? Eine Verwechslung? Wie kommt der Name in meinen Kopf?

Sie fand keine Antworten auf die Fragen, also entschied sie sich, Tom anzurufen. *Krank oder nicht, ich brauche seine Hilfe.*

Nach dem dritten Klingeln nahm er ab. »Tom? Ich bin's, Ari. Wie geht es dir?«

»Besser.«

Seine Stimme klang noch immer heiser, fast wie ein Kettenrasseln, aber er musste nicht mehr husten.

»Es tut mir leid, dass ich dich störe, aber ich muss mit dir sprechen.«

»Was ist denn?«

Sie druckste kurz herum. »Kannst du herkommen?«

Er dachte einen Moment nach. »Also schön. Aber nur, wenn du Tee kochst. Ich bin in dreißig Minuten da.«

*

Alfred betrat die Kirche mit einem mulmigen Gefühl in der Magengegend. Er wusste in seinem Herzen, dass er die richtige Entscheidung getroffen hatte. Die junge Frau zu warnen war nach allen Prinzipien des christlichen Glaubens richtig. Und hatte er sein Leben nicht in den Dienst am Herrn und unter das Zeichen der Nächstenliebe gestellt?

Doch Vincent würde das womöglich anders sehen.

Der Engel erwartete ihn bereits. Er stand vor dem Altar, vor dem Jesuskreuz, wie ein Torwächter. Seine blonden Haare wurden vom Kerzenschein in rötlichen Schimmer getaucht. Und der Luftzug der geöffneten Tür ließ sie leicht wehen wie eine Flammenmähne.

Alfred bemühte sich, seinem Blick standzuhalten, doch selbst über die Distanz des gesamten Kirchensaals hinweg spürte er ihn wie zwei glühende Nadeln, die sich in seinen Geist bohrten.

»Du bist ein schlechter Lügner«, sagte Vincent tonlos. »Eine Eigenschaft, die ich sehr an dir schätze, denn sie ist selten heutzutage.«

»Ich habe nichts gesagt«, entgegnete Alfred und setzte seinen Weg fort.

»Das brauchst du auch nicht.« Vincent kam die wenigen Stufen leichtfüßig herab und stellte sich Alfred in den Weg. »Du versuchst etwas zu verbergen. Was ist es?«

Alfred nahm seinen ganzen Mut zusammen und blickte dem Engel in die Augen. »Ich habe die Frau getroffen. Gerade eben auf dem Friedhof. Der Zufall wollte es so, dass das Grab ihres Vaters direkt neben dem von Celine liegt.«

»Das ist aber nicht die ganze Wahrheit«, folgerte Vincent.

Alfred schüttelte den Kopf. Er atmete tief durch. »Sie ist eine Erleuchtete«, teilte er schließlich mit. »Sie sagte, sie habe das Licht gesehen.«

»Eine Erleuchtete«, flüsterte Vincent. »Sie könnte die Tore zur Hölle öffnen ...«

»Oder das Paradies auf Erden erschaffen«, warf Alfred verwirrt ein. »Wenn du sie findest und sie sich mit dem Lebensbaum verbindet ...«

»Die Menschen verdienen das Paradies nicht!«, hielt Vincent bestimmt dagegen. »Sie war also gestern Nacht am Museum ... und dort muss sie Nathaniel gesehen haben, als er durch das Fenster geflohen ist ...«

»Aber die Menschen verdienen diese Chance«, beharrte Alfred. »Gott schickt uns diese Erleuchtete ... wir müssen sie beschützen. Der Garten Eden wäre kein Traum mehr. Gott zeigt uns, dass wir bereit sind ...«

»Also hat Nathaniel sie auch gesehen ...«, fuhr Vincent fort und ignorierte Alfreds Bemerkungen völlig. »Wenn er sie vor mir findet, dann benutzt er sie für Luzifers Zwecke. So wie Luzifer schon Eva benutzte. Und wenn ich sie finde, dann muss ich sie vor diesem Schicksal bewahren ...«

»Du willst sie töten?«, rief Alfred fassungslos.

Vincent schien erst jetzt wieder Notiz von ihm zu nehmen. »Ich werde sie von ihrer Last befreien«, sagte er in ruhigem Ton. »Ich werde sie an Gottes Seite stellen. Ich werde ihr das Paradies schenken.«

»Aber Gott will, dass sie allen Menschen das Paradies schenkt!«, beharrte Alfred.

»Ich bin der Wächter. Und ich weiß, dass ihr Menschen niemals für das Paradies bereit sein werdet.«

Alfred wollte etwas erwidern, doch er konnte nur fassungslos den Kopf schütteln.

»Wie ist ihr Name?«, fragte Vincent, und mit einem Mal klang seine Stimme kalt und bedrohlich. Nichts aus dem himmlischen Chor steckte noch in ihr.

Alfred senkte den Blick. »Arienne ... sie ist Reporterin.«

Er konnte die Reaktion des Engels nicht sehen, doch er hörte, dass Vincent den Saal mit schnellen Schritten verließ.

»Wirst du sie töten?«, wagte Alfred noch zu fragen.

»Shane und die anderen sollen sie finden und herbringen«, antwortete Vincent, was Alfred erleichtert aufatmen ließ. »Mein Platz ist hier.«

*

Arienne setzte eine Kanne Wasser auf, bereitete die Aufnahme von letzter Nacht vor und schritt dann nervös in der Wohnung auf und ab.

Als Tom schließlich klingelte – er hatte wirklich keine fünfzehn Minuten gebraucht –, da war sie nervlich mehr als angeschlagen. Mit zittrigen Fingern drückte sie den Türsummer und wartete, bis er endlich in ihrer Wohnung war.

»Also, was ist so dringend?«, fragte er ohne lange Begrüßung. Er roch stark nach Rasierwasser und einem Duft, den sie nicht ganz zuordnen konnte, ungewohnt und stechend. Normalerweise roch Tom immer ausgesprochen gut. *Vermutlich seine Erkältung*, dachte sie. *Vielleicht die Halsentzündung.*

Sie überlegte, wie sie es ihm am besten sagen konnte.

»Nun rück schon damit raus!«, drängte sie Tom ungeduldig. »Sonst hast du einen kranken Mann umsonst aus dem Bett geholt.«

»Ich bin die Aufnahmen von letzter Nacht durchgegangen«, fing sie schließlich an.

»Aber das hättest du mir auch am Telefon ...«

»Setz dich bitte«, unterbrach sie ihn. »Wir sind da wirklich in eine komische Sache reingeraten, Tom. Die redeten von Luzifer und dass sie die Wächter seien ...«

Tom lehnte sich interessiert im Sessel nach vorn. »Ach, wirklich?«

»Ja«, nickte Arienne. »Sie beschützen in der Kirche etwas, was Luzifer nicht finden soll – kannst du dir das vorstellen?«

Er zuckte mit den Schultern. »Es gibt viele Verrückte da draußen.«

Sie rutschte unruhig auf dem Sessel hin und her. »Da ist aber noch mehr.«

Tom stellte seine Teetasse auf den Tisch und legte die Fingerspitzen aufeinander. »Ich bin ganz Ohr.«

»Zwei Männer stritten heftig miteinander. Es ging dabei um einen *Keimling* ... und um eine tote Frau ...«

»Celine.«

»Du hast den Namen auch gehört?«, fragte sie verwundert.

»Natürlich.«

»Ach so, ich dachte, du hättest gar nichts von der Unterhaltung mitbekommen ...« Sie schüttelte den Kopf. »Egal, ich ... Gott, ich weiß nicht, wie ich das sagen soll, das klingt zu verrückt.«

»Versuch es einfach. Ich verspreche dir, ich werde dich überraschen.«

»Also schön.« Sie atmete tief durch. »Kurz bevor du wieder auf die Straße kamst, ist da oben etwas ... oder jemand ... aus dem Fenster geflogen und vor mir auf dem Bürgersteig gelandet.«

»Tot?«

»Nein ... es war auch kein Mensch ... es war ... Licht.«

»Licht?«

»Ja. Bitte halte mich nicht für verrückt. Es war eine Lichtgestalt. Und sie sprach zu mir. Sie nannte mich Celine. Dann wurde die Gestalt von einem Wagen erfasst und fortgerissen.« Sie stand auf und lief im Zimmer umher. Plötzlich fiel ihr Traum ihr wieder ein. »Und heute Nacht habe ich davon geträumt. Die Gestalt war wieder da, nannte mich aber bei meinem Namen und redete von einem Schlüssel ...« Ihre Gedanken überschlugen sich, brachten sie wieder zu letzter Nacht und dem vorbeirasenden Wagen zurück. »Das muss man sich mal vorstellen. Der Fahrer hat nichts bemerkt und ist einfach weitergefahren.«

»Er hat vermutlich nicht gesehen, was du gesehen hast«, sagte Tom nüchtern.

»Willst du damit sagen, ich habe mir das alles nur eingebildet?«

»Nein, ganz und gar nicht. Aber nicht alle Menschen können die Dinge so erkennen wie du.« Er machte eine Pause und kicherte leise. »Es wundert mich, dass du mich nicht durchschaut hast.«

Arienne warf ihm einen verwirrten Blick zu. »Was redest du da? Dich durchschauen?«

Tom stand auf und trat ans Fenster. »Sag, nimmst du bewusstseinsverändernde Medikamente? Vielleicht Mittel gegen eine Depression?«

»Ich kann dir nicht folgen ...«

Ein Lächeln stahl sich auf seine Lippen. Doch es war keines wie sonst auch, es hatte nichts von der Fröhlichkeit des älteren Kollegen. Vielmehr spiegelten sich darin Verschlagenheit und Schadenfreude. »Die beiden Kontrahenten heißen Nathaniel und Vincent«, sagte Tom gelassen.

»Woher weißt du das?«

Er kicherte. »Jeder von uns kennt ihre Namen. Vincent, der Wächter. Und Nathaniel, der Gefallene. Ich frage mich, welchem von ihnen du begegnet bist.«

»Tom, du sprichst in Rätseln.«

Er stieß erneut das süffisante Lachen aus. »Du würdest dich wundern, wie viele Dinge aus deinem Leben für mich plötzlich einen Sinn ergeben, wo du noch im Dunkeln tappst.«

Ein kalter Schauer überkam sie plötzlich. Kroch ihr Rückgrat entlang und brachte sie leicht zum Zittern. Eine undefinierbare Bedrohung schien mit einem Mal von Tom auszugehen. Er schien einfach so verändert.

»Du siehst Dinge, nicht wahr?«

Arienne wich unwillkürlich einen Schritt vor ihm zurück, brachte den Couchtisch zwischen sich und den älteren Kollegen.

»Dinge, die dir nachts den Schlaf rauben, ist es nicht so?«

Sein Äußeres schien sich mit jedem schneller werdenden Pulsschlag von ihr zu verändern. Seine Wangen waren eingefallen, die Haut schien zum Zerreißen gespannt und schimmerte bläulich im Licht der Deckenlampe.

»Was ist mit dir ...?«, hauchte sie.

»Ah.« Er entließ die Luft in einem lang gezogenen Laut. »Anscheinend lässt die steigende Aufregung dich die Dinge erkennen.«

Sein Äußeres schien sich noch weiter zu verändern. Seine Finger dehnten sich zu langen Klauen, die Fingernägel zu rasiermesserscharfen Krallen.

Arienne hatte, ohne es zu bemerken, zu schreien begonnen. »O mein Gott, Tom! Was geschieht hier?«

Er drehte sich zu ihr um, seine Augen stachen aus den Höhlen hervor, fixierten sie aus rot glühenden Pupillen. Sein Mund bewegte sich fast nicht, als er sprach, und spitze Zähne wuchsen durch die Überreste seiner Lippen hindurch. »Zu traurig, dass du keine Antworten mehr bekommen wirst, Erleuchtete!«

Ohne Vorwarnung stürzte er auf sie zu. Er übersprang das Sofa und landete auf dem Couchtisch, der unter lautem Krachen zusammenbrach. Der Aschenbecher ihres Vaters ging dabei mit lautem Klirren zu Bruch. Seine rechte Hand schnellte nach vorn und packte Arienne an der Kehle. »Du wirst Eden niemals wiederbringen!«, brüllte er ihr entgegen.

Er holte mit der Linken zu einem vernichtenden Schlag aus, doch Arienne schüttete ihm instinktiv ihren heißen Tee ins Gesicht.

Tom ließ von ihr ab, und sie rannte schreiend an ihm vorbei, wollte nur die Tür erreichen und die Wohnung verlassen.

Ein tierisches Knurren und Fauchen ließ sie einen Blick über die Schulter werfen. Toms rechte Gesichtshälfte glühte hellrot von der Verbrennung, doch er schien weiter unbeeinträchtigt zu sein. Er verzog die Reste seiner Lippen zu etwas, was entfernt an ein Lächeln erinnerte. »Du willst spielen?« Dann machte er einen erneuten Satz nach vorn und landete vor ihr, versperrte ihr den Weg zur Tür. »Du stirbst heute Nacht, Schlampe!«

Arienne schrie vor Angst, doch sie gab nicht auf. Sie schlug einen Haken und steuerte die Küche an. Sie stolperte über einen der Thekenhocker und wäre beinahe gestürzt, doch die sichere Gewissheit, dass das ihr Tod wäre, ließ sie irgendwie das Gleichgewicht behalten. »Tom!«, stieß sie gequält aus. »Was tust du?«

Er lachte sie aus, verhöhnte sie mit jedem Atemzug. »Tom ist tot. Mein Meister hat bereits seinen Spaß mit ihm.«

Arienne griff nach dem Messerblock, was Tom – oder wie er sich nun auch immer nannte – nur noch heftiger lachen ließ.

»Willst du mit mir kämpfen?« Er bewegte sich schneller auf sie zu, als ihre Augen folgen konnten, und schlug ihr das Messer aus der Hand, noch ehe sie damit ausholen konnte. Seine freie Hand packte sie erneut an der Kehle. »Na? Wo ist deine Teetasse jetzt?«, verhöhnte er sie.

Tränen rannen Ariennes Wangen hinab. Sie konnte es einfach nicht verstehen. Tom war zu einem Schrecken aus ihren Albträumen geworden. Und ohne Vorwarnung würde er sie töten. Arienne suchte noch kurz nach etwas, was sie retten konnte, doch da war nichts.

Sie faltete die Hände zum Gebet und schloss die Augen.

»*Er* wird dir jetzt auch nicht mehr helfen können«, lachte Tom.

»Nein, aber ich«, erklang eine andere, warme Stimme. Beinahe klang sie wie ein ganzes Konzert verschiedener Stimmen, als würde ein Chor in völligem Einklang sprechen.

Arienne konnte selbst durch die geschlossenen Lider das Licht spüren, das den Raum mit einem Mal erhellte. Und die Wärme durchdrang ihren Körper. Erfüllte sie mit Frieden.

»Gefallener!«, spie Tom verächtlich aus. Er schleuderte sie wie eine Fliege beiseite. Sie segelte einen Meter durch die Luft, dann krachte sie gegen den Kühlschrank und landete unsanft auf dem Boden. Am Klirren aus seinem Inneren konnte sie hören, dass darin etwas zu Bruch gegangen war.

Arienne traute sich, die Augen zu öffnen. Tom – oder was immer er jetzt war – stand vor ihrer Küchentheke. Er hatte ihr den Rücken zugewandt und starrte auf ein grelles Licht, das in der Mitte der Wohnung erschienen war.

Arienne erinnerte sich an die Lichtgestalt. Es war wie in der Nacht zuvor. Seidig schimmernde, fast durchsichtige dünne Bänder wogten in Wellen um ihn, als würde die Gestalt knapp unter der Wasseroberfläche schweben. Licht strahlte von ihnen aus, ebenso wie von dem menschengroßen Körper, den Arienne inmitten des Leuchtens auszumachen glaubte.

»Ich werde jetzt das vollenden, was Vincent nicht vollbringen kann«, sagte Tom mit kehliger Stimme. »Ich werde dich endlich töten.«

»Ich könnte genau dasselbe sagen.« Die Stimme hallte wohlig in ihren Ohren, beruhigte sie und spendete Kraft.

Arienne konzentrierte sich, kniff die Augen zusammen und versuchte durch das Licht hindurch etwas zu erkennen. Je stärker sie sich konzentrierte und je ruhiger sie atmete, desto eher gelang es ihr, einzelne Konturen auszumachen. Arienne zwang sich, das Licht weiter auszublenden, hinter die Fassade zu blicken, und schließlich konnte sie einen Mann mit ebenmäßigen Gesichtszügen erkennen. Er trug einen schwarzen Mantel und seidige, schwarze Haare fielen ihm in glatten Strähnen auf die Schultern hinab. Sie kannte sein Gesicht, doch ihr wollte nicht einfallen, wo sie es bereits gesehen hatte.

Er stand ruhig vor Tom, musterte aber jede Bewegung des älteren Mannes.

Plötzlich sprangen sie beide nach vorn, trafen sich dort, wo kurz zuvor noch der Couchtisch gestanden hatte, und versuchten den anderen niederzuringen.

Tom führte seine Klauen in weiten Schwüngen, die ihre Sofakissen zerfetzten, als sie ihm in den Weg kamen.

Der andere Mann wich den Schlägen jedes Mal gekonnt aus, tauchte unter den Armen hindurch oder bog das Kreuz nach hinten durch. Plötzlich blockte er Toms Schlag und fing dessen Rechte einfach mit seinem Unterarm ab. Er rammte Tom die Faust tief in den Magen und packte den Mann. Mit der Linken griff er Tom beim Schopf, und als er einen Schritt nach vorn machte, hebelte er den schweren Mann mühelos aus. Er riss die Arme nach oben und hielt Tom über seinen Kopf, ehe er ihn wieder zu Boden warf. Nun stand er zwischen Arienne und Tom, der sich blitzschnell wieder aufrappelte.

»Du kannst uns nicht alle besiegen, Gefallener«, lachte Tom. »Seit Evas Verrat gehört diese Welt Luzifer!«

Der Gefallene, wie Tom ihn nannte, schüttelte den Kopf. »Gott hat die Welt den Menschen geschenkt. Auch Luzifer kann das nicht ändern.«

Tom sprang wieder nach vorn, doch der Fremde hielt plötzlich ein Schwert in seinen Händen und führte es in einem schnellen Rückhandschwung gegen den Dämon.

Die Klinge traf Toms rechten Arm, durchtrennte die Haut, zerschnitt Muskeln, Adern und Sehnen und ließ Knochen splittern. Dann zog sie eine blutige Schneise über seine Brust und seinen Bauch.

Tom schrie vor Schmerz. Dunkles Blut spritzte dampfend aus der Wunde, trocknete auf dem Boden fast augenblicklich zu schwarzen Flecken. Er hielt sich den Bauch, drückte mit der Linken seine hervorquellenden Eingeweide zurück und sackte auf die Knie.

»Du bist bloß ein Gefallener«, sagte er schwer atmend. Mit jedem Wort spuckte er mehr schwarzes Blut auf den Boden. »Du kannst mich nicht bannen.«

Der Fremde beugte sich zu ihm hinab. »Das muss ich auch gar nicht. Ich werde Eden neu erschaffen ... Und du weißt, dass es darin für dich und deine Brut keinen Platz geben wird.« Er lenkte Toms Blick zu Arienne, die starr vor Schreck das grausige Schauspiel betrachtete. »*Sie* wird dich bannen. Dich und deine ganze Art.«

Dann stand er auf, das Schwert war verschwunden. Er ging zu Arienne und blickte ihr in die Augen. »Ich habe dich endlich gefunden.«

»Wer bist du?«, hauchte sie. Tränen rannen über ihre Wangen. Tom war ihr Freund gewesen, der Gedanke an ihn und dass er tot war, brachen ihr das Herz.

»Ich bin Nathaniel«, sagte der Fremde mit wohlklingender Stimme. Er reichte ihr die Hand. »Wir müssen gehen. Er wird sich schon bald regenerieren.«

Arienne folgte ihm, ohne Fragen zu stellen. Zu viele davon brannten ihr auf der Zunge, doch sie wollte nur weg von hier.

Als sie an der Tür waren, krümmte sich Tom und begann erneut zu lachen. »Wirst du ihr sagen, dass sie Millionen verdammt, wenn sie dir folgt?«

»Es werden Milliarden sein, wenn sie es nicht tut.«

Dann verließen sie die Wohnung.

»Wo bringst du mich hin?«, fragte sie, während sie die Treppe hinuntergingen.

»Zu einem Freund.«

Arienne bemerkte erst jetzt, wie sehr die Aufregung ihren Körper belastete, als ihr schwarz vor Augen wurde.

Sie spürte, dass sie fiel, doch alles geschah wie in Zeitlupe. Jemand fing sie auf, und das Letzte, was sie hörte, auch wenn die Worte weit entfernt klangen, war: »Ich werde dich beschützen.«

*

Toni war nicht wohl in seiner Haut. »Und wir bringen sie nur zu Vincent, ja?«, fragte er erneut. Sie hatten nicht lange gebraucht, um eine Reporterin mit dem Namen Arienne ausfindig zu machen. Und nun waren sie im Van unterwegs zu ihrer Wohnung.

Vincent hatte ihnen aufgetragen, sie zum Nest zu bringen, »zum Schutz«, wie der Engel gesagt hatte, doch Toni befürchtete, dass er damit nicht den Schutz der Frau meinte.

Es war früher Nachmittag, aber im Winter bedeutete das, dass es bald dunkel würde. *Perfekte Bedingungen, um eine Leiche unauffällig loszuwerden,* dachte Toni und ein eisiger Schauer überkam ihn.

»Wir sind so gut wie nicht bewaffnet«, sagte Shane, »also beruhige dich. Wir wollen sie nur in Sicherheit bringen.«

Noriko schien noch schweigsamer als sonst. Toni konnte nur raten, was in ihr vorging. *Vielleicht fürchtet sie, dass Vincent sich in die Frau verliebt, wie es schon bei Celine passiert ist?*

»Hier muss es sein«, sagte Shane und parkte den Van am Straßenrand.

Toni betrachtete das Gebäude, in dem sich gut zwanzig Wohnungen befanden. »Jetzt müssen wir uns durchfragen.«

»Ach, die paar Stockwerke sind wir schnell abgelaufen«, lachte Shane.

*

Der Geschmack seines eigenen Blutes haftete auf seiner Zunge. Der Gefallene war fort. Und mit ihm Arienne. *Wenn er sie zum Lebensbaum bringt, dann ist alles verloren*, wusste er.

Irgendwo in den hintersten Winkeln seines Hirns war noch ein Rest des Menschen am Leben. Tom rebellierte gegen seinen Geist, wollte ihn aus seinem Körper vertreiben, doch der Mensch war schwach. *Viel zu schwach*, dachte der Dämon. *Dieser Körper ist ein Witz!*

Er konzentrierte sich und die Wunden begannen sich langsam zu schließen. Bald wäre er wiederhergestellt. Auch der fehlende Unterarm wäre dann nur eine lästige Erinnerung.

»Zweimal hat Vincent meinen Wirt vernichtet«, flüsterte er leise. »Ein drittes Mal wird mir das nicht passieren.«

Ich muss zur Kirche! Etwas Gutes hatte dieser Körper, denn die Erinnerungen des Mannes waren überaus hilfreich.

Beinahe wünschte er sich, dass Nathaniel diesen Körper komplett zerstört hätte, so hätte er in einen neuen, jüngeren Körper springen können. Doch dafür fehlte ihm die Zeit. Der Gefallene würde sicherlich schon bald versuchen die Tore Edens zu öffnen. Und das musste er unter allen Umständen verhindern.

Er rappelte sich auf und schleppte sich zur Wohnungstür. Ein wohliges Kribbeln verriet ihm, dass sein Arm bereits wieder nachwuchs und er bald wieder komplett hergestellt wäre. *Zu dumm, dass ich so nicht Auto fahren kann*, dachte er. Auch seine Gesichtszüge glichen wieder dem Menschen, dem dieser Körper einst gehörte. Seine Art wusste, wie man neugierigen Blicken entging. Er zog den Mantel eng um sich, um seine verheilenden Verletzungen zu verbergen, und verließ die Wohnung. Auf dem Weg zur

Kirche blieb ihm also mehr als genug Zeit, sich einen Plan zu überlegen.

*

Die Tür war nicht abgeschlossen, und Shane brauchte nur Sekunden, um sie mit einem Dietrich zu öffnen.

»Wäre es nicht besser, sie würde freiwillig mitkommen?«, fragte Toni, doch Shane signalisierte ihm mit der Hand, dass es Zeit war zu schweigen.

Sie betraten die Wohnung. Shane zog seine Maschinenpistole, als er den zerstörten Tisch sah.

»Arienne?«, rief Noriko und bemühte sich, freundlich zu klingen.

»Alfred schickt uns!«, rief Shane in der Hoffnung, dass sie sich so aus ihrem Versteck locken ließ.

Toni betrat die Wohnung als Letzter. »Sie scheint nicht mehr hier zu sein.«

Shane deutete auf den zerbrochenen Couchtisch. »Seht mal.« Er ging hinüber und hob etwas auf, was sich rasch als menschlicher Unterarm entpuppte. »Wer hat den wohl hier vergessen?«

»Was ist hier passiert?« Noriko überprüfte das Schlafzimmer. »Die anderen Räume scheinen sauber zu sein.«

Shane ging in die Knie. »Hier ist getrocknetes Blut.«

»Menschlich?«, fragte Noriko und verschwand im Bad.

Er schnüffelte kurz daran. »Nein, sicher nicht ... zu schwarz, zu schweflig.«

»Ein Dämon?«, hauchte Toni.

Shane brummte. »Hmm, schon wieder, ja.«

»Hat er sie getötet?«

»Hier wurde jedenfalls gekämpft.« Er zuckte mit den Schultern. »Wenn er sie getötet hat, dann hat sie sich ordentlich zur Wehr gesetzt. Und das wäre nicht glimpflich für sie abgelaufen. Hier müsste wenigstens auch Menschenblut zu finden sein.«

»Dann hat er Arienne verschleppt?«, rief Toni fassungslos. »Die Erleuchtete ist jetzt bei Luzifer?«

Shane runzelte die Stirn. »Das glaube ich nicht. Wie gesagt, hier wurde gekämpft. Aber der Dämon scheint verloren zu haben.«

»Also hatte sie Hilfe«, pflichtete Noriko bei, als sie wieder ins Wohnzimmer kam.

»Nathan«, sprach Toni den Gedanken laut aus.

»Aber warum sollte er ihr helfen, wenn er doch mit den Dämonen zusammenarbeitet?«, fragte Shane. »Das ergibt keinen Sinn.«

»Und wenn Vincent sich doch irrt?«

»Toni, das Thema hatten wir schon«, seufzte der Hüne. »Vincent kennt Nathan besser als wir.«

»Aber du sagst doch selbst, dass es keinen Sinn ergibt!«, hielt Toni dagegen. »Wer sonst hätte die Frau vor einem Dämon retten können?«

»Franck zum Beispiel.«

Toni machte eine ausladende Geste. »Sieht das hier so aus, als hätte ein vierhundert Pfund schwerer Koloss gewütet? Und wie kam er in die Wohnung? Durch die Tür? Hat er vorher auch brav geklingelt?« Er schnaubte verächtlich. »Wach auf, Mann! Vincent irrt sich, was Nathan angeht.«

»Oder Nathan will uns genau das glauben machen.«

Toni schüttelte resignierend den Kopf. »Du bist so verblendet!«

»Wie auch immer, wir sollten zurück ins Nest«, wandte Noriko ein. »Diese Frau weiß, wo es liegt. Und bei wem auch immer sie jetzt ist, er weiß es vermutlich ebenfalls.«

*

»Du kannst mich nicht immer derart überfallen!«, drang eine grollende Stimme an ihr Ohr.

»Bitte, sie braucht kurz Ruhe.«

Arienne erwartete jeden Moment, in ihrer Wohnung aufzuwachen wie nach jedem Albtraum. Doch die Stimmen klangen beunruhigend bekannt.

»Wenn Vincent sie hier findet, dann bringt er uns beide um.«

»Sie ist der Schlüssel!«

Arienne strengte sich an, um die Stimme zuzuordnen, doch es wollte ihr nicht gelingen.

Nun schien der erste Sprecher überrascht. »Bist du dir sicher?« Anscheinend beantwortete sein Gegenüber diese Frage mit einem Kopfnicken. »Und was willst du jetzt tun?«

»Ich werde sie zu ihm bringen. Und wir werden endlich Ruhe finden.«

Arienne wehrte sich gegen den Drang, die Augen zu öffnen. Sie erinnerte sich ganz langsam, woher sie die Stimmen kannte. Der wohlklingende Chor des einen Sprechers und der polternde Klang des anderen. Sie wusste, wenn sie die Augen jetzt öffnete, dann würden die Albträume wieder zur Realität.

Tom, dachte sie traurig. *Was ist nur mit dir passiert?*

»Das wird kein leichter Kampf«, sagte die Geröllstimme. »Er wird dich erwarten.«

Ihr leises Schluchzen ließ die beiden innehalten. »Bitte«, hauchte sie, »ich …«

Eine warme Hand legte sich beruhigend auf ihre Stirn. »Ganz ruhig. Es ist alles in Ordnung. Du bist hier in Sicherheit.«

Arienne öffnete zögerlich die Augen. Sie blickte in ein ebenmäßiges Gesicht, umrahmt von seidigem schwarzem Haar. »Nathaniel«, erinnerte sie sich. Und plötzlich fiel ihr wieder ein, woher sie sein Gesicht mit den onyxfarbenen Augen kannte. »Ich habe dich schon einmal gesehen.«

»An Celines Grab, ja.«

»Die Inschrift!«, erkannte sie. »Eine nicht endende Liebe ... die ist von dir.«

Er nickte traurig. »Wir sind bei Franck«, wechselte er plötzlich das Thema.

Alles in ihrem Körper wollte davonlaufen. Sich einfach in Sicherheit bringen, bis die Schrecken wieder verblassten. Doch trotz all der grausamen und verstörenden Bilder – Tom, der sie mit dämonischer Fratze anstarrte und töten wollte – glaubte sie Nathaniels Worten. Sie traute sich, ganz langsam den Kopf zu drehen, um diesen Franck anzusehen.

»Hab keine Angst«, flüsterte Nathaniel.

Sie suchte nach einem bärbeißigen Franzosen mit breiter Statur, doch sie blickte direkt in die rot glühenden Augen eines weiteren Monsters. Arienne schrie auf. Und je schneller ihr Herz raste, desto mehr veränderte sich auch Nathaniels Äußeres. Licht schien durch seine porzellanfarbene Haut hindurchzubrechen. Der ganze Raum war hell erleuchtet.

Arienne versuchte auf allen vieren davonzukrabbeln, doch Nathan hielt sie fest. »Es ist in Ordnung«, flüsterte er und seine Stimme vibrierte wohlig in ihrem Körper. »Du musst keine Angst vor der Wahrheit haben.«

»Möchten Sie einen Kaffee?«, fragte Franck und wich seinerseits einen Schritt zurück.

Arienne zwang sich, ruhig und tief zu atmen und den Blick nicht von dem Monster abzuwenden. Franck glich einer Statue aus dunklem Granit, wie man sie häufig auf

Kirchen oder alten Bauwerken fand. Seine Haut wies jedoch eine feine Maserung auf, die an Marmor erinnerte. Seine Statur war imposant, sicherlich zwei Meter in der Höhe und breiter als zwei starke Männer.

Doch am meisten fesselten seine Flügel ihren Blick. Ledrige Schwingen, die hinter seinem Rücken gefaltet emporragten und direkt aus seinen Schulterblättern gewachsen sein mussten.

Er versuchte sich an einem freundlichen Lächeln, erkannte sie, aber dabei stellte er lediglich ein Maul voller scharfer Reißzähne zur Schau.

Trotz allem beruhigte Arienne sich wieder. Nathans Berührung gab ihr Kraft und Sicherheit. Tief in ihrem Innern wusste sie, dass sie ihm vertrauen konnte.

»Was ist geschehen?«, fragte sie.

»Du wurdest von einem Dämon angegriffen«, antwortete Nathan, dessen Gesicht sie nun wieder erkennen konnte.

Sie schüttelte den Kopf. »Nein, ich meine, mit mir ... Bin ich verrückt?«

»Sie sind weit davon entfernt, verrückt zu sein«, sagte Franck und wandte sich um. Er stampfte über die Trümmer von etwas, was früher ein Bücherregal gewesen sein mochte, und verschwand in einer großen Küche. »Der Kaffee ist gleich fertig!«

Nathaniel blickte ihr tief in die Augen. »Du bist anders, nicht wahr? Du warst schon immer anders. Du siehst die Wahrheit.«

Sie setzte sich auf. Mittlerweile hatte sie sich so weit beruhigt, dass sie Nathans strahlend blaue Augen erkennen konnte. »Ich weiß nicht«, gestand sie. »Ich hielt das immer für Albträume ...«

Er lächelte schmal. »Du bist mit einem wacheren Geist gesegnet als die meisten Menschen.«

»Was hat das zu bedeuten? Wer bist du?«

»Ich bin Nathaniel, Wächter des Garten Eden, im Heer der Cherubim des Herrn.«

Sie schüttelte den Kopf. »Das ist verrückt!«

Franck kam mit einem Tablett aus der Küche zurück. Darauf standen eine Kanne und drei Tassen. Der Anblick, wie das massige Monster das Geschirr balancierte, ließ sie unwillkürlich lachen.

Jedoch nur für einen Moment. Dann übermannte sie erneut die Angst und sie blickte sich panisch nach einem Fluchtweg um.

Sie entdeckte das zerbrochene Fenster am anderen Ende der Dachgeschosswohnung. »Wir sind über dem kirchlichen Museum«, stellte sie fest.

Nathaniel nickte, während Franck ihnen Kaffee einschenkte und sich auf einem sehr massiv wirkenden Sessel niederließ.

»Wir werden Ihnen nichts tun«, versicherte Franck. »Sie sind hier in Sicherheit.« Sein französischer Akzent wirkte so fehl am Platz, dass Arienne wieder schmunzeln musste.

Nathan berührte sie an der Stirn und seine Hand fühlte sich warm und weich an. Er schloss die Augen und schien sich zu konzentrieren. »Du hast deinen Vater früh verloren«, sagte er schließlich.

Arienne riss erschrocken die Augen auf. »Liest du in meinen Gedanken?«

»Und seitdem siehst du die Wahrheit«, fuhr Nathan ungerührt fort. Dann ließ er sie wieder los, blickte ihr fest in die Augen. »Du warst nicht schockiert, mich zu sehen. Du weißt bloß nicht, wieso du meine wahre Gestalt sehen kannst und andere nicht.«

Sie atmete tief durch. »Ich wurde als Kind zu unzähligen Ärzten geschickt ... Immer wieder war ich in Therapie ...

und niemand wollte mir glauben, dass ich meinen Vater sah. Wie ist das möglich?«

Nathan lächelte. »Seine Liebe zu dir ist so stark, dass er dich dazu bringen konnte, ihn zu sehen. Er wollte dich nicht verlassen.«

»Aber diese Bilder ... all die Monster ... Warum hat er mir das angetan?«

»Damit du den Menschen den Frieden bringst«, sagte Nathan. »Du bist eine Erleuchtete. Du bist der Schlüssel zu den Toren Edens.«

»Was? Wovon redest du?«

»Ich spreche vom Paradies«, sagte Nathan. »Das Paradies auf Erden.« Er umgriff ihre Hände. »Ich habe unzählige Jahre gewartet und endlich habe ich dich gefunden!«

»Das Paradies ...«, flüsterte Arienne.

Nathan nickte euphorisch. »Niemand würde mehr Hunger leiden. Es gäbe keine Gewalt mehr zwischen Menschen. Keinen Mord, keine Lügen, keine Enttäuschungen mehr! Keine Krankheiten, keinen Schmerz. Nur Liebe und Glück. Frieden auf Erden. Ein kompletter Neuanfang für die Menschheit!«

»Das Paradies ...«, wiederholte Arienne. Sie runzelte die Stirn. »Aber hat es nicht seinen Grund, dass wir nicht im Paradies leben? Ist es nicht Gottes Wille?«

Nathan schüttelte den Kopf. »Nein, Gott wollte den Menschen das Paradies schenken. Es waren die Menschen, die noch nicht bereit dafür waren.«

»Und was macht dich so sicher, dass wir es jetzt sind?«

»Ich habe dich gefunden«, sagte er. »Das ist ein Zeichen Gottes.«

»Aber wie?«

Nathan tauschte ernste Blicke mit Franck.

*

»Wo ist sie?«, fragte Vincent, als sie wieder im Nest eintrafen.

Shane zuckte mit den Schultern. »Als wir kamen, war die Wohnung verlassen.«

»Aber es gab Spuren eines Kampfes«, fügte Noriko hinzu. »Ein Dämon, so viel ist sicher.«

Alfred stand abseits und betrachtete sie sehr genau. Er verbarg sein Entsetzen über die Nachricht. *O nein, die junge Frau wurde angegriffen! Hätte ich sie vielleicht doch lieber hierherbringen sollen? Wäre sie am Ende in Vincents Händen besser aufgehoben?*

Vincent schnaubte verächtlich. Es war eine der seltenen menschlichen Verhaltensweisen, die er zuweilen an den Tag legte. Und wie immer verstörte der Anblick des Engels, der die Beherrschung verlor, Alfred zutiefst. »Also ist Nathan bei ihr«, stellte er fest.

»Vermutlich«, pflichtete Shane ihm bei. »Aber was hat er vor?«

»Er will mit ihrer Hilfe Luzifer aus der Hölle befreien«, sagte Vincent bestimmt.

Shane wiegte den Kopf hin und her. »Aber warum dann den Dämon angreifen? Warum lässt er sich nicht einfach von ihm helfen? Immerhin haben sie das gleiche Ziel.«

Vincent überging den Einwurf und wandte sich an Alfred. »Bring den Spross des Lebensbaums zum Altar. Nathaniel wird zu mir kommen.«

Alfred schluckte und zögerte einen Augenblick.

»Tu es!«, schrie Vincent und seine Stimme hallte durch das Kirchengewölbe. Dann wandte er sich wieder an die Paladine. »Und ihr tut, was immer nötig ist, damit diese Frau den Baum nicht erreicht.«

Shane runzelte die Stirn. »Ich weiß nicht ...«

»Du kannst es auch gar nicht wissen!«, fuhr Vincent ihn an. »Ich weiß, was zu tun ist. Du bist ein Mensch, du hast zu glauben.«

Der Hüne schien noch einen Moment unschlüssig, dann nickte er ergeben. »Du kannst dich auf die Paladine verlassen.«

Alfred ging allein die Treppe hinauf. *Was, wenn Vincent sich tatsächlich irrt?*, nagte es an ihm. *Was, wenn diese Frau uns das Paradies bringen soll? Wenn Nathan recht hat?*

»Herr, gib mir Kraft«, bat er inständig.

Der Keimling stand in seinem Schlafzimmer auf einem kleinen Holztisch neben dem Fenster zur Ostseite. So badete er im goldenen Licht des Sonnenaufgangs, ohne in der Mittagshitze zu verbrennen. Alfred betrachtete die unscheinbare Pflanze. »So viel Hoffnung ruht in dir. Eine kleine Knospe, die Wurzeln schlägt. Das Paradies auf Erden.«

Er blickte in den Spiegel und erschrak. Sein Gesicht war blass, seine Wangen eingefallen und er hatte tiefe Ringe unter den Augen. »Es scheint, als könnte ich den Frieden des Paradieses am meisten gebrauchen ...«, flüsterte er.

Dann fiel sein Blick wieder auf den Keimling des Lebensbaumes. »So viele Jahre wartest du nun schon auf dein Gegenstück, das dich vollkommen machen wird.«

Er hob den Topf vorsichtig an und brachte ihn hinunter zum Altar.

Vincent wartete bereits auf ihn. Der Engel würdigte ihn kaum eines Blickes, er schien seinen eigenen Gedanken nachzuhängen. Die Paladine kamen gerade aus dem Keller und bezogen an strategischen Punkten im Kirchensaal Stellung. Sie alle trugen gepanzerte Westen und schwere Maschinenpistolen sowie lange Kampfmesser an den Gürteln.

Das letzte Mal habe ich sie in voller Montur gesehen, als es gegen einen Werwolf ging, dachte Alfred. *Armer Randolf, er wollte doch bloß sein Leben selbst bestimmen ... so wie alle Lebewesen.*

Dieser letzte Gedanke ließ Alfred nicht mehr los.

*

»Und das soll funktionieren?« Arienne hatte ursprünglich fragen wollen, ob sie das eben Gehörte glauben sollte, aber dieser Einwurf erschien ihr überflüssig. »Und wie soll diese Verbindung ablaufen? Soll ich den Baum essen?«

»Nein, das werde ich tun«, entgegnete er ernst.

»Wie bitte?«

»Ich werde den Lebensbaum in mir aufnehmen. Und dann werden wir uns umarmen und küssen, wie die beiden Bäume im Paradies es getan haben.«

»Du bist verrückt!«

Er schüttelte den Kopf. »Nein, ich weiß, dass es funktioniert. Ich wähle ein sterbliches Leben und dann erschaffen wir das Paradies.«

Sie zögerte einen Moment mit ihrer Antwort. Der Plan klang völlig verrückt ... aber andererseits saß sie hier, und man erzählte ihr, dass sie ihr ganzes Leben lang nicht gestört, sondern gesegnet gewesen sei.

Und der Gedanke, dass ihr Vater sie ihr ganzes Leben hindurch tatsächlich begleitet hatte, spendete Arienne Trost. »Als ich im Sterben lag«, sagte sie plötzlich, »da spürte ich auf einmal ein warmes Licht auf mir. Eine Stimme sagte, dass sie mich immer beschützen werde. Und als ich wieder aufwachte, lag ich im Krankenhaus. Wie war das möglich?«

»Dein Vater«, sagte Nathan mit warmem Lächeln. »Nach

allem, was du bisher erzählt hast, hat er schon immer seine Hand schützend über dich gehalten.«

»Aber wieso kann ich ihn dann jetzt nicht sehen?«

»Weil er keinen Auftrag von Gott erhielt«, sagte Nathan leise. »Seine Liebe zu dir machte ihn zu einem Schutzengel – deinem Schutzengel. Aber er hat keinen Körper, den er hier auf Erden benutzen könnte.«

»Werde ich ihn wiedersehen?«

Nathan nickte. »Aber natürlich. Sobald deine Zeit gekommen ist, wirst du deinen Vater wieder in die Arme schließen können.«

»Also müssen wir jetzt zu dieser Kirche, um dort … Vincent war sein Name, nicht wahr … den Keimling abnehmen zu können? Und dann wird es keine Monster mehr auf der Erde geben? So wie das, zu dem Tom geworden ist?«

Wieder nickte Nathan. »Nie wieder. Die Menschheit wird endlich ihren Frieden finden.«

»Wir können sie alle retten«, flüsterte sie. »Wir könnten alle Frieden finden.«

*

Toni stand auf der Empore und überblickte den Kirchensaal. Neben ihm saß Alfred auf dem Hocker der Organistin und schien zu beten.

»Tun wir das Richtige?«, flüsterte Toni ihm zu.

Alfred blickte zu ihm herüber und seufzte. »Ich weiß es nicht, Antonio«, gestand er. »Vincent … hat sich verändert.«

»Wir können die arme Frau doch nicht einfach umbringen!«

Noch immer bemühten sie sich um einen Flüsterton, da

gerade die Empore jedes Geräusch in die ganze Kirche abstrahlte.

»Das kann einfach nicht Gottes Wille sein«, beharrte Toni.

Alfred schüttelte den Kopf. »Nein, das glaube ich auch nicht.« Er streckte die Hände aus. »Bete mit mir. Für ein Zeichen des Herrn.«

*

Sie standen vor dem Haupttor der Kirche. Es war bereits dunkel und sogar der Mond schien sich hinter einer dicken Wolkendecke zu verstecken, sodass Arienne kaum die Spitze des Kirchturms ausmachen konnte.

Nathan hielt ihre Hand, und Arienne fühlte sich beinahe wie ein kleines Kind, das von den Eltern zum ersten Mal in den Kindergarten gebracht wurde. Klein und unbedeutend neben dem Engel.

»Was auch immer gleich geschieht«, sagte er, »bleib dicht hinter mir.«

Er ging entschlossen weiter und stieß die Tür mit einer kaum merklichen Handbewegung weit auf.

Die Kirche war weniger finster. An jeder Säule brannten Kerzen in geschmiedeten Wandhaltern. Der Luftzug der geöffneten Tür ließ die Flammen fauchend tanzen, doch kurz darauf beruhigten sie sich wieder, als die Tür mit lautem Donner ins Schloss fiel.

Aus einem unbestimmten Impuls heraus tauchte Arienne die Fingerspitzen in das Becken mit Weihwasser und bekreuzigte sich auf der Stirn.

»Da bist du endlich!«, ertönte eine ähnlich durchdringende Stimme wie die Nathans aus dem Kirchensaal.

Arienne spähte an Nathan vorbei und erblickte einen

blonden Mann, der vor dem Altar stand. »Ist er das?«, flüsterte sie.

Nathan nickte. »Hallo, Vincent!«, grüßte er den Mann.

Ariennes Aufregung wuchs, als sie erkannte, dass Vincent ein Schwert in der Hand hielt. Licht schien nun aus ihm und Nathan hervorzubrechen, als ihre Wahrnehmung verschwamm. Die Engel bewegten sich langsam aufeinander zu wie zwei Sterne, die voneinander angezogen wurden.

»Du wirst die Hölle niemals öffnen!«, schrie Vincent plötzlich und Arienne schrak zurück.

»Das will ich auch gar nicht!«, hielt Nathan dagegen. Auch in seiner Hand ruhte plötzlich ein Schwert. »Ich will den Menschen das Paradies bringen.«

»Sie verdienen es nicht! Du wirst heute für Celines Tod büßen!«

»Versteck dich«, sagte Nathan, dann sprang er mit einem gewaltigen Satz über die gesamten Sitzreihen hinweg und landete leichtfüßig zwei Meter vor Vincent.

»Tötet sie!«, schrie Vincent. »Ohne sie kann er die Hölle nicht öffnen!«

Arienne wollte sich gerade hinter einer Säule verstecken, als eine kräftige Hand sie packte. »Es tut mir leid«, sagte ein hünenhafter Mann und richtete den Lauf seiner Maschinenpistole auf sie.

*

»Ich kann das nicht zulassen«, sagte Toni. Er blickte Alfred gequält an. »Vincent mag seine Gründe haben, Nathan zu jagen. Aber diese Frau hat niemandem etwas getan.«

Alfred nickte lächelnd. »Dann hilf ihr, mein Sohn. Gott hat dir einen Auftrag gegeben.«

Toni beugte sich über das Geländer der Empore und sah,

wie unter ihm Shane gerade die Frau am Arm packte und seine Waffe auf sie richtete.

Ohne einen weiteren Gedanken daran zu verschwenden, sprang Toni über das Geländer und krachte Shane ins Kreuz. Der Hüne ging zu Boden und ließ seine Waffe fallen.

»Laufen Sie die Treppe hoch!«, rief Toni der Frau zu, dann versuchte er Shane am Boden zu halten.

Doch der Hüne bäumte sich wütend auf. »Du verdammter Idiot! Willst du, dass wir alle draufgehen?«

Toni tänzelte wie ein Boxer vor Shane hin und her. »Ich kann nicht zulassen, dass wir eine unschuldige Frau umbringen, Shane. Das ist falsch!«

Shane überlegte einen Moment, ob er sich auf ihn stürzen sollte, doch er hatte anscheinend eine andere Idee. »Noriko! Hilf mir, sie zu kriegen!«

Noriko hatte sich am Eingang zum Nebengebäude postiert und kam nun herbeigeeilt.

»Ich mochte dich. Wirklich«, seufzte Shane und zog sein Messer.

Toni schüttelte den Kopf und entsicherte seine Maschinenpistole. »Das hier muss nicht so enden.«

Der Klang von Schwertern, die aufeinandertrafen, erfüllte die Kirche, als Nathan und Vincent sich angriffen.

Shane deutete mit einem Kopfnicken zu den Engeln. »Doch, Toni, muss es.«

Eines der Bleiglasfenster ging unter lautem Klirren zu Bruch, als eine dunkle Gestalt hindurchsprang. Toni fuhr herum und blickte in die Fratze eines Dämons. Die Klaue des Monsters flog heran, zerschnitt einen Teil von Tonis Rüstung und warf ihn mehrere Meter durch die Luft, ehe er unsanft in den Sitzbänken landete und das Bewusstsein verlor.

Alfred betrachtete das Schauspiel von der Empore aus. Arienne kam gerade die Treppe herauf. »Verstecken Sie sich hinter der Orgel!«, brachte er gepresst hervor, dann stellte er sich vor die Treppe. Noriko kam herbeigeeilt, doch als das Fenster zu Bruch ging, änderte sie ihre Richtung.

»Vincent! Dämon!«, schrie sie, doch der Engel antwortete nicht.

Er will den Kampf mit Nathan so sehr, begriff der Pfarrer. *Alles andere hat die Bedeutung für ihn verloren.*

Alfred biss sich auf die Unterlippe, aber was konnte er schon gegen einen Dämon ausrichten?

Noriko brachte ihre Waffe in Stellung, doch sie konnte nicht riskieren, auf den Dämon zu schießen, da Shane direkt hinter ihm stand.

Shane wich einem Schlag des Dämons aus und schlug mit dem Messer nach dessen Arm.

»So sieht man sich wieder, Paladin!«, spuckte das Monster verächtlich aus. »Aber diesmal wird dich niemand retten.«

Shane schleuderte dem Dämon sein unverwüstliches Lächeln entgegen. »Los, Noriko!«, brüllte er und rollte sich zur Seite ab. »Schieß!«

Noriko zögerte nicht und entlud ihr Magazin in den Rücken des Dämons. Die Kreatur wurde nach vorn geschleudert und ging zu Boden.

Alfred riskierte einen kurzen Blick zu Vincent und Nathan, doch bisher hatte noch keiner von ihnen die Oberhand gewonnen.

Der Dämon rappelte sich bereits wieder auf. Noriko feuerte ein zweites Magazin auf ihn ab, doch auch das konnte das Monster nicht aufhalten.

»Wie sollen wir ihn ohne Vincent bannen?«, schrie sie über den Kampflärm der beiden Engel hinweg.

Shane zuckte die Achseln, rannte durch die Sitzbankreihen an Toni vorbei und griff sich seine Maschinenpistole. Auch seine Salve zog nahezu wirkungslos an dem Dämon vorüber.

»Ihr könnt mir nicht entkommen!«, brüllte das Monster. »Euer Engel ist schwach! Schon zweimal hat er meinen Wirt vernichtet, doch er konnte mich nicht bannen. Was wollt ihr Menschen gegen mich ausrichten?« Er lachte kehlig und stürmte auf sie zu. »Ich hoffe, ihr seid getauft!«

Das Taufbecken!, schoss es Alfred durch den Kopf. »Bleiben Sie in Deckung«, bat er Arienne, dann stolperte er die Treppe hinunter.

»Shane!«, schrie er. »Das Taufbecken!«

Der Hüne nickte, und er und Noriko zogen sich langsam zum Altar zurück, wo Vincent und Nathan Schlag um Schlag austauschten.

Arienne hielt es nicht länger hinter der Orgel. Sie musste sehen, was gerade geschah. Vorsichtig schlich sie zum Geländer der Empore und blickte hinunter.

Der Dämon in Toms Körper wütete in der Kirche, versuchte der übrigen Menschen habhaft zu werden. Arienne konnte nicht sagen, ob der Mann, der sie gerettet hatte, noch am Leben war oder tot.

Shane und Noriko lockten den Dämon zum Taufbecken, daneben konnte sie die beiden Engel als verschwimmende Lichtgestalten ausmachen. Und hinter ihnen, auf dem Altar, stand der Keimling des Lebensbaumes.

Arienne entschied, dass sie sich um Toni kümmern sollte. Sie eilte die Treppe hinab und zu dem verwundeten Mann. Zu ihrer Erleichterung atmete er noch. Sie wusste nicht, was sie tun sollte, also zog sie sein Messer und schwor sich, dass sie nun ihn beschützen würde.

Alfred öffnete das Taufbecken, doch der Dämon war noch zu weit davon entfernt. Der Pfarrer tauchte die Hände hinein und spritzte einen Schwall davon über Toms Haut.

Der Dämon schrie und wand sich, als die vom Wasser benetzten Stellen in Flammen aufgingen und seinen Körper zu verzehren begannen. Alfred schaufelte unermüdlich mehr Wasser auf den Dämon und immer mehr Stellen seines Körpers entzündeten sich.

»Das wird nicht reichen, Priester!«, lachte er und sprang unerwartet nach vorne. Noriko war einen Moment nicht aufmerksam und der Dämon zielte mit seinen tödlichen Fängen auf ihren Hals.

Shane rammte sie beiseite und fing Tom mit offenen Armen auf. Er nahm den Biss des Monsters in seine Schulter in Kauf und knurrte.

Der Dämon wand sich in seinen Armen und schlug wild um sich, doch Shane hielt ihm stand. Er drehte sich um – selbst in dieser kurzen Zeit hatte Tom ihm grausame Wunden geschlagen – und trug den Dämon zum Taufbecken.

»Du bist das mit Abstand hässlichste Ding, das da jemals reinkam«, lachte er. Der Dämon wehrte sich nach Leibeskräften, doch das Feuer begann bereits, ihn komplett zu verschlingen.

Shane schrie auf vor Schmerz, als die Flammen sein Gesicht und seine Arme verbrannten, doch er ließ nicht los, drückte den Körper des Monsters unter Wasser und hielt ihn fest, bis es sich nicht mehr wehrte.

»Jetzt hab ich ihm gar keinen Namen gegeben«, stöhnte er und brach zusammen.

Nathan parierte einen Schlag von Vincent und ließ die Klinge an seiner abgleiten. »Das Paradies«, sagte er eindringlich, »es wäre der Neuanfang für die Menschen! Wie kannst du es ihnen verweigern, wenn du sie doch liebst und beschützen willst?«

Vincent schüttelte den Kopf und setzte mit einem zweiten Hieb nach. »Es wäre ihr Ende. Das Jüngste Gericht. Wie kannst du das wollen, wenn *du* sie doch so sehr liebst?«

»Aber doch nur für die Sünder!«, beharrte Nathan und sprang in einem Ausfallschritt nach vorn.

Vincent vollführte einen Rückwärtssalto und landete elegant auf dem zweistufigen Absatz, der zum Altar führte. »Du willst es doch nur für dich!«

»Und du missgönnst es ihnen, weil es nicht Celine ist, aus der es erschaffen wird.«

Nathan täuschte einen weiteren Ausfallschritt an. Vincent sprang nach vorn, wollte von seiner erhöhten Position aus den Vorteil nutzen und einen Hieb gegen Nathan führen, den er nun ohne Deckung glaubte.

Doch Nathan ließ das Schwert in der Hand kreisen und stach gerade nach oben.

Schmatzend fraß sich die Klinge in Vincents Körper. Der Engel rutschte langsam daran hinunter.

Nathan blickte ihm traurig in die Augen.

»Ich glaubte, du würdest einen Ausfall versuchen«, stöhnte Vincent.

»Die Menschen glauben«, sagte Nathan traurig. »Wir Engel *wissen*. Und ich wusste, dass ich dich besiegen würde.«

»Wieso? Wieso willst du sie alle verdammen?«

Nathan schüttelte den Kopf. »Ich gebe ihnen die Chance, neu anzufangen.«

»Du bringst das Jüngste Gericht über sie«, hustete Vincent. Blut troff zäh aus seinem Mund, bildete bei jedem Wort kleine Blasen. »Gott liebt die Menschen, Nathan. Hasse sie nicht.«

»Ich hasse sie nicht. Ich rette sie.«

Vincent schüttelte den Kopf, doch jede Bewegung schien ihm mehr Kraft abzuringen. »Du willst nur dich selbst retten. Du hast versagt, genau wie ich.«

Nathan strich ihm sanft übers Haar. »Leg dich schlafen. Du gehst jetzt nach Hause.«

Vincent wollte noch etwas sagen, doch seine Kräfte versagten. Er schloss einfach die Augen.

»Arienne?«, rief Nathan erschöpft. »Komm her, es ist vorbei!«

Arienne zögerte. Sie hielt noch immer Tonis Messer in der Hand.

Tom war tot, Toni und Shane vielleicht auch. Auch Vincent war gestorben. »Und wofür?«, fragte sie mit zittriger Stimme. Tränen rannen über ihre Wangen.

»Was meinst du?«

»Das Paradies«, sagte Arienne. »Das ist dein Traum, nicht meiner.«

»Was redest du da?« Nathan machte einen Schritt auf sie zu. »Ein Ort ohne Kummer und Leid, wie kannst du das nicht wollen?«

Sie schüttelte heftig den Kopf. »Gott gab uns den freien Willen, damit wir Fehler machen. Damit wir leiden und uns freuen können.«

»Nein, Gott hat euch für die verbotene Erkenntnis aus dem Paradies verstoßen!«, hielt Nathan dagegen.

»Aber siehst du es denn nicht?«, fragte sie. »Der Garten Eden ... das ist Gottes Vorstellung des Paradieses, nicht die aller Menschen.«

»Er ist aber auch meine«, hielt er dagegen. »Und er ist deine Bestimmung.«

Sie lächelte und hob das Messer. »Nein, Nathan, jeder hat eine andere Vorstellung davon.«

Nathan hob beschwichtigend die Hände. »Nein, lass das. Leg das Messer weg.«

»Der freie Wille, Engel«, sagte sie lächelnd, »ist Gottes wahres Versprechen an den Menschen.«

Dann rammte sie sich die Klinge in den Bauch.

»Nein!« Nathan eilte zu ihr, wollte sie berühren und im Leben halten, doch Alfred legte ihm die Hand auf die Schulter.

»Lass sie gehen«, sagte der Pfarrer leise.

»Nein!«, sagte Nathan trotzig. »Sie wird das Paradies öffnen. Sie wird es tun!«

Alfred schüttelte den Kopf. »Das Paradies ist in uns, Nathan. Jeder von uns träumt von seinem eigenen Garten Eden. Das ist es, was Gott für uns vorhergesehen hat. Lass sie gehen.«

Arienne starrte lächelnd zur Decke. »Papa«, hauchte sie. »Ich habe dich endlich gefunden.«

»Sie hat ihr Paradies gefunden«, sagte Alfred.

Nathan nickte stumm. Dann stand er auf und verließ die Kirche.

Epilog

»Du verdammter Idiot!«, schimpfte Noriko mit Shane, als die Sanitäter ihn abtransportierten. »Du hättest dabei draufgehen können.«

Er lächelte ihr gequält zu, wobei seine verbrannte Haut sich spannte. »Ich konnte nicht zulassen, dass er dich erwischt, Kleine.«

Sie schluchzte. »Du großer wundervoller Idiot.«

Toni humpelte zu ihnen herüber. »Es tut mir ...«, begann er, doch Noriko schnitt ihm das Wort ab.

»Wir hätten dir vertrauen sollen«, sagte sie.

Toni blickte zu der Stelle, wo kurz zuvor noch Arienne gelegen hatte. »Wieso hat sie das getan?«, fragte er.

Alfred legte ihm väterlich die Hand auf die Schulter. »Sie hat ihr eigenes Paradies gefunden.«

Toni nickte langsam.

»Wir haben immer die Wahl, Antonio. Immer.«

»Was wird jetzt passieren?«

Shane wurde gerade in den Krankenwagen geladen, und nachdem auch Noriko eingestiegen war, fuhr er davon.

Alfred zuckte mit den Schultern. »Das musst du selbst entscheiden.«

Toni blickte sich in der verwüsteten Kirche um. »Wir sollten umziehen.«

*

»Und nun?«, fragte Franck und goss sich eine weitere Tasse Kaffee ein.

Nathan zuckte niedergeschlagen mit den Schultern. »Ich weiß es nicht.«

»Das klingt mir sehr nach der Antwort eines Menschen«, lachte Franck.

»Der Keimling ist noch immer hier … Ich schätze, dass meine Aufgabe nicht beendet ist.« Er blickte durch das zerstörte Fenster auf die Stadt hinunter. »Eines Tages finden wir vielleicht einen Weg, die Erde in einen Garten Eden zu verwandeln, ohne das Jüngste Gericht …«

»Ja, eines Tages vielleicht«, stimmte Franck zu. »Und bis dahin?«

Nathan drehte sich halb um. »Bis dahin brauchen sie jemanden, der sie vor der Wahrheit schützt«, sagte er.

Er blickte wieder auf die Stadt hinaus und lächelte.

Danksagung

Erst ein halbes Jahr ist vergangen, seit ich zum letzten Mal versuchte, meine Gedanken und Empfindungen über den Abschluss eines Romans zum Ausdruck zu bringen. Und glaubt mir, es stellt sich keinerlei Gewohnheit ein. Jeder Roman ist anders, neu und bringt neue Erfahrungen.

Doch ohne eine ganze Reihe von Leuten wäre dieser Roman niemals entstanden.

Meiner Liebe, Astrid, danke ich dafür, dass sie eine wundervolle Partnerin ist, mein Engel, wenn man beim Thema des Romans bleiben will. Und auch meiner Familie, die mir mit Verständnis und Unterstützung begegnet, verdanke ich, dass ich frei und konzentriert arbeiten kann.

Meine beiden Agentinnen, Natalja Schmidt und Julia Abrahams, die sich nach besten Kräften für mich einsetzen.

Meinem Lektor, Bernd Stratthaus, der den Text mit einer solchen Hingabe bearbeitet hat. Es war eine helle Freude. Und sein geübtes Auge hat mir so manchen neuen Blickwinkel eröffnet.

Natürlich auch Michael und Christian – keine Sorge, die wissen, wofür.

Und nicht zuletzt dir, lieber Leser, denn ohne deine Unterstützung wäre all dies nicht möglich.

Ein dankbarer Stephan R. Bellem
Leipzig, März 2011

Stephan R. Bellem

PORTAL DES VERGESSENS

Jede Nacht wird Peter von Albträumen aus dem Schlaf gerissen. Träume, in denen das Schicksal einer fremden Welt auf dem Spiel steht. Und mit jedem neuen Traumbild verblasst die Erinnerung an seine tote Familie mehr und mehr. Als die Grenzen zwischen Traumwelt und Realität immer weiter verwischen, vertraut Peter sich seiner Therapeutin, Dr. Wünschler, an. Doch kann sie ihn jetzt noch retten?
Der Kampf um Peters Wirklichkeit hat begonnen.

288 Seiten, Klappenbroschur
ISBN 978-3-8000-9533-9

www.otherworld-verlag.com

otherworld

Fantasy by Ueberreuter